这是一朵孤独的雪，纷飞在旧时光里的秘密之语

徐珏 ◎ 著

亲爱的旧时光

　　徐珏的散文，属于向内勘探——她像一个寻找泉水的人，拿着钢钎、锄具，在旷野觅水的踪迹，看土色，察植物根系，挖开土层，细细地翻挖，泉水潜射了出来。无论她写阅读札记、行旅，还是故人旧事，都用一种漫不经心的语调，慢慢说，细细说，把人带入幽微烛照的世界。

中国出版集团　现代出版社

图书在版编目（CIP）数据

亲爱的旧时光 / 徐珏著. -- 北京 ： 现代出版社，
2017.10

ISBN 978-7-5143-6490-3

Ⅰ. ①亲… Ⅱ. ①徐… Ⅲ. ①散文集－中国－当代

Ⅳ. ①I267

中国版本图书馆CIP数据核字(2017)第248280号

亲爱的旧时光

作　　者	徐　珏	
责任编辑	李　鹏	
出版发行	现代出版社	
地　　址	北京市安定门外安华里504号	
邮政编码	100011	
电　　话	010-64267325　　010-64245264（兼传真）	
网　　址	www.1980xd.com	
电子邮箱	xiandai@vip.sina.com	
印　　刷	北京佳信达欣艺术印刷有限公司	
开　　本	710×1000　　1/16	
印　　张	19	
字　　数	260千	
版　　次	2017年10月第1版　　2020年1月第2次印刷	
书　　号	ISBN 978-7-5143-6490-3	
定　　价	66.80元	

十位知名作家联袂推荐

温亚军
杨献平
梁晓阳
江少宾
指尖
潘小平
马叙
吴昕孺
吴佳骏
顾坚

年龄渐长，往事如烟云。我们时常沉湎于自己的和别人的旧时光，是因为当中包含着许多值得缅怀和反复玩味的人生细节。《亲爱的旧时光》正是对似水年华的一次梳理、怀念和祭奠。徐珏的散文是叙事的，述说人间之爱和人生苍凉无奈之况味，文字清丽典雅，流溢着温婉凄清的诗意。徐珏的散文是大气的，对时代风貌、道德评判、生命体验和生命价值作了广阔而纵深的探讨，这让她的文本和当下过分偏重表达琐碎生活和私人情绪的女性写作区分开来，实属难得。

——著名畅销书作家　顾坚

《亲爱的旧时光》是一部充满幻梦气质和温润之光的散文集。作者以女性特有的敏锐与细腻，探察、洞悉人生万象和人心波澜，感伤而浪漫，孤独而凄美。故事性与诗性的融合，更使得文本深具音乐美和意境美。读这些文章，自然地让人想起艾米莉·狄金森、伍尔芙、阿娜伊斯·宁等女性作家笔下所创造的文学世界。无疑，此书是作者借由文字幻化成雪之精灵后，纷飞在旧时光里寻找灵魂皈依的秘密之语。

——青年散文家、《红岩》杂志编辑部主任　吴佳骏

徐珏是一个天生写散文的女子，她善感而内秀，喜欢阅读、交友、行走，以诗书、友情和自然风物为镜，呈现她在这个纷繁复杂的世界里冰雪般的品质。她的文字深得法国作家玛格丽特·杜拉斯的神髓，笔调清丽，节奏绵实，在散文的叙述里裹藏着小说的结构和诗意的内核。在她的心里，"旧时光"是一座酷似教堂的圣殿，她用文字供奉着那份清宁和洁净。她写着，爱着，并由此形成一个小小的美的中心，福泽她身边的人和她的读者。

——作家、诗人，湖南省诗歌学会副会长　吴昕孺

《亲爱的旧时光》的作者，她有着一颗真诚敏感的心，她的叙述是一条静谧流淌的小河，缓缓而来，紧贴情感的河床与流向。在她写下的许多篇章里，我喜欢这种略带些悲怆，却又清简温润的文字，犹如冬日阳光斜照下的述说，关于生命，关于亲人，关于爱情，只要静静地读，就会被她特有的文字方式所打动……

——作家、诗人　马叙

如诗一般的语言，如梦一般的语境，构筑起《亲爱的旧时光》，渲染出一个丰盈的情感世界。有少女的红唇，有迟暮的白发，有凋谢的玫瑰，有灵魂的旷野。时光的流水仿佛停在了夏日的午后，又仿佛奔流于无边的暗夜。让我们重返旧时光，感受昔日的温情，感受文字的缠绵！

——安徽作协副主席　潘小平

徐珏的《亲爱的旧时光》是一部带有温度和情怀的散文集。通过对旧时光的追溯、纠缠和沉陷，对自我进行了一次完整的重塑过程，就像慢慢退掉蝉衣，慢慢清醒，慢慢明白，世界原来是这个样子的——它既不好，也不坏，它就是它自己的样子，从未改变过。本书文笔细致，情绪充沛，不急不缓，绵绵不断，行文之中充满着浓郁的悲悯气息。在她笔下，无论是对记忆的反刍，对往事的唤醒，还是对现实的发现，无论人物、世情，还是风物，都饱含深情，仿佛细雨入心，娓娓道来，氤氲不散，鲜活，灵动，气息亲切，具有典型的女性笔触。

——作家　指尖

徐珏的散文有一种慈悲的质地，蕴含着催人泪下的温情。她有创造意境的不俗功力，以及丝丝入扣的叙述耐心。这本《亲爱的旧时光》情感丰沛，沉郁而诚恳。徐珏的散文，也因此有着值得期待的动人前景。

——作家　江少宾

　　我只能说，这是一部认真得深潜的文字，一个清雅得瑰丽的文本。唯美得心醉的语言，小说家一样必不可少的奇妙想象，灵性与心性俱丰使其充盈，生命与心灵缠绕使其深刻，形象、细腻、沉静、准确，直抵内心的叙述，清澈如小溪的质地，婉转如蛇行的韵律，熨帖心肺的演绎，让人一读就爱不释手，欲罢不能。这部书，可以睡前共枕，可以旅途长聊，可以和挚爱知己共酌，可以工作烦扰之余休憩。在日新月异应接不暇的今天，吟吟旧时光，是一种感时的回望，是一种温馨的自舔，是一种理智的怀想。

——中国作协会员、首届三毛散文奖获得者　梁晓阳写作的本质是自由的，它的疆界只是我们的内心及能够包含人类的情怀。本书的作者徐珏是一个极富文学情愫，并且能够将自己对世界的观察进行条分缕析、深入独到，从而使得文字呈现出生机勃勃的人间景象，布满精神光线的写作者。

——作家　杨献平

徐珏的散文集《亲爱的旧时光》这本集子里的每篇作品，都是以非常确定的主体性进入到创作之中，将看似普通平常的那些切身经历，赋予了以抚慰灵魂为核心的精神动力，让我们从中能感受到无数被作家的目光深情注视、触摸过的事物，使人感同身受。正是这些看起来稀松平常的事物，经过作者的思考和提炼，以细腻的情感和朴素的表达方式，真正唤起了我们内心的波澜和悸动。

——作家　温亚军

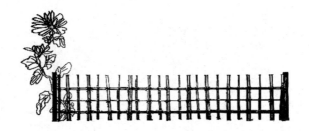

傅 菲

本名傅斐，20世纪70年代生于江西上饶县。中国作家协会会员。作品常见于《人民文学》《天涯》《花城》等刊，收入百余种各类选本。

著有散文集《屋顶上的河流》《星空肖像》《炭灰里的镇》《生活简史》《南方的忧郁》《饥饿的身体》《大地理想》《通往时间的上游》《万物柔肠》《屋瓦顶下》。

著有诗集《在黑夜中熬尽一生》。

心灵的秘境

傅 菲

　　散文有自己的坐标，时间和空间上更具拓展性和开放性，文本上要求个性特征和强烈的内在气息，散文的本质是"我"与"自由"。散文作为古老的文学样式，随着时代的审美变化，正发生着深刻的变化：发展有起伏，呈抛物线；无主题或多主题；在题材上很多禁区被打破；更多关注的是个人在日常生活当中的体验，以及写作者在当下遭际中所体现出来的精神指向；那种只为某个主题服务的东西渐渐淡化了，或消失了。

　　散文有自己的"磁场"。"磁场"就是一个散文家的血气和精神内核。散文还需要很好的语感。有节奏的语感，会产生"桥梁"的作用，使自己的文字比较容易通往读者的内心。独特的人物形象和摄人心魂的细节，也很重要。一篇散文，有人能记住其中的人物或细节，已经很不容易。人物与细节是生活本身所赋予的，力量也由此产生。

　　我以为，无论叙事还是抒情，散文抒情的特性也是难以改变的。

　　写作（当然包括写散文）相当于一个人在深夜做弥撒。一个文体的发展，是线性的，在我们以纪年的方式去阅读散文，我们能看到大时代在作家身上的印痕，假如这种印痕十分抢眼，这不仅仅是文体发生变化，而是大时代在作家身上发生了思想暴力。

自20世纪90年代以降，散文确实发生了很大的文本变化，这种变化不仅仅是篇幅变长了，叙事化倾向明显了，重心向下了，更个人化了，更重要的是思维方式在改变，散文从单纯的抒情文本解放了出来，可以在"人""物""事件"上，像小说一样"大有作为"。无疑，新散文对近二十年散文写作的影响是非常巨大的，甚至影响到每一个70年代出生的散文家，这种影响，不是教人模仿，而是学会反思：何谓散文，散文需要突破什么或跨越什么？

在这样的背景下，阅读徐珏的散文，会有更深的意味。她的散文，属于向内勘探——她像一个寻找泉水的人，拿着钢钎、锄具，在旷野觅水的踪迹，看土色，察植物根系，挖开土层，细细地翻挖，泉水潜射了出来。无论她写阅读札记、行旅，还是故人旧事，都用一种漫不经心的语调，慢慢说，细细说，把人带入幽微烛照的世界。

生活中，我和外界的联系，是非常狭窄和被动的。在2016年5月之前，我还不会用微信，与外界的联系通道还停留在电子邮件上。我的生活方式既被人羡慕也被人诟病。有一次，我的一个朋友给我推荐"流年悦读"公众号，说推发了我的文章，请我收藏。我才知道"流年"公众号的社团负责人是徐珏。

徐珏有一个网名，叫"纷飞的雪"。在"新散文观察论坛"和"江山文学网"，"纷飞的雪"是一个知名的写作者和评论员，我早知道，只是我不知道隐身背后的人，是谁。

她是极其细致和认真的人，辨析力、洞察力、亲和力都很强。她负责运营的"江山文学网逝水流年文学社团"和"流年悦读"公众号有比较大的传播力。在"流年悦读"公众号推发的佳作，均配有"编者按"，大部分由她自己操刀，可见她花费很多心血。她写按语，写得文采斐然，哲思四射，文学素养不同凡响。

也因此读了徐珏的散文，陆陆续续的，有十余篇。阅读徐珏散文，给我留下的印象是，她的语言富有诗意和饱满的激情，有春日草木的葱茏之美。她对所描写的对象，会产生一种黏合，以至于她和阅读者有亲切的缝织。

在她追忆式的叙述里，把语言的古典美徐徐展开，形成波浪感。在叙事层面上，她着力于叙述对象的命运和内心世界的变迁相糅合，衍生更大的张力和隐喻，无论是现实中的人物，还是幻象中的人物，她都写得深情浓郁。她写堂兄，写杜拉斯，均丰盈漫溢。在选取主要意象时，她也注重古典文化符号的移植，如埙如古典音乐，使人物与古典意象，相互彰显，形成新的内核，盎然生姿。

徐珏的散文，以情见长。情如草长莺飞，如流瀑飞泻，如烟花映空。她在写每一篇散文之前，会经过长时间的情感酝酿，直至情感完全饱满，人物已经在她心里丰满，心中清泉流淌，她才会着笔。她所叙述的人物和故事，一直在等她，等她去完成。饱满的情感对她的文字有浸润，使她书写时，始终有足够的温度和湿度，如春雨浇灌过的青草地，绒绒的尖芽，翠绿翠绿地舒展开来。

她喜欢读木心、张爱玲、茨维塔耶娃、杜拉斯、里尔克、王国维等大师的作品，我便揣度，她的心里藏着一头豹——这些作家，一生命运多舛，内心孤独得近乎窒息，但情感丰沛，血管里涌动着热烈的喷泉。无疑，这些作家对徐珏的写作产生了影响。

徐珏善于直接以第二人称"你"，作为叙述轴线，把叙述对象拉近，有一种书信体的和蔼关切，让阅读者"陷入"叙述"陷阱"。在她多篇较长的散文中，均以此铺设。因此，叙述缺陷也暴露无遗：没办法打开文本更大的空间，无法驳杂，同一个文本无法出现多样化的人物。

纵观徐珏散文，在诸多较为明显的异质性特色里，我看重她在文本里，注重文本纵深的构建。大地为什么广袤，因为有无限的纵深；天空为什么高远，因为有无限的纵深。

很多写作者，对文本纵深不够重视，或者说没有足够的认知度，以至于文本过于平实，扁平化，没有立体感，读起来乏味。文本如河流，弯弯曲曲才是至美，才有足够的哺育能力。虽然徐珏写作的纵深掌控，还没完全圆熟，处于拼贴阶段，但我从中还是可以看到她摸索的方向，以及可期的未来。

在多元的散文写作里，徐珏属于向内探究的写作。她有一条小径，不为外人所知，她沿着小径，向花园般的秘境走去。她去看星空？听帘外小雨？看雨中荷花？只有她自己知道。在秘境里，她和自己相逢。她因此炽热赤诚。

文学是减法的艺术，多变的艺术。徐珏还有很大的成长空间，作为同时代的写作者，我们都需要深深启悟并实践。

是为序。

2017年谷雨

目 录
CONTENTS

境　我喜欢你是寂静的

004　　绝　唱

018　　绝　响

034　　绝　尘

贰

痕　我们甚至遗失了暮色

046　葵　花

058　云　踪

066　孤独的和声

074　尘世密语

084　春天的最后影像

098　旧书的似水年华

110　休眠的废墟

116　像夏日的黄昏缓缓降临

122　西塘的容颜如莲花般的开落

影　爱是眉间最深的那道痕

132　后会无期

143　与落花一同漂去

152　当我遇见你

159　那片被梦虚构的贝加尔湖

167　除了爱你，我不擅长什么

175　隐忍，是爱情最深沉的表达

184　所有的深爱都是秘密

191　愿世上种种，缘分落地生根是我们

（肆）

念　心是世界上最深的房间

200　　晚　色

206　　心是世界上最深的房间

213　　静静的白桦林

219　　不再让你孤单

229　　树的深处

235　　苏醒的红果果

241　　花　祭

253　　告别一种不会再有的相逢

260　　我俩永隔一江水

266　　每一朵雪花都是奔跑的疼痛

273　　后记　心魂的黑夜

亲爱的旧时光

只是女子
文侍
字奉

POWERED BY JANE

只是女子，侍奉文字

万头攒动火树银花之处不必找我

如欲相见，我在各种悲喜交集处

能做的只是长途跋涉的归真返璞

——木心

绝 唱

致意　玛格丽特·杜拉斯《情人》

我要变成那样了。我怕。来啊！到我身边来。快来！

——那是1996年的初春。巴黎。圣伯努瓦街的某间公寓。一个八十二岁的老妇，在她生命最后一刻发出的嘶哑的呼喊。

她垂下了布满眼角纹却依然迷人的双眼。浑浊的眼睛，再也流不出一滴泪。衰老的脸上，是一层一层的皱纹，像没有颜色的梯田——这是她中国北方情人眼中，永世爱恋的备受摧残的面容。

她八十二年的生命中，始终将爱，看作是世界上真正重要的东西。将无法去爱，视作一生中所能发生的最糟糕的事。她的体内，涌动着原始的本能的情欲。她渴望爱，更渴望被爱，那种渴望是植入骨髓的，能将她吞噬。

是的，她是杜拉斯。无与伦比的杜拉斯。无可复制的杜拉斯。

时间定格在1996年3月3日8时。早晨的第一缕阳光，还未曾照进已然没有生息的房间。床头边，花瓶里的玫瑰凋谢了，鲜红的花瓣上生出黑色的斑点，密密麻麻的，散开令人窒息的迷雾般的沉寂。

花瓶里的水早就干了，却是无人晓得。那几天里，她身边的人忙着照顾她，忙着与她告别。那是一场无声的告别，令人恐慌的但不是最后的告别。

影片《情人》中的最后一个镜头在我眼前渐渐拉伸，拉伸……直到那个黑色影像，以极其缓慢的速度缩小，直到缩至一个黑点，我还是没有看清她老去的容颜。我只看到了她不再纤细不再柔美的背影。

我只看到，在那个阴暗的下午，在那间堆满了书的屋子里，她裹着黑色的衣服，头发微卷，乱糟糟的，坐在宽大且杂乱的书桌前写作。

那时的她，是真的老了。她经历了战争。经历了比战争更为残酷的死亡。经历了比死亡更为煎熬的绝望。她的母亲、弟弟都死了。她结婚生子又离婚。她写作，在绝望中孤独地写作，在孤独中绝望地怀念。

电话响了。是一个带着中国口音的男人，是她最初的爱情，是她散失在中国北方的情人。他的声音颤抖着，低低的，还是如初次相遇时那般的怯懦。他说：我只想听听你的声音……我依然爱你。我根本不能不爱你，我会一直爱着你，直到我死。

这个如罂粟花般妖艳盛开的女人，一直到七十岁时才动笔写《情人》。她将那个中国情人在心中封尘了半个多世纪。

在那个看不到云彩的下午，她接到他的电话。那通电话，像是一根魔棍，嘡嘡，嘡嘡，敲开了尘封的记忆。

想起她说过的话：我在十八岁的时候就变老了。

十八岁那年，是她离开西贡的日子。一离开西贡，她就感觉自己老了。

她要回巴黎了。她穿着旧时的裙子，戴着旧时的帽子，站在船上，靠在栏杆边，看着岸上的人互相拥抱，告别。她突然有点伤心，和他之间，连个告别也没有。

船，开动了。突然，她看到了一辆熟悉的车，乌黑锃亮的车。在对岸的广场上，在广场的角落里。他坐在车里，无声无息，一动不动。

她与他隔海相望，她知道他在看着自己，她想哭，想喊他，想扑入他的怀里。可是再也没有可能……

船，离岸越来越远。她离他也越来越远。最后，汽车看不到了。港口看不到了。她什么也看不到了。除了海，苍茫的海。

她闭上眼睛。她再也见不着他了。

有一晚，船行驶在印度洋上。船舱里异常闷热，她走到甲板上，靠着栏杆，望着黑漆漆的大海。一首钢琴曲，就这样飘入她的耳朵。她的心被琴声击中。

她哭了，哭得声嘶力竭。那首曲子，让她想起她的中国情人，她把他弄丢了。她将他推到另一个女人的身边。一时间，与他过往的种种开始回放，他对自己的深情，他对家人的宽宥，他花在自己身上的钱，他投入的一切，在那个漆黑的夜里，她陷入了无边无际的后悔中，在大海上，在琴声响起时，强烈的无助感、失落感突然到访，将她一点点地碾碎。

她的爱，在那一刻猛然觉醒。她才知道原来自己是爱他的，深深地爱着他，只是不愿意去承认罢了。

为什么要离开他？为什么要漂洋过海？

——这是一个谜，对她来说，到死都无法解开的谜。

所有的一切，都不可能再从头开始。

很多人在读了这部《情人》后说，他们之间没有爱情。有的只是激情和欲望。

不！我宁可相信，他们是相爱的，只是他们之间有着太多的不确定，太多的不坚定，因此，在泱泱乱世，于浑然不觉中辜负了爱。

如果我是一个男人，也会情不自禁地爱上她。爱她年轻美妙的身体，爱她自由奔放的灵魂，爱她带着诗性的唯美，爱她唯美中的混乱，爱她混乱中的坦白。

有谁会不爱这样的女人？

难怪，在很多年前，当那个中国北方男人，在湄公河边的渡口一眼望见她时，就沦陷在她深蓝色的眸子里。

那年，她十六岁。肌肤白皙，双唇如玫瑰绽放，她穿着宽松的茶色丝质连衣裙，脚踏一双磨破的廉价高跟鞋，头上戴着一顶不合时宜的男式礼帽，趴在船栏杆上，眼神游离，带着一点小忧伤，看着远方。

三十二岁的他来自中国北方城市。着一身白色西服，从乌黑锃亮的高级轿车里走出来，温文尔雅。他掏出手帕，优雅地擦去额上的汗珠。他从铁制的烟盒里取出一支英式纸烟，刚送到嘴边，还未曾点燃，便一眼望见了前方充满异域风情的白人少女。

他一步一步地走向她，踌躇的步子，慌乱的心。他用老套的方式与她搭讪，一次又一次，看到的却是她眼神中流露的不屑。

一艘渡船，载着他们行至对岸的西贡。空气中氤氲的烟雾，缓缓升腾又渐渐落下，撩拨着他们内心潜藏的欲望。湄公河上，移动的渡轮，污浊的河水，漂浮的垃圾，满目的疮痍。

这便是在湄公河畔，他们第一次的相遇。

他意乱情迷。她欲擒故纵。

无论是在哪个年龄段去读《情人》，你都会被小说中无处不在的杜拉斯所俘虏。她将自己放在小说里，又一次次企图将自己抽离。在这种混乱的过程中，她绝望地呼唤着，这种绝望是蚀骨的，与这部小说相遇的人，谁都无法幸免，被杜拉斯式的绝望逼到一个角落，无路可退。

杜拉斯又是一个能将情绪传递给读者的人。这种传递是一种能力，在我有限的阅读中，在女性小说作家中，具备这种能力的除了杜拉斯，就是张爱玲了。杜拉斯的这种情绪是建立在语言上的，小说中那些看似平静浅淡的叙述，加上苍凉的语调，总是会在不经意间将你带到她的情绪中去。这种情绪就是绝望，带着无以言说的沉痛。沉痛，是这篇小说的燃点。

每位大师在成为大师之前，必定要经历苦难，经过磨难。苦难是一个作家隐秘的宝藏，而爱情则是灵感的催生素。杜拉斯的人生中不乏苦难，从孩童到少女、成年再到暮年，她所经历的种种苦难，唯有自知。

杜拉斯的生命中也不缺爱情和激情，但是，她的一生都是孤独的，尽管她有好多情人。她的情欲，是一条奔腾不息、永不枯竭的河流，而造成她内心和灵魂对情欲的饥渴，最根本的原因是幼年时爱的缺乏。

时间到了1991年。她得知，她的中国北方情人去世了。而且已经死了好多年。一日下午，七十七岁的她站在公寓落地窗前，抚摸着当年他相赠的指环，自言自语：我从来都没有想到过你会死，在我还活着的时候你死了……然后，她放声大哭。

虽然在那个时候，她的身边有另一个情人，可他却是一直存在着的，为此，后来，她又写了一部《中国北方的情人》，想以文字挽留他。虽然他已经死了。她在写这本书时，以文字的方式和他私语。她很想，他就在自己身边，和他做爱，和他一起吃饭。她回忆着往昔的时光里，自己对他说过的每一句话：

我来这里，是为了你的钱。

你父亲说得很有道理，因为我迟早会离开这儿，不再爱你。

你结婚后再来这儿与我相聚，就只有这一次，记得吗？你曾答应过……

1984年，杜拉斯的《情人》摘得龚古尔文学奖。到了1992年，让·阿诺导演的同名电影将杜拉斯和情人这两个字捆绑在一起。由梁家辉和珍·玛奇演绎的《情人》传至国内，杜拉斯的仰慕者与日俱增，可谓泛滥成灾。不幸的是，一部《情人》，令杜拉斯近乎成了一个写畅销书的通俗作家。

影片《情人》中有这样一个镜头：

杜拉斯的中国北方情人跪在地上，眼中含着泪，请求父亲让他迎娶自己深爱的白人少女，可最终还是遭到了父亲的拒绝。

最后，他选择了认命，选择了吸食鸦片，以此麻木自己的灵魂。他心灰意冷，但他还是不能舍弃父亲的财富，再加上得不到她爱的回应与鼓励，同时又迫于种族和家族的压力，只好遵从父命，与从未谋面的女人结婚。

没有爱情的婚姻，娶谁都是一样的，他娶进家门的只不过是一个会传宗接代的女人，而不是妻子……这是很多年后，她重回西贡，在湄公河畔，跟随他多年的司机说给她听的话。

一日，在车上，他将母亲留下的指环套在她的手指上。这枚指环，不可能将她套在自己身边，也许会给她以后的生活多一份保障。除了这，他更奢望的是，在分开的日子里，这枚指环能替他陪护在她身边。有一天，她会明白，他是那么那么的爱她。这枚指环，能让她想起自己，哪怕只是偶尔的，极少极少的。

他们站在河边，他卑微地向她索求着爱情，只要她答应成为他的妻子，他便会带着她去任何一个她想去的城市。冷风吹来，他柔情地问她：你觉得冷吗？随后，他脱下白西服，披在她的身上。他坐在她身边，陪她看着远方，听她喃喃自语：那里有我母亲的故事，以及我未来的生活，有一天，我要把这些都写下来……

风沙漫漫，西贡堤岸的黄昏开始沉降。暮色中，两个人怀着不一样的忧伤，伤感着各自的伤感。

在他婚前的某个雨夜，她坐着人力车来到他的居所。他躺在地上吸着鸦片。像他父亲那样。自从他母亲去世后，他父亲就躺在床上吸鸦片，再也没有起来过。

他说，我能做的只有抽烟了，我已没有了希望，没有了爱情，似你在数月前离开越南一样……你会坐着"阿历山大"号离去，你望向我，我没有你的爱而死亡。

那一刻，她如何能抗拒得了这般深情。她说，你结婚后再来这儿与我相聚，就只有这一次，记得吗？你曾答应过……

他结婚了。婚礼非常隆重。他是中国有钱人家的少爷，但在那个婚礼中，他就像一个没有思想的木偶人，木然地受人摆布。木然是他献给这场没有爱情的婚礼唯一的表情。

张灯结彩的船只开过来，大红的八人大轿停下来，喜庆欢快的唢呐吹起来。他直愣愣地看着眼前即将成为自己妻子的女人，多想红盖头下的那张脸是他熟悉的——有着白皙的肌肤，深蓝的眼眸，红红的嘴唇。

在那时，她也是伤感的。只是她的伤感，他并不晓得。她靠在离他不远的栏杆边，用忧伤的眼神，看着一场不属于自己的婚礼。

他几次抬头，与她的目光相接，太多的痛，太多的不舍都在那一次次无奈的相望中。那一刻，已无须多言。世间最深的无奈莫过于——

你结婚了，可新娘不是我。

我结婚了，可新娘却不是你。

又是一个雨夜，她穿着黑色的雨衣，像一个幽灵，来到他的居所。

这间屋子里，曾经留下过无数欢愉，如今已没了他的身影。床上没有床单，只有裸露着的床垫。桌上的花瓶不见了，闹钟在嘀嗒嘀嗒诉说着关于离别的开场白。她起身，去给屋子里的植物浇水，才发现叶片低垂、萎谢。原来，这植物和人是一样的，从葱绿变成枯黄不过只是短短几天的事，就像他们的爱情，枯萎是一生中最后的模样。

在阴暗的房间里，她蜷缩着，像一只被射伤的小兽。她花朵般的身体，绝望的眼神，愤怒的吼叫，啊！啊！啊——在那个落雨的深夜变成一种绝唱。她孤独地等在空荡荡的房间里，无望地等着她的情人推门而入，将她拥入怀中。

她想到那个男人曾帮她洗澡，用温水擦拭她的身体，俯身亲吻她，温柔爱抚她。他们在那张床上做爱，一次又一次，不管不顾，他是多么迷恋她的身体。他曾说，她的肌肤有一种五色缤纷的温馨。他晓得她的饥渴，所以他会倾尽所能去满足她，让她癫狂，让她永远记住那个下午，那个美妙的时刻……可是，那个男人已经成了别人的丈夫。想到这儿，忌妒让她发疯，她原本可以拥有他，将他留在自己身边，可是骨子里的清高还是让她说着令他伤心的话，做着令他伤心的事。

多年后一个冬天，是在早晨。我在一场迟来的小雪中，重读杜拉斯的小说《情人》，回忆着在十六岁的芳华里，她和中国北方男人的情事。她的语言那么美那么细碎那么灰色，那些断裂的句子，像一个个于镜头中戛然而止的沉默，冲击着我周身的感官。

在某个飘雪的黄昏，我的视线穿越层层光影，经过西贡堤岸那条充满着俗世烟火味的街市，心脏被杜拉斯的语言挤压着，揪成一团。可我，还是不愿意放开。

打开这本《情人》，走进杜拉斯用语言和激情筑造的往事中，每一个人似乎都成了故事中的某个人物。在西贡的烛光餐厅与她共进晚餐，在堤岸的街市和她擦肩而过，又在街角的咖啡馆与她相遇，在特鲁维尔海边公寓的客厅里，在涌动着酒精和烟雾的空气中，我们听她唠叨着她的中国北方情人。她的语言像是在低吟，又像是狂卷的北风，将我们推入她的长夜里，在她的故事中，在她的情爱中沦陷，一次又一次。

杜拉斯从来就是个骨子里清高的女人，她不愿意成为别人的传奇。到了晚年，她甚至不管不顾地公开申明，不愿别人为她写传记。她固执地认为，她一生的传奇只能由自己来写……可她最后还是死了。人一旦死了，万事不由己。

　　从国外到国内，多少人深深地爱上她，迷恋她，进而研究她，各种版本各种语言的《杜拉斯》遍地开花。在那些人的心中，似乎情人就是杜拉斯的代言词。但我晓得，她的身上还有很多不为人知的优点，她会烧菜做饭，会打理花草，她除了是一名作家，还是一位很优秀的母亲，导演，戏剧家。除了出现在小说和电影中的十六岁那年相遇的中国北方情人，她还有很多情人。每一次，她都投入真情。

　　这些并非都是她所愿意看到的——到了暮年的杜拉斯，更多的是喜欢安静的生活。写作，听音乐，喝酒，去海边散步。她心中真正想要的爱，也许就是以一种沉默和陪伴的方式存在的吧。

　　她在春天出生，又在春天去世。她的出生日和死亡日在时间的概念上都是一个双数。这不是巧合，这隐喻的是什么，我亦是难以表述的。

　　但我晓得，她宁愿死后，装在一个小小的棺材里，里面有尸体有她写过的书还有爱情。她宁愿穿着红色的毛衣，坐在特鲁维尔的海边，吹着海风，听听海浪的声音，然后在心里默默地思念他——思念那个满足了她少女时代所有幻想和渴求的中国男人。

　　是无数个沉寂的夜，她的魂魄将顶开棺盖，飘到堤岸街市深处的那个居所。那是西贡堤岸的一条街市。白天喧嚣，晚上沉寂。湿漉漉的石板路，杂乱的街市飘散着呛人的烟火味。他们第一次幽会，在他的居所。木格子百叶窗，滴答滴答的雨声。房屋角落的窗台上是两盆葱郁的植物，屋顶下缓慢旋转的吊扇，在潮湿阴郁的房间里，他无力抗拒她的坦白。

　　他说，我们还是走吧，日后再来。我怕自己会爱上你……

　　她说，我宁愿你不爱我。

　　他说，你确定要这样吗？

　　她说，是的。我不喜欢你的滔滔不绝，请你像对待其他女人一样待我。

　　她走到他身前，眼中满是饥渴。他心中的欲火被她的眼神点燃。他用颤抖的手握住她的双肩，褪去她的衣裙……

影片只是小说的另一种表达。小说用语言描述情节，影片用肢体呈现人物的内心与情感。在电影《情人》中，导演让·阿诺用电影的表现手法，唯美地呈现了小说人物心中纷纷的情欲。影片《情人》中，你能感受到的就是两个字——很美。很美。

梁家辉饰演的中国北方情人，沧桑中带点俗世的不羁与风流，甚至是一点点猥琐。他家境富有，在堤岸有豪宅，西贡当地的房产都在其家族名下。他与白人少女之间的交往，始终带着无法言说的试探，带着各种隐藏性的抗拒，其中还不乏轻视。他的身上，有一种表情，是能让人轻易爱上的，那就是明明富甲一方但眼神依然有怯懦，还有那因深爱、忌妒、失望而含在眼眶中的泪。

珍·玛奇饰演的白人少女，更是无与伦比地演活了少女时代的杜拉斯。将一个少女的仓皇、兴奋、得意、悲伤、脆弱交织在层层光影中。是影片交错纷呈的光影感，让《情人》变得浪漫唯美。

来，我们一起来回顾那些浪漫的片段：

在湄公河畔相遇之后，她接受了他要送自己回学校的请求。

黑色的小轿车离开码头，穿过繁华的西贡中心城区，穿过葱郁的树林，开上了一座木质的桥。车开始摇晃，颠簸，坐在车里的两个人，终于在一次不经意的晃动后，有了身体的第一次触碰——他用手去碰她的手，带着一点点试探，小心翼翼的，他看上去好紧张的样子。她的脸上有些慌乱，有些期待，他们的十指交叉，随即缠绕……他传递给她爱的讯息，表达了他的渴求。在她下车前的那一瞬，她潮红的脸，炽热的眼神，语无伦次的低诉，是爱的脉络与回应。

她放学了，看到他的车就在前面。她走向他，那个时候的她像个天使，那么优雅，那么深情。隔着一层玻璃，她闭上眼睛，将自己的唇印在窗上。他在车内迎合着，像她一样闭上眼睛。这是比任何直接了当的性爱镜头来得更具杀伤力的。于是，他们之间最后的一道因陌生而存留的墙体，轰然倒塌。

那个下午，在人们充满猜疑和鄙视的眼神中，她直接坐进他的轿车，来到他的居所。推门进去，她是那么迫切地要和他纠缠在一起。她幼雏般的身体，对他来说是深蓝色的海，和他第一次看她时的深眸一样，掉进去了就会被淹死。

做爱的时候，他在她耳边说：你以后会记得这个下午。即使你忘记了我的长相，我的名字。他不可抑制地爱上了她，他心里最深的痛就是清清楚楚地知道，她不爱自己。她爱的只是自己的钱。因此，在西贡的高级餐厅内，他表现得那般高高在上，他说：我不能娶你，我们之间发生了关系，因为你已经不是处女了。

她吃着食物，心里藏着无比的落寞，但依然假装不在乎，笑嘻嘻地回应他：那太好了，反正我不喜欢中国人。

在无数次的云雨之后，她依然对他说，我不爱你，我来找你，是为了钱。面对着这样一个极其坦白的女人，他的心开始痛了。是的，他是个既可怜又可悲的男人，他占有了她的肉体，却无法征服她的灵魂，更无法让她爱上自己，除了钱。在精神上，他是贫穷的。他们是很匹配的一对，同样贫穷，同样饥渴。除此之外，他比她更可怜的是，他没有选择婚姻的自由，说到底还是为了钱。到了最后他穷得只剩下了钱。

尾　声

我已经老了，有一天，在一处公共场所的大厅里，有一个男人向我走来。

他主动介绍自己，他对我说：我认识你，永远记得你。

那时候，你还很年轻，人人都说你美，现在，我是特为来告诉你，对我来说，我觉得现在你比年轻的时候更美，那时你是年轻女人，与你那时的面貌相比，我更爱你现在备受摧残的面容。

——这一段描写出现在小说《情人》的开篇，后来成为情人之间的经典对白。

还是在西贡。

还是在堤岸。

还是那条烟火味浓重的老街。

还是在老街深处的那处居所。

是的，那是一个闷热难耐的夏天。

在这之前，他们已经分别了好多好多年。

他说：我们永远不再见面了？永远？

她说：是的，永远。除非……

他说：我们会忘掉的。

她说：我们会和另一个人拥抱，亲吻，做爱。

在电话中，他们低声哭泣。

他说：然后，有一天，我们会爱上别人。

她说：会的，会爱上别人。

他们，陷入了沉默。再一次哭泣。

他说：有一天，我们会和别人说起我们的过去。

她说：是的，等再过一些日子，我会把我们的故事写出来。

他说：我们都会死的。我是看不到你写的了。

她说：不，你得答应我，必须要死在我后面。那样，你就会为我伤心。你会想我。

他说：不，我一定会比你先死。是的，我快死了。

她说：我们都会死的。我们的棺材里会有尸体还有爱情。

他说：我想在死之前见你一面，最后一面。

她说：我怕，我很怕见你，很怕。

她没有答应，也没有拒绝。

他们没有约定见面的时间。他知道她一定会来。

在他的居所里，他等了她一天，两天，三天。等到第四天的时候，她来了。

她从巴黎坐船回到西贡。她慢慢地穿过堤岸的长街，来到他的居所。她推门而入，看到木格子百叶窗上沾满了尘土，吊扇在半空缓慢地转动……

她说：我来了。

他老了。干瘦干瘦。头顶光秃秃的。他颤颤巍巍地走到她身前，低下头吻她的额。他浑浊的眼睛里落下两滴眼泪，落在她苍老的脸上。

他看到她手上的指环。脸上有了笑容，像个孩子一样笑了。

他说：现在我知道了。

她问：知道什么？

他说：知道你是爱我的。

她说：晚了。我们都快死了。我老了。在十八岁那年就变老了。

他说：我记得你。那时候，你还很年轻，人人都说你美，现在，我是特为来告诉你，对我来说，我觉得现在的你比年轻的时候更美，那时你是年轻女人，与你那时的面貌相比，我更爱你现在备受摧残的面容。

　　是肖邦的圆舞曲，低沉的，隐秘的，久久的，叮叮当当，当当叮叮，当当——琴声穿过 1996 年初春的最后一场雨，惊醒了她的梦。

　　琴声，此消彼长。恍惚中，她听到一个女声的旁白：

　　这是一场令人目眩的爱情。

　　始终没有结果。永远没被遗忘。

绝　响

音乐笔记

深冬，长春南湖公园白桦林深处。

黄昏时分，雪停了。一道残阳缓缓地投射在灰白灰白的树干上，泛起层层斑驳的光影。一位年近六旬的老者，从湖心中央的拱桥走向白桦林。风渐起，吹起他褶皱的长衫。

他不顾地上积满白雪与尘土的枯叶，席地而坐，从怀里掏出一只外形椭圆近似孔雀蛋的乐器，放在唇边，吹。

老者吹奏的乐器，叫作埙。其声幽深悲凄，哀婉绵远。那呜咽之音，仿若从遥远的山谷飘来，又像是满腔的愁绪无处可诉。

每次，他只吹一支曲，从不更换曲目。那首埙曲，是他今生爱情的凭证。那埙，像极了他，古雅沉郁，白发满头，风霜满身。走在21世纪朗朗风中，他仍戴着民国时期的礼帽，穿着民国时期的长衫，朴拙抱素，与这个繁华的世界格格不入。

每年秋冬这个时间，只要不下雨，他定会去白桦林吹埙。即便是在冬日的雪天，他也从不缺席。

一年复一年，一日复一日，连他自己都忘了已坚持了多少天。他自顾自地吹着，浑然不觉在他的四周已站了不少听埙的人。

他是我的三叔，爱埙爱到痴迷。埙，是他命中的死结，无人可解，无人能结。

堂姐大婚的那一年，我随母亲赶赴长春。母亲问及三叔的生活，堂姐说道：爹退休后，被学校返聘，教了几年古文，前年就不再去学校了。我将爹从白城接到长春一起生活。也不知道是在什么时候，他翻出以前的一件乐器，常常吹，吹得人心直发毛……

母亲说，静儿啊，你是不懂，你爹他是在想你娘了。

三叔的书房中，有一个柜子，上面几层的木格子里，藏着他从各地寻来的埙。下面几层放着各种埙曲的曲谱，大多是他的手迹。堂姐和我们说完这些，又提及，这几年，三叔的性子越来越孤僻，他书房里的那个柜子，是他的宝贝，旁人是靠近不了的。

我看到三叔书房的木门上挂着一把旧式的长门锁。锁是铜制的，锁上有细密的暗纹，挂在暗红色的木门上，极为精致古朴。门上的锁，把时光拉远，让我想起木心先生《从前慢》中的诗句：

从前的日色变得慢
车，马，邮件都慢
一生只够爱一个人

从前的锁也好看
钥匙精美有样子
你锁了，人家就懂了

这门上的锁与门内的埙，像是有一股子的磁性，吸走了我的魂魄。它们所散发的气息，古意且老旧，令我迷恋至极。

那个下午，我站在那儿看了好久，不舍离去。我用手去触摸那把锁，触到的直抵内心的寒。

婚宴的前一日，天气异常的冷，屋外白雪茫茫。那日下午，母亲有事找三叔相商，可三叔却不见了踪影。母亲看了一眼窗外的雪，很是担心。可堂姐却说，三叔一定是去南湖公园的白桦林吹埙了，一两个时辰自会回来。

听闻三叔是去白桦林吹埙了，我便缠着堂姐，让她带我去找三叔。堂姐笑着说，你是想去白桦林吧，那可不成，你这个打南方来的小妮子，哪能受得了北方的天寒地冻，我可不敢带你去，把你冻成了雪人那可咋办。

堂姐硬是不允。最后，我只好缠着堂兄云生，趁着母亲忙碌，拉着云生与我一同前往白桦林。

冬日的南湖公园人迹稀少，园中的一景一物在白雪中显得极其素净。我和云生一直走一直走，踩着积雪，进了公园的门，发现了白桦林，却不见三叔，也未曾听见埙音。

云生说，妮子，我们还是回去吧，越走感觉越冷。你瞧，公园里哪有人影，三叔肯定不在这里，再说万一出不来怎么办？

我笑云生一个大男人居然比我还胆小，硬是拖着他，朝白桦林深处走去。

呜——呜呜——呜，一阵阵呜咽声，不知从哪儿飘过来。是埙音，我感觉那声音，离我越来越近了。那一定是三叔在吹埙。

我不再走了。走了那么多路，我的鞋子湿了，我的袜子也湿了。一朵两朵的雪花，顺着我的头发落到我的后颈，与我的肌肤相碰，瞬间让我有了一种凉意入体的感觉。那种体感，不是冷，站在零下二十几度的土地上，我感觉不到冷。云生在一边，搓着双手，嘴里一直喊着，真冷啊，这是啥鬼天气，真冷。

嘘——我打断了云生。

我看到了三叔。就在前面十几米远的白桦树下，坐着一位身穿深灰色长衫、头戴黑色礼帽的老者。他是我的三叔，他的唇，对着埙，吹。

他就那样吹着，双目望着远处。在他四周，白雪落，枯叶飞，他将自己尘封在这白桦林中。他是孤独的。情到深处人孤独，他的孤独自是无人能懂。张爱玲曾说，孤独的人有自己的泥沼。三叔的泥沼，是心中依然存活的爱。

他是寂寞的。那种形销骨立的寂寞。他的寂寞全在一曲埙音里。那埙音，裹挟起尘世的沧桑，遁入青野。他的眼里有泪，饱满生动的泪。可是，那么多年里，那泪一直隐忍着，始终没有掉下来。

静静的白桦林上空飘着白的雪，埙音回旋在林子里，像是要与白雪合二为一。

我听得入了迷。站在雪中，我只想对天长哭，为世间所有夭折的爱情送终，为人间所有的恩怨情仇，树起一道白幡。

最后，我的心，空了，被这埙音吹得只剩下了一缕悲怆。

那是一只高约7.8厘米，用细泥烧制的深灰色的埙。埙身凹凸不齐，看上去极为粗糙。当我发现它时，它被放置在展厅中央一个四方形的玻璃柜中。我看着它，它也看着我。随后，它木然地望着一张张陌生的脸，像是在找寻当年失散的主人。

三叔说，妮子，你看这只古埙，是烧制后泥土的颜色。

我问道，三叔，它怎么长得那么丑呀，像电影里死人的头颅。

三叔说，妮子，你别嫌它生得丑，也别看它那么小，只有一个吹孔，但它的通透与饱满却是其他乐器不能比的。埙出于泥土，人类的先祖女娲也是它的生母。从某种意义上说，埙是我们人类久别重逢的亲人。

四周一下子静了，有埙音传来。三叔听着，神情中多了几缕伤感。他说，每一只埙的身上，都有一段历史，都有一段故事。

是的，我也听到了。在248年前的某个深夜，在伏尔加河草原边的古墙下，一位蒙古将士吹响的埙音。

那是公元1771年，已在伏尔加河下游的草原生活了一个半世纪的蒙古土尔扈特部族，因无法忍受沙俄帝国的种族灭绝政策，决定举部迁徙。

族长渥巴锡召集了全体族人大会。一次总动员，点燃了土尔扈特人心中奔向光明、回归故国的火焰。最终，这次大迁徙，历时近半年，行程万里路，土尔扈特十几万将士浴血奋战，经历无数次的凶险，他们战胜了沙俄、哥萨克和哈萨克等军队一次次的围追堵截，克服了难以想象的艰辛，牺牲了八万多族人的生命，终于回到了故国。

那是临行前的某个黄昏。草原上，落日沉沉，苍凉且凄荒。一位蒙古男儿立于古墙边，向着故土的方向，寒风中，吹起一首埙曲《鸿雁》。

第二天一早，他将护送一大批老弱妇孺和粮草马匹，先行踏上回归之路。自小阔别故国的他，已将异乡当故乡，是族长一番痛彻心扉的讲述，才让他知道，原来他的国，是在遥远的蒙古草原。他虽思乡心切，却难舍相恋多年，即将成亲的沙俄姑娘。

一轮残月，将他的身影拉长。埙音呜咽，吹落了多少遗憾。

他在等心爱的姑娘。他要带她走。他一遍遍地告诉自己，一定要带她一起离开。

他等待的姑娘迟迟没有到来。他的唇，对着埙上端的圆孔，继续吹。他盼着姑娘听到他的埙音，快快到来。

一个长长的尾音，将他满腔的别情离绪一并吹了出来。

她来了。从伏尔加河草原的对岸，跋山涉水，急急赶来。终于，在天亮之前来到了他的身边。她听到了心上人悲凄的埙音，好生悲伤。可她不能背叛心中至高无上的沙皇，临行前，她的父兄将一把匕首交给她，要她趁机杀了他。如果她跟他走，那么，他就会死在凶残的族人手里。她要他活着，能平安地回到故国的土地。

风吹散了他的发，他已站在城墙之下，足足吹了一整夜。一个时辰之后，他就将回到战营，披上战袍，向着故国的方向出发。他的眼睛始终望着前方，期盼着有一个身影飘然而至。

巴雅尔拉湖……她喊他。他转身，看到她满身的风尘，看到她眼中有泪，他欣喜若狂，上前将她紧紧搂在怀中。

当啷一声，他手中的埙掉在地上，碎成七零八落的残片。

她扑入他的怀中，用冰凉的唇吻他的额、他的眼，用手抚摸他的脸，极尽温柔。嫁给他，为他生儿生女，和他生生世世守在一起，是她心中一个小小的梦。可这个梦，马上就要破灭了。

她笑着，趁他不备，从靴靿里拔出一把匕首，扎进了自己的胸口。赤红的血，染红了她的裙衫。

巴雅尔拉湖，巴雅尔拉湖——她的声音被风声覆盖，越来越弱，越来越轻。

她死了。

那个早晨，伏尔加河上不见初升的旭日。霞光伤心地隐去。风在呜咽，她在他怀中沉沉睡去。他凄厉的悲号一阵高过一阵，如同那个长长的尾音，不绝于耳。

将近半年的苦战，终于告捷。他带着无上的战功和满身的伤痕回到故国。不久，被清朝皇帝乾隆授封为部落盟长，过着锦衣玉食的日子。此后，他再也没有吹埙。于他，埙已碎，音已绝，和他心爱的姑娘一起长眠在伏尔加河草原。

一个月之后，他随部落族长进宫面圣，因旧伤复发且纵酒过度，猝死在残月笼罩的清宫长廊。

那是一对深棕色的古埙。埙身绘着一朵并蒂合欢。在北京新街口乐器一条街的某家店铺内，在铺着红丝绒的黑色大理石托座上，我一眼就看到了它们。这家乐器店还出售曲谱和唱片，唱机里播放的是古埙名曲《寒江残雪》。

我走不了啦。脚底像是被万能胶水粘住，只能停在它们面前，一动不动。我的眼睛出卖了我的心。我对它们的喜爱之意被聪明的店主发现了。店主取来这对埙，摆在我眼前，供我细看。

店主说，懂埙的人都知道，卖埙卖的不是材质，而是做工手艺。有些埙买回去是不能吹的，只能用来观赏。我店里的这对埙，成色好，做工细，音色准，是十孔音，G调F调的各一对，能观赏也能吹奏，还送你底座和唱片。

我问了价钱。他开价确实较高，我迟疑了一下离开了。但最后，逛遍了整条乐器街，还是没有发现比这对埙更让我中意的。

我将它们带回了上海，放在书桌上。我常常出神地看着它们，温柔地抚摸它们。有时，它们会发出嗡嗡、嗯嗯的声音回应我。或许，它们中间的一只是我的前世，另一只是我前世的恋人。今生，穿越千年的时光来寻我，又或者是在等我去寻它们。它们是我久别重逢的亲人，是我遗落在前尘的爱情。

我曾学着三叔，将埙放在唇边吹，但终究是曲不成曲，调不成调。我要把这一对埙送给我的三叔，在他今年生日时。

一日深夜，我在书房写字。找来一张埙曲集听。听到一首曲子，一时间在我的眼前，它们有了生命的迹象，它们有了爱的思想。它们拥抱，亲吻，说着别离之苦相思之情。一曲终了，它们飞走了，随着那埙音飞远，飞到公元980年的北宋。

一缕湿润的风，从谁的埙音中飘来，惊落了开在天波府花园中的合欢花。

那年的四郎，正是翩翩少年。四郎眉清目秀，长身玉立。他痴迷于埙，便请坊间师傅制了一对埙，将其中一只相赠四娘，作为定情信物。一日晨起，他对着新婚的妻子说，待我闲时，教你吹埙可好？我要为你作一首埙曲，好吹给你听。四娘靠着四郎的肩膀，心底便盛开了一朵一朵的合欢。

四郎道：埙在，我在。埙碎，我亡。那埙音，在爱人心中，吹出的音亦不是悲苦的。相反，像是他们之间的爱情，沉静浓厚。他坐于廊下吹着，她立于合欢树下听着，偶尔四目相视，爱意涌动，那光景，便是静好且安稳的。不久，四娘也学会了吹埙，两人便站在合欢树下合奏。

是一起又一起的战事，让埙音有了别离之痛和相思之苦。

金沙滩战事在即。四娘轻声相嘱：你要小心为好，要平安回来，我会等你。四郎报以微笑，在他的笑容里，有爱的微澜向四处漫延。

四郎上马，随即又回头，望着美若仙子的四娘，眼中无限深情。他报以四娘微笑，一望再望，像是要把四娘的模样一点点地画下来，存放在心底。

四娘还站在原地，拿出夫君赠予她的埙，吹。长相思。

数日之后，出征的杨家儿郎回来了。

是四具未寒仍沾着血迹的尸身。裹着白布，躺在板车上。天波府邸门前，等郎归来的杨家媳妇们素颜白衣，哭得撕心裂肺。只有四娘，不喊不哭，在尸车前寻找。

没有她的四郎。她知道，一定不会有。她的四郎不会死。

她木然地走到五娘身前，问道：只有他们两个回来吗？

五娘无语。

杨家七个儿郎，大郎二郎三郎七郎皆惨死战场。四郎不知去向，眼下活着回来的只有五郎六郎。

四娘走到六郎身前，问：你四哥呢？六郎抬眼看她，看到的是四娘眼中不露声色但又令人窒息的绝望。

你四哥呢？她又问。

六郎将怀中沾血的埙拿了出来。手颤抖着，放在四娘同样颤抖的手中。六郎说，没有找到四哥，只有这个。

埙身的那朵并蒂合欢开了一道裂痕，暗红的血渗透进去。四娘哭，那是她四郎的血啊。

四娘拿着那只埙，穿过天波府重重长廊，当年与四郎共度晨昏的画面一次次地浮现。那晚，一轮残月清寒无比，照在空寂的庭院，四娘坐在长廊上，吹埙。一曲《长相思》从日暮吹到日出，又从日出吹至日暮。

那绘着合欢花的古埙，就是她的四郎，就是她的爱。

她坚信四郎没有死。她说，四郎，天涯海角，海角天涯，今生今世我都要寻你回来。

四郎确实没有死。他受了重伤，掉落悬崖后失忆，被萧天后招入辽国大营做了驸马。

他穿着貂裘，戴着锦帽，眼前烽火浓浓，耳边战鼓声声。他头痛欲裂，在似曾相识的肃杀中，北宋杨家府邸的种种往事，都在金沙滩的那场血战之后灰飞烟灭。

他打不开记忆之门，但心里却常常被一个身影、一种声音填得没了一点空隙。

又逢宋辽大战，四郎随辽军出征。城下杀气腾腾。而在南边的城头上，四娘一袭盛装，站在那儿，吹埙。任凭城下狼烟四起，风沙漫天。那支埙曲是当年四郎教她的，只是时过境迁，当年的四郎又身在何处？

埙音冲破层层硝烟，蚀骨的曲声传递着沉沉的相思飘到了辽国的军营里。

辽军撤退时，城下的四郎听到了，但他却不知这埙音从何处传来，亦不知是谁在吹。那幽幽的埙音，像是一首招魂曲，要把他给招了去。他想回应，却找不到方向。

南边城头，一身红装的四娘吹着埙。她的身边，时不时会有利箭飞来，她不躲闪，把一曲《长相思》吹了又吹。

北边城下，四郎听着，想要去找寻，却被一波波人潮推着，他离埙音越来越远，他离四娘越来越远。

一日在街市，四娘拿起一枚铜镜，镜面上出现了四郎的身影。几乎是在同时，另一头的四郎拿着街边小摊上一只埙，放在唇边，吹。

他发现自己竟然会吹埙，吹着吹着，他的心莫名地痛了，按着埙孔的手指也痛，他的唇也痛。遍体的痛，令他泪水泛涌。最后他无法再吹下去……他把埙从唇边移开，付了银子，回到马车前，回到另一个女子的身边。

我们回家了好不好，你教我吹埙……和他轻言细语的是辽国公主明姬，是他新娶的女子。他随公主上了马车。在四娘赶到前的数秒钟，他垂下了车帘，他再一次将四娘阻隔在世界之外。

四娘跌跌撞撞，左看右寻，明明四周全是四郎的目光，明明听到了四郎吹的埙曲，却寻不到四郎的身影。难道是幻觉吗？不，她知道，有一种埙音，今生今世只属于她和四郎。

埙音又响了起来，荡开人群，在空气中回旋着发自灵魂深处的呜咽。

这不是那日在城下听到的埙曲吗？怎会与自己吹的是同一首曲？《长相思》的埙音飘来，四郎的心又痛了起来。

马车载着他和辽国公主，一路飞奔，出了汴京城。空荡荡的城门口，空荡荡的只剩下四娘，仍在吹着忧伤的《长相思》。

她和四郎的爱情在历史的转角一次次地改道。

有一年春节，三叔回老家过年。某日下午，我缠着他给我讲讲埙的故事。

其实，我是想让他吹埙给我听，但我却不敢和他提起。

三叔和我坐在村口的那棵大樟树下，他从楚汉之争开始说起，一直说到项羽虞姬的少年往事和乌江边的生死离别。在他别有韵味的讲述中，我总是听着别人的故事，伤着自己的心。

两千多年前的那场楚汉之争，一曲在楚国民间广为流传的《罗敷姐》传至关东军营。那小曲，似娘亲的呼喊，似娇妻的耳语，令将士的心门失守。一时间，那兵败之痛，那别离之苦，那思乡之情，被音韵轻轻地带了出来。漫漫长夜里，关东八千士兵心无所依，最后纷纷丢盔弃甲，连夜而逃。

在楚国鼎盛时期，项家和虞家都是贵族，两家世代交好，项羽和虞姬自小一起长大。所以，历史上所说的虞姬对项羽有着很深的影响，这是很有道理的。

项羽自小是个顽劣的人，不爱读书，不爱音律，只爱习武。但那虞姬，却是个精通音律的女子，虞姬最爱吹奏的乐器是埙……

三叔说到这儿时，我打断了他，问道：那虞姬也会吹埙啊！

三叔说，是的，那虞姬，常常吹埙给项羽听，项羽虽是不喜也不懂这些凄婉之音，但他也常常看着眼前的美人出神。妮子，你不知道，那虞姬，常去古陶作坊里看人做埙，还偷偷地学人做埙。

楚国的埙，多为陶埙，也就是用土和水相和成泥，逐步烧制而成的。那时的虞姬常去村里的一间作坊看人做埙。做埙的程序十分复杂，从一把土开始，要经过摔、揉、捏、塑等工序。揉摔，是为了去除杂质和气泡，随后在陶轮上拉成埙坯，再将埙坯放在炕上晾干，直到不沾手，才能开孔定音。最后，要经过窑火烧制才能做出一只埙。开孔和烧制也是很讲究的……三叔记不得其中的细节了，就不给你讲了。你若有兴趣，可去找相关的书籍看。

古书上曾有记载，说埙乃立秋之音，妮子，你知道古人为何这么说吗？

我已然听得云里雾里了，直摇头。

三叔又说，那是因为在古代，那些做埙的工匠们会在立秋之日取来土和水，调和成泥。然后，要经过一段时间的沉腐，泥性会更好。有些细心的有经验的工匠，会在当年把土和好，留到来年再做。

虞姬慢慢学会了做埙，偷偷地做了一只埙。那就是后来，虞姬随项羽出征时一直带在身边的那只。

可怜啊，自古红颜命薄。项羽英雄末路时，亦是美人香消玉殒时。

三叔一声长叹，我晓得他自然是对千年前的那个绝世美人心生了怜惜。他取出埙，吹起一曲《楚歌》。

埙在哭诉，那是土的魂魄。那是被烈火焚烧之后发出的悲呼，又或是一代霸王踏遍河山的马蹄声。呜呜呜、哒哒哒，两种声音彼此交错，重叠，混沌无比，苍凉无比。

我呆呆地望了望身边的三叔，已然无力再去思想。随着那埙曲，穿越至两千年之前的楚地，目睹了一场凄美的别离。

那是公元前202年，一个忧伤沉寂的夜。

乌江之畔，楚歌四起。黄草染着白霜，埙音鸣着凄凉，千丛芦荻萧萧，一场离别似出鞘的刀，如上弦的箭，再也无法回头。

她穿着他最喜欢的红罗裙，在妆台前描眉画唇，抹上一层胭脂，但随即，又被泪水弄得苍白。他推门而入，双眉紧锁，仰头长叹，自知兵孤粮绝，命数已尽。他将带领兵士与汉军进行最后的拼杀，却不知如何安置深爱的女子，几次三番，欲言又止。夫妻多年，他们早已是心意相通之人。即便是他不说，她自然也是懂得他眉间深锁的心事。

她取出埙，问道，大王，你可还曾记得当年我为你吹的曲子？

他摇头，一声长叹。他不知，那时的她，多想在离别之前再为他吹一曲埙。而他哪还有心思听她吹曲。他接过她端来的酒，和着泪一饮而下。

酒后，他唱起一曲《垓下歌》：

> 力拔山兮气盖世，时不利兮骓不逝。
> 骓不逝兮可奈何，虞兮虞兮奈若何！

她凄然起舞，罗裙舞出一地殷红。回应一曲《和垓下歌》：

> 汉兵已略地，四方楚歌声。
> 大王意气尽，贱妾何聊生！

　　她从他的腰间拔出佩剑，在项上一抹，缓缓倒下。他见状，抚尸痛哭。

　　一只白色的古埙，从她的袖中掉了出来，当嘟、当嘟、当——嘟，嘟……一直落到营帐外的地上。惨白的月光照在埙身上，风吹来，像是一曲挽歌，发出销蚀的绝响。

　　万念俱灰的项羽持剑冲出营帐，将地上的埙踩得粉碎。他带着所剩不多的将士与汉军厮杀。最后，他被逼至乌江，自觉愧对虞姬，无颜再见江东父老，便拔剑自刎，了断残生。

　　吹埙易老，老这个字，也与埙一样，古远清绝。听埙伤心，心这个字，也与埙这般，沉郁深厚。埙曲，在如今，是少有人会沉下心来去听去懂它的，更少有人去吹了。现代人多爱节奏欢快的流行音乐，对这种古老的、音色哀恸的乐器，往往不为所动。

　　三叔书房陈列柜上的那些埙，至今我都无缘一见。这些年，他确实苍老了许多，有时和他通电话，往往能说上一个多小时。去年，堂姐随夫君去国外陪读，三叔又搬回了白城家中居住。他在电话中，常和我唠叨着多年未归的江南老家。他说，你爷你奶一定是怪我常年不在身边，想让我早

点去地下陪他们了……每每这时，我不知如何去回应他的话，只好将话题
岔开。

祖父祖母共生育了七个子女，三叔年少时离家，大学毕业后留校任教，
并与同学白晓燕结婚，在北方度过了大半生的时光。虽曾粗缯大布裹生涯，
却是徐家儿女中最腹有诗书气自华的一个。三叔外表俊雅，多年专心研习
古典文学、中国历史，加之对音乐的喜爱，特别是他的衣着，还保持着旧
时的装束，因此，在气质上往往给人以古雅高冷之感。

三叔是这个薄凉尘世少有的长情之人。已去世数十载的三婶，是他最
为珍视的女人。三婶于他，不是之一而是唯一。三婶去世后，每日三餐，
三叔都会在身边留好位置，这个位置是固定的。他会在餐桌上摆一副碗筷。
数十载，日日如此，餐餐如此，即便是在堂姐的婚宴上，他身边的位置也
依然为三婶留着。

那只埙，和他们爱情岁月里所有的旧物一起，被三叔存于箱底。直到
他们的女儿大学毕业，有了爱人，有了自己的家，三叔才把它取出来。待
他步入人生的暮年，那埙便成了他情感的依附。他爱着埙，那是因为在他
眼中，埙和晓燕是一体的。他看着埙，就像看着晓燕。他吹着埙，就像在
和晓燕轻言细语。

那是一只极为普通的埙，在三叔回老家的那一年，我曾小心翼翼地将
它捧在掌心，如神物般注视。

三叔很小气，生怕我把埙摔了，也不让我多看。但我还是看到埙身上
并排刻着的两个字，一个是三叔名字中的霖，另一个是三婶名字中的燕。
这两个字和埙一起，维系着三叔和晓燕一生一世的爱情。

后来，我才晓得，那只埙是当年他们同在长春大学读书时，晓燕送他
的生日礼物。三叔一直吹的那首埙曲《知音》，也是晓燕的最爱。当年，
他们常去南湖公园的白桦林里约会，在白桦树叶上写下爱的誓言。那片白

桦林是他们爱情的圣境，在那里，三叔为她读诗吹埙，与她共赏秋叶冬雪……

我生来对古旧之物怀有倾慕之意。那年在长春，得知原来三叔也与我这般爱着埙，便心生欢喜。但我对埙的喜爱只是喜爱，我只会听不会吹，不像三叔能将埙曲吹得回肠荡气，教人潸然泪下。

三叔对埙有着从内至外的懂，对埙的痴迷已深入他的骨髓中。有时，听着埙曲，我会想，三叔与埙，埙与三叔亦是一体的。埙是他前世的恋人，是他今生久别重逢的爱人。

多年之后，我听着埙曲，念念不忘的依然是在那一年的雪天，在北方白桦林里，出现在我眼前的那一幕雪中吹埙图。埙的呜咽之音，不偏不倚，击中了我的灵魂。

李叔同在他的《晚晴集》中写道：世界是个回音谷，念念不忘必有回响。

埙的世界也是一个回音谷，只不过是，尘世间所有的念念不忘到最后终将成为绝响。埙，是历史未曾道出的最痛的隐语。那是大地发出的呜咽，是从泥土中飘出的苍凉。内心孤独的人才会去吹埙，而真正的孤独往往是不可言说的，只能意会。

就像埙，它的孤独是望万壑之空寂，对苍山之无言。就像埙音，它发出的呜咽之声，是孤独的，是一个灵魂对另一个灵魂的呼唤。就像三叔，在旷无人烟的寂寥中，孤独地吹着埙。

在那片同样寂寥的白桦林中，除了呜呜咽咽的埙音，万物中更多的声音，都已囊入深雪坚硬的冰壳里。埙有多孤独，白桦林有多孤独，三叔就有多孤独。而我，唯一能做的就是倾听——

呜——呜，呜呜——呜呜呜，呜—呜—呜……

埙音响起来了。一声一声又一声。从远古的半坡，传至楚汉边界，随即沉浮于唐风宋雨中。那埙音，穿越烽火狼烟的战场，回旋于高耸的古墙城门，流连于大清的月光下，最后飘入我的耳朵，它让我黯然神伤，它让我坐立不安，它让我魂不守舍。在孤雁最后的一声鸣叫中，我泪流满面。

绝尘

法云古村寻踪

　　我把我眼中的一瞥惊鸿，投给杭州城灵隐寺边上的法云古村。

　　如果不是你，我从来都不会知道，在风光曼妙、春深似海的杭州城里，会有一个远离尘嚣的古村落，它以沉默、清宁的方式存在于都市的烟尘中。我曾无数次地亲近这座江南小城，也曾去灵隐天竺朝拜，却一次次地与它失之交臂。而你早在七年前，就从千里之外的故园来到江南，几度探寻，最后选择在杭州城郊的法云古村安住下来，至今已隐居七年。

还是在2016年的岁末，我收到你发来的邮件。你在邮件中写道：

……

我将这次归隐视作生命中一次禅的旅行，而杭州城却意外地成了我这次旅行的终点。

在法云古村，我找到了隐士文化所弘扬的那种境界。待到冬去春暖，草长莺飞之时，法云古村春和景明，你会感觉到时光如此缓慢，岁月这般静好。

你若来，我便等你，你会和我一样喜欢上法云古村的古朴和禅意。

安缦

2016.12.28

那是一个被春光簇拥的晨，我走进了杭州城郊一条名曰"法云弄"的山径。轻声念着"法云弄"，竟觉恍若隔世。从步入法云弄的那一刻起，我就开始恍惚，氤氲在空气中似有似无的气息让我分不清是在现代还是古代。陈旧的木房子，斑驳的黄土墙，黛色的屋瓦片，错落的石阶和砖石，潺潺的水声……我迷失在这无边的寂静中。

这是早上七点钟。初升的阳光温柔地投射在青碧的茶园，茂密的竹林之上，与早晨的薄雾一起欢快舞蹈，它们时而簇拥时而散开，哗哗哗、沙沙沙，轻微的低吟飘荡在古村上空，此起彼伏，此呼彼应。

我的心里涌动起无限的欢喜。那种欢喜像潮水，涌至我的胸腔，漫过我的咽喉，又仿若是在经历了无数个黑夜之后，迎来了曙光——一派骤放于眼前的澄明。哦，我是多么的喜欢，喜欢这种自然柔美的绮照。

我将步子放慢，抬脚，轻轻落在石板路上。我知道，这时的你还在安睡中，路边的茶园，竹林，草舍，溪水也在安睡中。偌大的法云古村，只有宝石般的花朵微微睁开了双眼，它们眨了眨眼睛，对我说，嘿，你来得好早！

俯身，低头，向它们致意。我看到一朵朵新结的花蕾，多种颜色，多种姿态，在早晨的第一缕清风中荡漾出春的韵律。

你长得好美！这是我由衷的赞叹。花儿笑了，眉目中透着羞怯，我听到它铃铛般的笑声。它是那么娇小，温顺，浅浅地微笑，不受任何污秽的沾染。一只白蝴蝶发现了它，飞来，亲吻它，停留片刻，又飞走。

我走的这条山径有着极其迷人的弯度，同样迷人的是深谷和缓的坡度，它们给予我的期待填满了我的心。我的脚步被它们牵引，我舍不得离开。在这条山径上走过，随时会与用黄泥、秸秆夯筑的土墙相遇，土墙上覆盖着黑色的瓦片，土墙外围是扦插着各色花草的竹篱笆。

我在竹篱笆前停了下来，紧挨着的是一堵石墙，各种大小的砖头叠加在一起，我发现石墙上长满青苔，一圈一圈又一圈。这青碧的苔藓是古村里最为沉默的春色，风吹向它，它不动；水漫过它，它不动；我走近它，它也不动。春天里，万物生，所有的生灵都在忙着搔首弄姿，只有它们怯生生地与春色和谐相处。

它的静默与疏旷，是这绚烂春色中最接近古村气质的植物。它们互相依存，用与生俱来的古雅和恬淡，将岁月刻写，刻成一卷史书，刻成一世的沧桑，厚重而深沉，谦逊且宽容。

哪里有土，哪里有水，哪里就长着草——这是美国诗人惠特曼写在《草叶集》中的诗句。

苔藓是草的另一种生命形态。有水的地方就会滋生青苔，在江南民居墙院的角落里，在铺满鹅卵石的旧巷子里，在某个废墟的断瓦碎石中，随处可见墨绿色的青苔。过了春天，盛夏炽热的阳光会将它们照射，它们会渐渐枯黄。青苔带着时光的痕迹，多多少少会给人一种凋敝的苍凉感。

攀附在法云古村石墙上的青苔是一幅清幽简静的素描，我多看它一眼，心里的惆怅就多一些。枯萎后的青苔多像身在异乡、渐渐老去的我们，满腔的离别愁绪，无人可诉的相思之情，如李商隐在《端居》中所写的"阶下青苔与红树，雨中寥落月中愁。"

你来了。欢迎你，你是今天第一个来到法云古村的朋友。

你一身如雪白衫，不染纤尘的模样，如梦如幻，站在那里，如佛经中写的"无穷般若心自在，语默动静体自然"。一时，我无法直视你的美，你的肌肤如白雪，眸子如深潭，黑发如长瀑，一袭长袍裹身，体态轻盈，如落入凡间的仙女。在经历了短暂的眩晕之后，我说，这个村子真美，你也好美，这么多年了，你一点都没变。

来，我带你去休息一下，中午我为你准备了你喜爱的素食，你会喜欢的。你对我嫣然一笑，又是一阵猝不及防的眩晕。沿着这条山径一直走，穿过一座石桥，看到一个亭子，亭子顶端铺满黑瓦青草。这亭子似曾相识，多少年了，我的眼前时常会出现一座古雅的亭子，一位洒脱不羁的雅士，一盅清冽甘醇的好酒。

他在此归隐，著书以终。面对青山碧水，时而举杯独饮，时而挥毫著文，酒气化作山岚，墨香融入山野。他仰天长叹，大声悲呼：

劳碌半生，皆成梦幻。因想余生平，繁华靡丽，过眼皆空，五十年来，总成一梦。

今当黍熟黄粱，车旅蚁穴，当作如何消受？遥思往事，忆即书之，持向佛前，一一忏悔。

我喜欢张岱的落拓之气，早年读他的《湖心亭看雪》，感受他怀想故国时的悲伤心境。西湖萧条，一场白雪难掩国土之残败，他看景伤怀，才会喃喃曰："莫说相公痴，更有痴似相公者！"

世界上，最令人悲伤的事莫过于，有朝一日，把你从前的生活全部做了更改，将原本属于你的繁华欢愉全部夺走，让你身陷囹圄，惶惶度日。

有人曾评说张岱的性情如何张扬，生活如何放纵，作品如何绚烂，却不知这只是流于表象，他内心的缺失、不为人知的疼痛，归根到底是源于对故国的一往情深。亡国之痛于他是无法消解的痛，昔日的繁华成了泡影，往日的锦衣玉食不复，大明江山沉寂，此后所有美好的，全部沦落成不堪追忆的往事。

李敬泽先生写过一篇文章，用《一个世界的热闹，一个人的寂寞》总结张岱的一生，十分妥帖：

> 张岱是爱繁华、爱热闹的人。张岱之生是为了凑一场大热闹，所以张岱每次都要挨到热闹散了、繁华尽了。

再往里走，是一个房间，屋内是木质家具，原木沙发上铺着米白色的坐垫，原木的矮柜，原木的茶几，原木的茶具，一股子木头的清香扑入鼻息。一位穿土黄色布衣的小伙子端来一壶茶，我低头闻之，是龙井。你说，这是用山上的泉水泡制的龙井茶。果然，一杯龙井茶入口，人一下子感觉清爽通透起来。

这时，耳边有曲声传来，不是古琴不是二胡不是古筝，居然是琵琶。相隔的一间屋子里，空荡荡的只有一个穿素色旗袍的女子坐在木椅子上弹奏琵琶。你说，她是你从开封城找来的琴师，姑娘姓阮，出身于民乐世家，相传是阮咸的后人。琴技相当了得，更难得的是她的性情中有着琵琶的清微淡远。

一面白纱巾，遮住了阮姑娘的半张脸，她的手轻拨琴弦，琴声更是圆润柔和。我在她的琴音里找寻阮咸的踪迹，我读过魏晋阮咸的传记，他与阮籍、嵇康、山涛、向秀、王戎、刘伶等人合称"竹林七贤"。

> 阮咸一生苦楚，怀才不遇，却独爱琵琶。一把琵琶，弹尽尘世悲情，

他的才情卓然于世，却少有人懂他的琴音，解他的忧怨。他常常独自一人抱琴走向深谷，在山林溪涧弹奏琵琶。他往往将一首曲子弹得很是悲伤，嘭嘭，嘭嘭，嘭嘭嘭，他拨弄的哪里是琴上的弦，而是自己的心。

这位心气高洁的琴师，一生都无缘遇到一个知音，真是应验了那一句"欲将心事付瑶琴，知音少，弦断有谁听"。阮咸死后，他的儿孙将一把琵琶放入他的棺木中，以此作为陪葬之物，告慰孤魂。相传那把琵琶，与阮咸一起长眠于黄土之下，经过五百年的岁月更迭，直至唐朝开元年间，才被人从古墓里挖掘出来。

当时，阮咸的肉身早已和黄土融为一体，他的琵琶亦是破败不堪，五百年沉埋于黄土中，已然不能弹奏。好在当时有弘文馆学士、北魏皇族的后裔元行冲，此人博学多通，尤善音律，他不仅考证了此物为阮咸的遗物，还多方寻找乐器坊的师傅，请人根据样式仿制了一具木制乐器，就是后来的"月琴"。

到了唐德宗年间，有一位叫杜佑的人为了弘扬、怀念阮咸的琴艺，将月琴定名为"阮咸"，自此以后，凡是中国琵琶乐器全冠以"阮咸"……

我和你说起阮咸，你的眉目中也有怅然。你说，这种感觉就像是一个内心孤寂的人填了一首词，快乐的人会无视，暗暗笑讽，那是"为赋新词强说愁"。但有一人会被词的意境所吸引，他懂得你的感伤，懂得你的意念，并与你和上一首。

那阮咸，苦苦寻觅等待的就是那个能停下来，与他相和的人。知音毕竟是可遇而不可求的，这些文人雅士，穷尽一生，等的还不是那个与其心相通、意相近的人。

你被刚才送茶进来的小伙子喊走，留我一个人在房间里。我取出随身带着的惠特曼的《草叶集》，读书上的诗句：

我自己呼出的气息

回声、涟漪、切切细语、紫荆树

合欢树、枝杈和藤蔓

我的呼气和吸气，我的心的跳动

血液和空气在我肺里的流动

嫩绿的树叶和干黄的树叶

在柔软的树枝摇摆着的时候

枝头清光和暗影的嬉戏

独自一人时的快乐，或在拥挤的大街上

在田边、在小山旁所感到的快乐

惠特曼的一生写了不少诗意优雅的自然笔记，他作品中的自然性唤醒了沉睡的世界。当人生步入晚年，他的身体每况愈下，生活陷入困境，但他依然不忘去和自然亲近。

我极爱他的《草叶集》，许是被他淡泊的性情所吸引，每每诵读那些诗句，都能想象，在某个清晨或黄昏，年迈的他拿着小凳子，去丛林去山谷去河边冥思静想。他坦然地接受着生活的考验，与自然悠闲地相处，无论是在哪里，他总是努力地让自己活得自由自在。

我坐在木质的沙发上听阮姑娘弹奏琵琶，她在我隔壁的屋子里，我看不到她的脸，看不到她弹奏时的表情，当一曲《琵琶语》穿过高高的房梁、木柱子，传入我的耳朵时，竟如一曲舒缓的催眠曲，令我昏昏欲睡。

我在柔软的沙发上遁入梦境，待我醒来时已是黄昏。我的身上盖着毯子，颈部还垫了枕头，茶几上的龙井叶片在玻璃杯中起起落落，自由自在。我伸伸双臂，很是惬意，像是在自家的卧房里，安静的，无比舒适的。

起身，出了木门，我又走到了早上走过的那条山径。在法云古村，不必担心会走失，也不必刻意地往哪个方向走，可以按着自己的心思，随意地走，再怎么走，还是在村子里，即便是不小心迷路了，也会有人来寻你，将你带到你想去的地方。

这个时候，天色黯沉。这条山径上只有我一个人。两边花木丛生，矮墙上有不知名的蔓草向着天空的方向伸展，枝叶与藤蔓缠绕在竹篱笆上，那么热烈那么深情。这时，我这才发现，原来两边的竹林和篱笆内，散落着一个个院落，它们藏匿在青山碧水中，院墙混合着黄泥稻草的气味，无不给人以陈旧之感。

法云古村里最多的是黄泥墙，我是爱极了这种感觉的，我忍不住想要与它们合影，却找不到一个为我拍照的人。我左右张望，远远地看到一个小伙子，他穿着土黄色布衣，我向他挥挥手，他便立马小跑过来，我把相机给他，他按下快门键。小伙子有张率真朴实的笑脸，我向他致谢，他笑笑，在我身边和我一起走着。

他像是不爱说话，默默地走在我的身边，但只要我向他问起，这是什么树那是什么花，他就会和我说话。他说，法云古村里最多的是茶树，还有好几个茶园。有桃树、樱花树，还有玉兰、樟树和桂花树。那里墙角边的是鸡冠花，前面还有用松木搭建的葡萄架。

穿过竹林，走过一个又一个斜坡，经过一间门窗紧闭的草舍，突然，一大片一大片白色的小花在眼前盛开。这时，路边的街灯亮了，照着青石板路，照着这些白色的小花。一种温软悄无声息地涌来。我站在那里，不知不觉中，眼眶有微微的湿润。曲径通幽处，禅房花木深，想起这一组词，说的便是清素简静的法云古村吧。

法云古村遁世了经年，在江南恬淡的水色中、在西湖幽静的山谷间，静绝尘氛。最自然的才是最清净的，最原始的就是最禅意的，在法云古村，禅意是无处不在的。在法云古村，无须轮回也不必穿越，灵隐的风会消弭堆积在内心的尘烟。入夜后，夜空上高高悬挂的明月会让我们看到自己前生的模样。

已经过了饭点了，你一定是饿了。真是不好意思，我刚刚才忙完。走，我带你去用餐。你不知何时又出现在我眼前，许是在我刚才的恍惚时。被你一说，想起自己将下午美好的时光都用在了睡眠上，不觉有些懊悔。

到了，这里就是素菜馆。我朝着你手指的方向望去，你说的素菜馆竟是一间普通的木屋，棕黑色的木门，棕黑色的木格子窗，从外面望去，素菜馆里灯光幽暗，像极了儿时乡村的夜晚，没有明亮好看的灯，每每入夜，祖母便会点亮油灯或者蜡烛，一家人围在一张桌子前吃饭，唠唠家常。

素菜馆里有不少用餐的人，每张桌子上都点着一支蜡烛，晃动的烛火传递着一种可以亲近的暖意，将脸照得极为好看。这里的菜做得极为精致，一碟碟菜端上桌，我愣愣地看着，竟然很快便忘了菜名，竟然会舍不得动筷子。我说，我不吃了，好舍不得吃。

要吃的，很不错的味道，你尝尝。我无法拒绝你的温言软语，实则我的胃也唱了一天的空城计了，于是便和你一起，享受着碟中的美味。

晚餐后还有一份甜点……你说，你好像看出我的小心事，便又笑着说，放心，这虽是甜点但脂肪热量都极低，放心吃，不会长胖哦。

你带我走过一间一间的院落，它们分布在法云古村的山水之间，每个院落都是独立的，但又彼此依存。你说，这些院子都有一个名字，像法云舍、藏花楼、清秋居，还有沧月、沐泉、古越、汲青、锦画、禅雨等，每个名字都有不同的蕴意。

我们步入一间院子。你说，今晚你就住在这儿。往前面再走一段路，是法云古村的会所，二楼有图书馆，馆中藏书多为古籍，如果你不想睡，可以去那里看书。你与我告辞，将一枚竹子做的钥匙圈放在我的手心，一张竹片上写着房间的门牌号和名字，还有一把看上去古旧的钥匙。继而又转身说道，愿你在这儿安睡到天亮。

沏一壶西湖龙井，手捧惠特曼的《草叶集》，就像坐在自家的庭院里喝茶，时不时会传来树枝相互触碰时发出的沙沙声，还有从远处传来的钟鼓声……那种恍惚感又寻来了，我不知自己究竟身在何处，仿若时光倒转，回到几百年之前。

那个年代，没有网络，没有电视，没有电脑，人们不用手机，更不用微信交流情感。他们用笔蘸着墨汁写信，空闲时聚在一起饮酒赋诗，去和山林草木亲近，去深谷聆听鸟语，过的是悠然自在的生活。在法云古村，客房里是没有电视和网络的，慕名而来的人在这里找寻的是与现代社会格格不入的慢生活。

法云古村，隐匿在灵隐绵远的禅韵中。一座古村于红尘中隐匿了多少年？我不得而知。我喜欢法云古村的禅意，它遗落于万丈红尘，却无处不在。法云古村的古字，传达的是一种古老的灵明，在当今繁华时代中，它遁形在江南，隐身在深谷中。

在飘忽的禅韵中，我仿若看到了法云古村前生的模样。许是终日听着灵隐的钟鼓声，灵隐的泉水流经它，灵隐的风吹向它，灵隐的香火日日将它熏染，年月长长，法云古村的禅意自是芬芳。

又一个清晨，日光熹微，寺院里的钟鼓声响起。早上七点钟，我即将离开这个村子，我放慢脚步，唯恐惊扰了还在安睡中的你。溪涧里的水醒了，它絮絮低语，它潺潺流淌，向前再向前，终将与另一条溪水相遇，汇合成一条更深的更有力的水流。山径两边的草木沾着春天的露珠，露珠滚落下来，脆脆的声音，和风声一起，组成一曲春天的交响乐。

山径的另一头走来两三个僧人，他们从我身边走过，不曾留下一丝动静。一片片树叶飘落下来，落在黑色的屋瓦顶上，落在弯弯曲曲的山径上，落在我脚边。我一个人来，又一个人离去。我带走了其中的一片叶子，哦，多么幸运的叶子，它生长在法云古村无边的寂静中，灵隐的禅韵，古村的气息平添了它的灵性，它是我遗落在前生的一个梦。

你的美意是多重的
我的信念只一重

邮程再长，也会到达
还没分别，已在心里写信

——木心

葵花

　　风声在响，浅草茸茸，有几只蝴蝶亲吻着柔软的草茎。太阳西沉的时候，蝴蝶飞走了。我也要走了。

　　我把你没有吃完的水果、糕点放进环保袋里，把酒杯里剩余的酒倒进酒瓶子里。不是我舍不得酒，而是到了明年的今日，我还得把这些酒倒出来给你喝。

　　这酒价格便宜，你喜欢喝。你喝了那么多年，还不是因为价格便宜。十八年后，商店的货架上早已没有了它们的位子。去哪里才能买到这种酒呢？买不到这种酒了。我得省一点倒，你也得省点喝。

我是早上到的。坐了一夜的火车，浑身酸疼，没喝一口水，没进一粒米，胃里空空的，我都能听到咕咕、咕咕的水声，在我的胃里流动。我给你带了你喜欢吃的，进了你的院子，拎带断了，袋子哗啦一声落在地上，食物掉了下来。有两只芦柑摔破了，流出了汁水。绿豆糕、枣泥糕掉在地上，碎了，碎成粉末，与深褐色的尘土混合。风吹来，散了。才两年没来，你的院子怎么就荒芜成这样？芨芨草、狗尾巴草越长越高，草儿们努力地向着彼此的方向摆动，却怎么也靠近不了。

十八年前的农历大年初二，你执意要从一幢高楼的某间屋子搬出，半个月之后就搬到了这里。这是个四方形的屋子，没有窗子没有椅子没有桌子只有一张单人床。房间外面，是宽阔的院子，荒草蔓生，杂花遍地。

你什么都不愿意带，除了那只原木箱子。箱子里放着几朵干枯的葵花、几粒葵花的种子。两支英雄牌钢笔。一叠正方形的碎纸片、一张照片。葵花从原本的金黄色变成了棕黑色，花瓣萎谢，像是迟暮妇人枯黄的毛发。毛发粘连，像是被喷了发胶，一撮挨着一撮。

就在那一年，我搬进了你对面的一幢高楼里。和你的房间仅隔着一条甬道。我已在高楼的某个房间里住了三四天。平日里，我裹着厚厚的毛毯，站在窗前，推开窗子，可以看见斜对面房间里的你——你睡着，沉沉地睡着。

我即将分娩，那几天里，能感觉到一阵接着一阵的宫缩，身子往下沉，坐也不是站也不是。我焦躁极了，身体经常不自主地颤抖，像脱水时的洗衣机，随时可能爆发，随时可能停止。

这一天的黄昏，我午睡后醒来，房间里见不着一个人。我看到外面下雪了，很大很大的雪。我一个人站在十一楼的窗口，看到地面跑来跑去的人——母亲，姨妈，大舅，表弟。随后，你被塞进一辆白色的车。那辆车把你带走了，带走了。

你要去哪里呢？雪在下，飞扑在窗外。雪粒子啪嗒啪嗒，敲打着窗玻璃。我喊你，我多想去送你。和你说，再见了，再见了。和你说，等雪停了，花开了，我就去看你。

大年初三的清晨，我被推进手术室。我被抬到手术台上。手术灯拧亮，我像一只猫一样蜷缩着，双腿合并弯曲至胸部。医生在我的后腰部注射麻药，我全身发冷，身体在颤抖，我感觉困，很困，眼睛睁不开。有护士坐在我身后，她的手抚摸着我的头，用手指梳理我的头发，她的声音像催眠曲，别怕，不疼的，你的孩子马上就出生了。

我隆起的肚子被手术刀剖开，一层一层，我能清晰地感觉到手术刀在我的子宫里探入，滑行，搅动。痛，我痛，但我却喊不出来。麻药于我起不了作用，我能清晰地感觉到疼痛。我体内的血水一点点流失，脐带被剪刀剪断……

一个婴儿从我的体内剥离，他哇哇哇地哭，哭声震天。他体重8.8斤，体长57厘米，医生说，多么健康的婴儿，都快赶上别家满月的孩儿了。我感觉整个人像是被抽空了，脸色煞白。我被推进病房，护士随后抱来孩子，我这才看清了他的小模样。他的小脸长得真像你啊，肌肤柔软光滑，雪白雪白，小脸粉嫩粉嫩，他胖嘟嘟的小手扑棱扑棱蹭我的脸。

你没有来看他。在我刚刚怀孕的时候，你说，在我出生的时候，你抱过我。你好久没有抱过这么小的小人儿了。等我的孩子出生了，你要来抱他，亲吻他，等他长大一点，带他去你的苗圃看向日葵。

孩子吃饱了，睡在我旁边的小床上，陪护我的只有婆婆一人。我外祖父外祖母，父亲母亲，姨父姨母，表弟表妹们，还有我的夫君都在忙着为你搬家，从一个地方搬到另一个地方。在飘雪的农历新年，都在忙着为你搬家。

天黑的时候，夫君回来了，带回来一对串着红丝线的金花生。夫君说，这是母亲交给他的，是你在我刚怀上孩子时就准备好的，送给我们宝宝的见面礼。

你没有来。

你是不会再来了。

我的孩子终究还是没能见到你，没能在你的怀里酣睡。你等不及他长大就匆匆走了，你终究是没能带他去你的苗圃，去看你种下的向日葵。

很多年之前，在上海浦东郊县一个被废弃的村落旧址前，你停下了脚步。你留了下来，开荒，挖渠，植树，你洒下向日葵的种子。现在，这些向日葵开花了，开得比人还高。废墟在你的手里一日日变成了仙境。六年前，书院镇的苗圃经过扩建，成了上海郊外一个极富江南水乡韵味和田园风光的去处——大片大片的向日葵开成一片灿烂花海。

春来了。雪停了。花开了。四月的某日早晨，我从花苗市场买来两大包向日葵的种子。坐了一夜的火车，去看你。我从来都不曾坐过那么慢的火车，从来没有经历过那么漫长的夜晚。长路犹如长夜，是什么吸引着我奔赴远方？是什么推着我的身体，一步一步浸入长夜？

我看到了，也寻到了，可最后换回的是空无。天光微亮，第一班开往你住所的公交车迟迟没有来。我从火车站步行至你的住所，晨雾茫茫，街灯昏暗，路上看不到一个人，冷风穿过长街，灌入我的体内。

哦，那么难走的路，那么孤单的晨。到了你的住所，我拿起铁锹松土，为你种下向日葵的种子。我知道，在那里种花，往往难以存活，可向日葵是你最喜欢的。你不止一次地说，为我种些向日葵吧，我不要玫瑰，不要牡丹，不要百合，不要满天星，我只想要向日葵。

我将种子埋入土中，可这个地方的土层不厚，土质稀薄松散，这么大的院子居然没有顶棚，没有围墙，没有栅栏。风从四面八方刮进来，雨从天庭倾泻下来。若遇到疾风暴雨，褐色的土就会被风卷起，向日葵的种子就会和土一起被雨水冲走。

它们会死的。小小的种子如何能承受得了这般猛烈的风雨。我已经不记得了，在那年的春天，究竟埋下了多少粒向日葵的种子？来年的春天，我再去看你时，发现我旧年里埋入的那些种子，只存活了一粒。一粒种子只开出一朵花。一朵花下面有多个叶片，呈深绿色，向四周铺展。一朵金色的向日葵开着，开在叶片中间。

向日葵花开了。

我看到你笑了。

你的住所阴暗幽深，满院的衰草残茎，一朵葵花向阳而生，只要阳光投射，花便迎合，在瞬间骤放一派澄明。草茎的倒影，花的倒影，人的身影，长长的，都在向日葵的绮照之中变得和暖。我像个年老的妇人，坐在你对面，不停地和你絮叨着：我种下那么多的种子，怎么只开了一朵？为何只开了一朵？它们去了哪里呢？

我种下了那么多种子，却只有这一粒种子活着，发了芽，开了花。向日葵开得那么勇敢，那么热烈，忽略了周遭的沉寂，忽略了随时侵袭的风雨。但它又是多么的孤单呀，开在密不透风的尘世，所有的气息还来不及漫散，便堕入尘土中，杂糅、混合成另一种气味。

就这样，我怔怔地注视着它，如果可以选择，我不想花结果，不想结了果又变成了种子，我不想把种子再埋入泥土中。就那样开着多好，温暖安详地开着，阳光照下来，向日葵盛开，盛开一朵一朵的希望。

你在那里住了十八年。来看你的亲人一年比一年少。这些人中，死了的死了，病着的病着，活着的活着，还是你好，虽然那般孤单寂寥地活着，却也是自己想要的生活。

入夜了。北方的春夜还是那么冷。我只穿了件薄薄的衣衫，白色的棉麻长裙裹卷尘土，有了怎么也抚不平的褶皱。

我为什么要穿白裙子呢？

这条棉麻长裙是你送给我的生日礼物。那时，你已经有了喜欢的姑娘。这条裙子，是姑娘陪着你在沪西服装批发市场买到的。那天，从你的手里接过这条裙子，我的眼中随即便盛开了一朵朵惊喜。

真好看。你说，这条裙子才50元钱，穿在你身上多好看啊，像个天使。

多么漂亮的白裙子，棉麻质地，裙摆处绣着紫色的小花，我穿上它，踮脚旋转，裙角飞舞。

我来到你的苗圃，带去母亲为你做的枣泥糕。在你的苗圃里，我见到了你心爱的姑娘。她纤细的背影，瀑布一般的长发。她回过头来，我看到她明亮的眼睛，眼窝幽深黑亮，像谷底的深潭，她的脸上绽放着明媚的笑靥——向日葵般美好的姑娘。

有一年，她从北方老家带着向日葵的种子，想在气候温润的南方给种子找一个家，她住在书院镇的姑姑家，离你工作的苗圃隔着一条河。你从农大毕业后，分配至僻远的浦东园艺处，处里又将你指派到无人愿意去的书院镇苗圃工作。那条小河，流经你的苗圃，流经你的青春，最后流经了你的爱情。

河岸两边，白色的芒草花一丛又一丛。你和她，经常从河的两岸迎面走过。你看着她，她也常常看着你，脸上会浮起娇羞的红云。你们点头微笑，互相致意，却从不说话。直到有一天，她出现在了你的苗圃里，带着向日葵的种子盈盈而笑。

你们一起种下的向日葵发芽了，开花了。你们相爱了。和世间所有男女一样，倾心地爱着彼此。她模样清纯甜美，唯一遗憾的是，她是个哑巴，还是个外地人。镇上的人都不看好你们的爱情。

她小心翼翼地爱着你，你全心全意地呵护她。她不会说话，她买来两支钢笔，去镇上的刻字铺，将其中的一支刻上你的名字。她裁剪了一叠叠的小纸片，以写字的方式与你交流。她喜欢用眼睛和你对语，每一次看着你的时候，传递的全是爱的语言。苗圃里的花匠不多，加上她只有五个人，有一个和你一样从农大毕业不久的男孩，受不了单调的工作和清苦的生活，离开了。

在苗圃的一大片空地上，你们种下了她从家乡带来的向日葵种子。培育种子，播耕除草，开沟追肥，灌水授粉，防旱抗旱，切花采收……一年两年，向日葵越开越多，镇上的园艺处又给你们配备了人力和土地。不久，整个书院镇成了绝美花海。十万株葵花朵朵开，像升腾的火苗。多么神奇的花，花瓣永远朝着太阳，太阳在哪儿，花儿就朝着哪儿开。清晨，金色的阳光洒落在葵花花瓣上，金黄金黄的，像从天庭掉落人间的碎金子。

不忙的时候，你牵着姑娘的手躺在向日葵花海中，闭上眼睛，用掌心的温度传递着不可言说的安宁和幸福。你转身，第一次亲吻姑娘，吻她的额，吻她的双眼，吻她长长的睫毛，吻她凝脂般的肌肤……向日葵的绿叶黄花在风中沙沙沙，有着一种近乎清明的微妙的光辉，似朝霞，是梦境里飘飞的绡纱。

葵花谢落前，你们捡拾片片花瓣，妥善珍藏。葵花熟了，你们围坐在一起掰开葵花籽。在苗圃中间的空地上，你用花瓣围成一个心形的圈，在夜色暗沉的时候，点燃烛火，姑娘站在灯花中，你站在一边幸福地笑着。

你是个性情浪漫的人，懂得花心思去丰富平实的生活和爱情。你的家人喜欢温柔乖巧的姑娘，你的父母顺着你的心意接纳了姑娘，没有在意姑娘是个哑巴是个北方女孩。你们准备结婚了。书院镇的领导为你们准备了一间三十平方米的屋子，作为你们的婚房，就在苗圃附近。

有一年的初冬，天微寒。姑娘要回老家探望父母，并将自己的婚期告诉家人。你很想陪她一起去，拜访未来的岳父岳母，但不巧的是，市园艺管理局有一次为期十天的封闭式课程，你实在脱不开身，只好备了礼物让姑娘带去。

姑娘这一去再也没有回来。她乘坐的大巴在行驶到荣乌高速公路山深线临近津淄桥时，发生追尾事故，车辆坠入桥下，大巴车上的36位乘客有27人当场遇难。她是其中一位。

等你获悉姑娘遇难的消息，已是半个月之后的事了。你急急赶到姑娘家中，看到的是一幅黑白的遗像。她的眼眸那么幽深，像谷底的深潭。她笑靥如花，像初夏时绽放的向日葵。突发的变故，摧毁了你生命的希望。你和姑娘的家人一起操办完后事，在姑娘的坟前守了整整七天。

在一个下雪天，你与姑娘的父母告别。到家之前，滴酒不沾的你，在街边的小酒馆里喝下了整整三瓶白酒，你醉倒在雪地里。

老天只给了你们三年的时光去拥围幸福。姑娘被安葬在北方老家的山冈后。每一年的祭日，清明，你都要去看她，带着一袋子干枯的向日葵，带着姑娘的照片，带着你越来越离不了的酒。书院镇的葵花林少了姑娘的身影，春天也变得黯淡。

到了初夏，你步入葵花林中，一个人喝酒。一年又一年，你成了这片葵花林的守护者，每每看到有人折花，踩花，你就会上前阻止，用近乎哀求的语调说：你不要折它，你不要踩它，葵花会疼，会很疼。

时间久了，大家都以为你在精神方面出了问题。后来，书院镇园艺处的领导为你办理了提前退休手续。你还是不愿意回城市生活，住在苗圃边的屋子里，拿着微薄的退休金，一个人生活着，你要守着这片葵花林，你要守着你的姑娘。

你的钱大多都用在了酒上，天天都喝，餐餐都离不了酒。你可以不吃饭，可以不喝水，但就是不能不喝酒。实在感觉饿了，就去镇上的便利店买一包康师傅方便面吃。你只喝一个牌子的白酒，这种白酒当时只卖2.5元钱一瓶。酒精日日蚀嗜着你的身体，在你的体内积累、暴涨，像洪水漫过你的胃，流经你的肠子，包裹你的肝脏。

那是1999年1月，母亲接到一通电话，说你酗酒倒在路边，被人送进了医院。电话是医院的护士长打来的，她报出你的名字，说你的情况相当严重，让家属马上去医院。

那一次，你进了医院，就再也没有出来。

你睡了，沉沉地睡着，没有人能把你唤醒，除了葵花。药物注入你的体内，已然起不了任何作用。医生明确地告诉母亲，你没有一丝求生的意念，也就是说，你已丧失了自主存活的意识，即便是用再强的药再贵的药都无济于事。酒精和方便面的混合体在你的体内繁殖了大量的毒素，癌细胞已侵入到你的骨头里。

母亲和姨妈们不愿意放弃救你，你才不到四十岁，你还没有娶妻生子，你之前身体上没有任何的疾病，怎么可能医治不好？怎么可以就这么死去？她们是你的姐姐，怎么忍心看着你的生命一点点地消失？各种仪器绑着你，各种管子插入你的身体，各种药液通过细长的管子流到你的体内，最后你被送进重症监护室……

而我知道这些的时候，已是2月了。我哭着要去看你，母亲和夫君都拦着我不让我去，那时，我已有九个月的身孕，离预产期仅剩一周的时间。母亲安慰我说，有那么多人陪着呢，你不能去，万一再有什么事，你让我怎么活？

快过年了。那是1999年的春节。冰冷。没有年夜饭，没有一点过年的味道，什么也没有。

1999年2月16日（年初一）的下午，母亲去医院替换大舅回家休息。夫君去超市了。我出门，下楼，走到马路边喊车，一辆辆的空车从我身边经过，没有一辆车停下来。最后，还是小区里一位邻居，让我坐上了他的车，将我送到医院。进了医院，问了护士，在十三病区的长廊里，我一间间地找你。

最后，在靠近里层的一间病房里，我找到了你。

推门进去前，我对自己说，不许哭啊，不能哭。你躺在那里一动不动，白色的被子覆盖在你身上。小姨在一边掩面抽泣，眼睛通红，一看就知道已经好几天没睡了。她看到我，赶紧上前来扶我。是的，我快倒下了，我双腿打颤，呼吸紧迫，全身绵软。

你怎么变成这个样子了？你怎么会那么瘦啊？你这是怎么了？怎么不说话，你和我说说话？你听见没有，你快点醒过来，我要你醒过来！

我呜呜呜地说着，断断续续，我无法用一串连贯的句子去表达我的恐慌，我不敢用手去触碰你的身体，不敢去看你蜡黄蜡黄的脸，不敢去看你紧闭的双眼。

不会醒了，日子快到了，小姨哽咽着。转头又对你说，你还有什么未了的心愿啊，说出来啊。

你睡着，沉沉地睡着。不言不语。

我想到了向日葵。对！我要去把向日葵找来。我不顾小姨的叫喊，急急地出了病房，出了医院，在医院对面的一条街市上，找花店，找向日葵。这条街上有那么多家的花店，居然没有一家花店里有卖向日葵的。

其中一家花店的大姐对我说，现在是冬天啊，哪里会有向日葵？

我走了，她又喊住我，听说滴水湖那里有向日葵，在书什么镇上……

我想起来了——书院镇上你的苗圃，你在那里种了那么多年的向日葵，现在应该可以找到的。那时，去滴水湖还没有开通地铁，怎么去呢？只有叫出租车了。还是和来时一样，那么多空车经过我身边都不愿意停下来。我管不了那么多了，往马路中间一站，眼睛一闭，心突突突，跳得飞快。

神经病啊，疯子吧……一连连的骂声，一阵阵刺耳的喇叭声，灌入我的耳中。终于有一个声音，穿云破雾般地响了起来——妹子，你要去啥地方？

我说，去滴水湖边的书院镇。话刚出口，居然过来好几个司机说愿意带我去。我上了他的车。两个小时后，车停在了书院镇的苗圃前。我来不及多停留，也没有去找别人，顾不上人们惊异的目光，摘了五株向日葵，上车返回医院。

进了医院，才知道，因为我的突然失踪，病房外的走廊里已经乱得不成样了。闻讯赶来的夫君蹲在电梯边抱着头，像个犯人一般。母亲骂他，为何不待在家里看好我？姨妈们哭成一团。第一个看到我抱着向日葵从电梯里走出来的是小姨，她夸张的声音让夫君噌地从地上站起来，母亲开始转向我，劈头盖脑地骂我，骂够了，她抱着我大哭。

我将向日葵插入空瓶里，放在你床边的窗台上。你若是睁开眼睛，便能看到它们。我该走了。你一定要醒来。醒来看看，我给你找来的向日葵。

我从你那儿离开，经过一条甬道，进了另一幢高楼，最后换乘另一辆电梯，回到了自己的房间。那天晚上，在梦里，我听到你用虚弱的声音对我说——为我种些向日葵吧。我不要玫瑰，不要牡丹，不要百合，不要满天星，我只想要向日葵。

1999年2月17日（年初二）。黄昏。雪来了。像一只只白蝴蝶。像被剪破的白衬衫的碎片，像被撕开的白棉花的枕芯，像从树上飘散的梨花，像白色的绡纱。我撑着肥大的笨拙的身子，站在窗台，看到你被塞进一辆白色的小车里。车开走了，把你从一个世界带去另一个世界。

1999年2月18日（年初三）。早晨。雪还在下，无声无息地落着。头天晚上，我痛了一整夜。早上，我被放到了手术台。下午14时17分，我生下了一个男婴。他有雪白的肌肤，粉嫩的小脸。

一个月之后，是你的祭日，我们没有为孩子办满月酒。那日，夫君陪着我，我们抱着孩子，去书院镇的苗圃里，摘了向日葵回来，插入水晶花瓶中，放在你的遗像前。

在你刚刚离开的那几年，每年的2月17日，我都会去看你，坐一夜的火车，走漫长的路。往后的几年里，每隔两年的清明节前夕，我会去看你。两个城市之间的高铁开通了，我不用再坐一夜的火车，不用再走那么长的路。

每一次，我会先去书院镇，为你准备好向日葵以及向日葵的种子，带上我亲手做的绿豆糕、枣泥糕，还有白酒。只是在去年，我就找不到这种酒了。后年的清明，我再来看你时，就不给你带酒了。

在你离开世界很多年后的一个夏末，我带母亲去书院镇看向日葵。母亲告诉我，那天（1999年2月17日早晨），你真的醒来了。

你一醒来，阳光正好照进房间。葵花仰着脸，向着太阳，眼神中全是爱的言语。你用吸管喝了小半杯温水，母亲将你的床摇高，你指了指向日葵，母亲将花放在你的怀里。你侧脸，轻触花瓣，嘴角蠕动着，声音微弱的，葵花——葵花。

你让母亲从床底拿出一只小箱子，打开小锁。里面是一些干枯的向日葵，几粒向日葵的种子，两支钢笔，一叠碎纸片，一张姑娘的照片。那天，你用生命里最后的一点力气，在照片的背面，写下两个字：江葵。

云
踪

十六岁那年。明亮温暖的午后。他站在祖母家的窗下，高声喊着我的名字。有时，我会佯装没听见，不去理会他，任他在初夏的风中，自顾自地来回走动。

我知道，他是带着他的竹笛来的。那是他心爱的乐器，从十岁那年起，一直随身带着。他喜欢站在空旷的草地上，顶着一方蓝天，背靠枝干粗壮的大树，吹奏一曲《云追月》。

那时，祖父家庭院里的栀子花恰好开着。一股子花香，从木格子窗的缝隙里钻进来，清浅浅的香气，让我有种瞬间的恍惚。我喜欢躲在竹帘子后面，听他的笛声，由远及近，旋律柔美空灵，仿若流云般舒展，随着阵阵花香令人沉醉。有时，我也会偷偷地张望，那长身玉立的少年，气定神闲的模样，他有个如笛声般悦耳的名字——云飞。

云飞，他有着如同春日暖阳般灿烂的笑容，他的牙齿好白，头发短得刚刚好，穿着干净的白衬衣，深蓝色的毛线背心，青春阳光。他是班级的学习委员，数学课代表，灌篮高手，各科成绩名列前茅，老师和同学都很喜欢他。与他的温暖截然相反的是我的冷漠与沉默，我骨子里的骄傲，我那严重的偏科以及我行我素，注定无法融入到他的世界中去。

其实，我与他离得很近。

他的家与我祖父祖母的家只有十来步的距离。云飞的祖父曾是个琴师，在县城的乐器行里干了一辈子。他时常身穿一袭深灰的长衫，拿着一把二胡，坐在巷口自顾自地拉着。老人的琴艺在方圆百里小有名气，不少乡亲欲把自家的孩子送去他那里学琴。可是，老人的一生，只收了两个半学生，一个是云飞的大伯，一个是村子里叫作大勇的孩子，那半个便是云飞了。

云飞跟着他祖父只学了三个月的二胡，便没了学下去的兴趣。二胡的深沉，悲凄与他充满朝气的生命极不相称。云飞十岁那年，从祖父的一只乌木箱里翻出了一支竹笛，之后便迷上了笛子的音律。老人本不愿意教他吹笛，最后在云飞的苦苦哀求之下才勉强应允。可不知为何，云飞那看起来慈眉善目的祖父却狠着心，用竹笛在亲孙子的手掌心留下了十几道刺眼的血印子。

第一次见到老人，是在夏日里那个缓缓沉降的黄昏。自从在我祖父那里听说，那年才十岁的云飞为了学吹笛而遭祖父毒打的事后，我便对他有点畏惧起来。偶尔，会在村子的河塘边遇见老人，便会故意躲开。那一日，我并不晓得，云飞和他祖父会在村庄后山的竹林里吹笛。

吃过晚饭，我带着英语书，沿着月湖，去竹林背单词。月湖位于村庄的南端，最美的月湖是在春天，湖边树影婆娑，天空很蓝，阳光很柔，几声鸟鸣悦耳，一股子清风从坡上吹来，滑过湖面，留下浅浅的褶皱。

那片竹林紧挨着月湖，最美的时节是在夏天，依然能瞅见那苍绿的竹子在淡蓝的天空下向上攀升。那些竹子，像一个个忠诚的卫士，日日夜夜守护着月湖。月湖有多少年，那片竹林就有多少年，这个小小的村子因月湖更具灵性，因竹林更显挺拔，村子里的男女老少都爱来这里，年轻的喜欢躲在竹林里你侬我侬，年老的则相伴坐在湖边的木椅子上絮叨着家常。

当我真的遇见云飞的祖父时，才发现他是个长着花白胡子的老人，一点也看不出他的严厉。老人说话的时候，嘴角儿一翘一翘的，挺好看。他见了我便笑着说，你是老徐家的妮子吧，好俊俏的丫头。背书呢，不像我家的云飞，整天就知道吹笛子。我轻声地向老人问了声好，便独自走到不远处的树下，背起单词来。

风缓缓涌动，从湖心翻跶而起。那片月湖，泛着点点诗意的微澜，静卧在村庄的心窝上。云飞的笛声正好顺着晚风传入我的耳朵里。他的笛声好听极了，旋律中还有水的柔波，曲声宁静、悠远，让我有种昏昏欲睡的感觉。于是，在那个黄昏，英语书上密密麻麻的句子我一个也没有看进去，要背的单词一个也没有背出来，入耳的只有云飞的笛声。

父亲在世时，曾教习我学弹古筝，我自感对音律的认知不会输给同龄的女孩。那时，云飞问我想不想和他一起跟着祖父学习竹笛的吹奏，我冷漠地拒绝了。云飞追问我不学的理由，他说，祖父的笛子吹得出神入化，而我却不屑一顾。那时，我只是一个被城市放逐到乡村的少女，带着那份失去至亲的彻骨的疼痛，渴望能有一个避世之处让我独自疗伤，不想被人打扰，也不愿意去学什么竹笛。

从那个夏天开始，一直到我离开这座村庄前的秋冬两季，我常去那片竹林，沿着月湖一直向前，但我却不敢独自一人进入到竹林深处。

不知从何时起，云飞的笛声吸引了我，每天黄昏，我和他便会不约而同地往竹林走去。月湖水声潺潺，竹林风声渐渐，而云飞的笛声缭绕着少年的情思，护佑着我，一步步走出幽深的悲情。

那日，云飞将一碟子桂花糕端到了我的面前。五六块桂花糕装在一个青花瓷碟里，当云飞端到我面前时，我闻到了桂花的香气。

尝尝，我想，你一定会喜欢它的味道。云飞看着我，用他招牌式的微笑，说着。

我不语，即便是心里已然对着碟子里的桂花糕着了迷，但表面上还是冷冷地拒绝着，我吃不下，刚吃了晚饭。

只尝一小块，我奶奶亲手做的，特意让我送过来给你。云飞的话音刚落，耳边传来我祖母的声音，你这孩子，真不懂事，还不谢谢你云飞哥哥。

祖母悄然离开，云飞将瓷碟放在我的书桌上，端了一杯茉莉花茶给我，随后，他拿出竹笛，坐在我身后吹起了那曲《云追月》。我转身，小口品着桂花糕，小口喝着茉莉花茶，看到云飞神色专注，一管竹笛，垂下一串红艳艳的中国结，在我眼前来回晃动。云飞从不轻易触动我那紧闭的忧伤，但我依然能从他的眼神中看到他的关切。倔强的我，第一次听着他的笛声，流下了眼泪。

我的祖父祖母对他极为喜爱，祖母常留云飞在家吃晚饭，并嘱托他，对我要像对待妹妹一样多加照顾。开学之后，因学校的宿舍新装之后油漆未干，有将近两个月的时间，我们是走读的。

每日清晨，云飞会在祖母家的庭院里等我一起去城里上学，见我迟迟未下楼，他便会仰头对着我的木格子窗高声叫唤，妮子，你还没磨蹭好啊，赶紧的，再不走，就赶不上那趟车了。

我下楼，故意腾腾腾地往前走，他会紧跟着我的步子，他会帮我背上沉沉的书包，有车辆经过时，他会拉起我的手往前走。如果车上有座位，他一定会让我先坐下，自己则背着两个书包站在我身边。现在想来，那时的我是极不懂事的，总是一味地享受着他的照顾，而不顾他的辛苦。

放学回家的路上，我们会提早一站下车。他知道，我喜欢沿着铁轨慢慢地走。那时的铁轨还在，从宁波到我的那个小村庄，还有火车经过，那个火车站的白色站碑上写着两个黑色的大字——洪塘。

其实，云飞也和我同样，喜欢听火车的轰鸣声，喜欢踩着长长的铁轨摇摆着身子向前走。这样的日子清素又透着芬芳，云飞的开朗与阳光渐渐地拂去了堆积在我心头的阴霾。

开学后不久，一年一度的艺术节到了。每个班级都要推选两个文艺节目去参加学校的会演，在艺术节中获胜的同学将代表学校去参加市里的比赛。

听同学们说，云飞的笛子独奏是我们班级的保留曲目，也是学校每年推送申报的节目。

那日，他来图书馆找我，说，妮子，你会弹古筝，对吗？

不是，我不会。我冷冷地回答他。

你会的，妮子。我发现了，在你第一次听我吹笛时，我就知道了你会。

那又怎样？是，我会一点。但我好久不碰古筝了……还没等我说完，他便拉起我的手，在众目睽睽之下离开了图书馆。

去哪里？去哪里？一路上，我不停地问，他却是避而不答。

几分钟后，他推开那扇门，我走了进去，才知道，那是学校的琴房。

我看到了一架古筝，和我曾经弹过的那架如此相似，那么孤单地搁在琴架上，一缕阳光穿过窗的缝隙，投射在琴身上。我看到空气中飘浮着无数颗尘埃，无色亦无味。我转身，想要逃离琴房，却被云飞拦在门口。

妮子，人生有很多劫数，我们注定难逃。你越是想逃避，那些疼痛，越是如影随形。妮子，不要逃避，让我和你一起来面对，去挑战自己，好吗？

　　我定定地站在那里，看到的是他眼里无数的期待与信任。他指了指那架古筝，又拿出他的竹笛说，我想和你一起参加学校艺术节的选拔，我们共奏一曲，争取去参加市里的比赛。

　　我走到古筝前，坐下，手颤抖着，抚摸着琴弦，瞬间有种想哭的感觉，原以为自己已经对它生疏了。那些琴音，是属于我和父亲的记忆。多年前，父亲独自远行，那些琴音也随着父亲的魂魄一起远离了我。我一直以为，自己很难再弹奏出之前的韵味，不想，因为云飞的提议，那些久违的感觉又在心中复活了。

　　梅花三弄。
　　梅花三弄。
　　我和他，几乎是同一时间说出这首曲子的名字。于是，这首《梅花三弄》便成了我们的合奏曲目。为了有更多的时间融合，在周五下午放学时，云飞向音乐老师申请将古筝借回家，这样我们便可以利用周末的时间一起练习。

　　我和云飞对《梅花三弄》这首曲子并不陌生。为了寻找感觉，云飞背起古筝，带着我走进竹林深处。从那天至比赛前的每一个周末，从清晨到黄昏，我们在那片竹林里，与月湖为邻，与清风为伴，反反复复共奏一曲《梅花三弄》。琴声如诉，如风拂过竹海，古筝与竹笛交织的琴音在林中飘散。

　　一个月之后，我和云飞的合奏曲目《梅花三弄》在学校艺术节中一举夺冠，并代表学校参加了市里的会演，获得乐器演奏项目第一名的好成绩。那次，是我和云飞的最后一次合作。高一学年的第二学期，我便被母亲接回了上海。

　　在我即将离开村庄的前一个黄昏，我、云飞、祖父祖母还有二叔一家，围坐在一张圆桌前，吃着祖母亲自做的晚餐。我和云飞自始至终没有说话，我受不了那种别离前伤感的令人窒息的气氛，匆匆吃完，起身向竹林走去。

月湖如此安静，竹林深处，连风声都隐去了。

云飞说，妮子，你回上海后，还会弹古筝吗？

我说，不会。家里的那架古筝已经沾满了灰尘，琴弦也断了好几根，不会再去弹了。

我问，云飞，你的笛子吹得那么好，不知以后还能不能再听你吹那曲《云追月》。

他勉强挤出一丝笑容，说，当然会，以后暑假，你再回来，我吹给你听。

我离开的那个早晨，站台上不见云飞的身影。等到火车开动，当哐当哐当的轰鸣声响起，我看到他站在那里，向我挥手。

再一次见到云飞，是在我祖母的葬礼上。那一年，没有我的筝曲，更没有云飞的笛声。他从学校赶回来，陪着我一起悲伤。我痛哭时，他站在我身边不言不语。我要回去时，他将他心爱的竹笛放在了我的手里。

他摊开掌心说，这是我祖父当年用竹笛打我时留下的印子，你看，那么多年过去了，这些印痕还在，我一直不懂，为何祖父要那样对我，现在我才知道祖父的用意。不要轻易爱上，更不要轻易去放弃，所有的美丽都是有代价的，爱上自己眼中越美的东西，付出的代价也就越大。

我带着云飞送我的竹笛离开了村庄。那是一个落雪的冬天，村庄被雪染白，我纯白的世界里，有一管竹笛，那是云飞的，也是我的，我们的。

后来，我很少回去。我和云飞忙于各自的学业，我和他之间的联系维持在书信往来中。

再后来，我考入华师大中文系，云飞在那一年被浙江大学药学院录取。我和他，曾经都那么痴迷音乐，但最后都与自己的心背道而驰，我选择了文学，而他则研究起中药来。

大学毕业后的第二年，我和云飞在宁波三江口再次相遇。那时，他的身边已经有了一位长相俊秀的女孩。她挽着他的手，小鸟依人般的温柔。他结婚了，我没有去参加他的婚宴，而是委托堂兄云生送去一份贺礼。

2011年的秋天，他来上海进修，约我见面，我和他坐在衡山路的街心酒吧，聊起十六岁那年的往事，聊起村庄里不复存在的月湖与竹林，这个依然帅气的男人竟会潸然泪下。

他问，我们的青春岁月，都去哪里了？命运曾给我们最大的恩典，我们不是没有机会的，错失那些美好的，是我们自己。妮子，你不觉得吗？这一生，我们都在马不停蹄地错过。

之后，他携妻儿迁居北方某城，离开了年少时我们住过的那个村庄。我与云飞，便再无联系。

孤独的和声

步入中年后的大部分时间，我成了一个活在往事里的人。仿佛前半生的光阴都遗落在了一拨拨的往事里。时间的手，将我的生命分成两半。剩余的小半生，是用来怀念用来收藏的。收藏前半生的一片树林，一条旧巷子，一座老宅子，一段旧时光，一个深深爱过的人。

我晓得，终有一天，我会孤独地老去。我的记忆会枯萎。我会遗忘很多事，包括你。是的，我会记不得你，记不起曾经和你一起漫步山径丛林，和你面对面坐在河边的餐馆里吃饭，你将菜夹起，放在我的碗里。我会记不起你眼中的深情。记不起你温暖的怀抱。记不起我们曾经在一辆公交车上并排坐着，相视而笑。车窗外，雪纷纷，散不去的别情愁绪。

在我彷徨时，我的手触到了一本书，那是你的书，书的封面上写着你的名字。我打开书页，书中的字，从堆叠的人间挤到我的眼前。在这之前，我已读过你写的诗，在落雨的清晨，在起风的黄昏，轻轻诵读。我摘抄你文中的句子，一段一句一字抄写下来。那是我亲手做的笔记本，内页是浅灰的纸笺，我在封面上画了几朵云，几朵梅，还有不知道从哪里吹来的风。

在这个春天，我要带着你的书、我的笔记本回到村庄。我想告诉你，我曾经在那里生活。那个小村庄里，有我年少时住过的房子院子，还有我经过的古城墙、走过的河塘。

我踮起脚，向着村口的方向。时光倒退至1984年的春天。坐在村口大樟树下等我回家的祖母。她放下手中织了一大半的毛衣，三步并作两步跑过来拥抱我，慌乱中却忘了将装着毛线的竹篮子放下。于是，那线团滚落下来，毛线拉扯起来，绕着祖母矮胖笨拙的身子，一圈又一圈。

祖母一点都不像农妇，她微微卷曲的银白的发，圆圆的脸，高高的鼻梁上架着一副金丝边眼镜。她笑的样子好可爱，那笑声像挂在檐下的风铃，叮当叮当，脆脆的，很好听。她的眼睛眯成一条线，头上的帽子掉下来遮住了眼，她停下来，戴好帽子，跺跺脚。

那线团和毛线像是故意和她作对似的，祖母越追，它们跑得越快，绕得越紧。线团乖乖地停下来，一根低矮的树桩子挡住了它。可毛线还在绕，随着祖母晃动的身子绕啊绕。这下，祖母拿它没辙了，我拿来竹篮子里的剪刀，想一刀剪断毛线。我还未动手，却听见祖母大声惊呼——妮子，不要剪！

祖母夺走我手里的剪刀，重复着说，乖乖啊，你不能剪的，不能剪的。后来我知道，是祖母织给父亲的。祖母将自己的两件毛衣拆了，给父亲织了一件毛衣、一条围巾。

打开你的书，我读你写的村子，越读越融入你的愁绪中。合上书，我会想起我的村庄我的绿房子。绿房子，是那年才十二岁的我脱口而出的词语。

这一年的春天，我随父亲回到村庄，看望祖父祖母。我一眼望见了它，它的绿色便葱茏了我的时光。那是我祖父祖母的宅子，一栋二层的小楼，房顶及外墙上常年覆盖着绿色的常春藤，密密麻麻，层层叠叠。小楼前面是一片空旷的田野，后面是菜园子和河塘，再往深处走，还有一道不知哪个朝代遗落下来的半壁城墙。

　　院子里有秋千架，有藤制的摇椅，有石桌和石凳子，院子内外种着结香树，枣树，海棠树，还有一些我叫不出名字的花草。祖父是赐予我春光的人，他将春天植入在我的心里，只是后来，祖父祖母相继去世，屋顶上常年覆盖的常春藤在某年大雨滂沱的冬至夜，层层掉落。

　　第二天的早晨，我亲眼看见我的二叔佝偻着身子，拿着一把大剪刀，不停地剪。此后，绿房子不见了，成了村庄的一件往事。这些年里，依然会有村民提到它，云生也会说起它。在这个春天，我回到小村，远远地看着光秃秃的屋顶，越发地思念它。我说，房子还是那栋房子，只不过是再也看不到那一抹绿色了。

　　我曾坐在院子的秋千上看书，秋千是祖父帮我架起来的。是在早晨，云生会端着一杯蜂蜜水让我喝下，他顺带拿走了我的书，说，妮子，你都看了半个多小时了，别让眼睛累着，该歇会儿了。我点头，重回秋千上，云生在后面推我。

　　哥，再高点，再高点。我闭上眼睛不敢睁开，可还是不停地喊。院子里种着结香树，树上开着结香花。我的叫喊声惊落了明黄明黄的花，它们在春风的护送下，飘在我的身上。

　　结香树是祖父种下的。当年祖父从陕西汉中带回树种，植入小院内。结香树是爱情树，结香花会在早春盛开，十几朵小花挤在一起，飘散出浓郁的香。祖父一生厚待它们，生前细心养护，死后百般难舍。

　　祖父死后，祖母常对着树自言自语，常站在花前落泪。一年之后，祖母也随着祖父去了。祖母在一个风雨交加的春天的黄昏死去。祖母出殡的那天，院中的那些结香树纷纷倒下，它们托着祖母的肉身，一起奔赴天堂。

　　云生带我去看古城墙。说是古城墙，其实就是几段残垣断壁和一排废弃的柴房，那种无以言说的沧桑感涌入我的视线，填满我的胸腔。夏天的夜晚，那里会飞来很多萤火虫，云生用网兜去网萤火虫，然后放入玻璃瓶里供我玩耍。看着萤火虫，我诵读泰戈尔的诗：

　　小小流萤，在树林里，在黑沉沉暮色里

　　你冲破了黑暗的束缚

　　你微小，但你并不渺小

　　因为宇宙间一切光芒，都是你的亲人

我听到有回音从残垣断壁间飘来。我喜欢这些会发光的小精灵，但我却不知道，关在小小的瓶子里，它们会死掉。

我们会去河塘玩。河塘的水好清亮，云生说，这条河连着姚江，河面不宽，水是活水。趁着四周无人，云生卷起裤脚，跳入河里摸鱼捉虾。我不敢下水，就坐在岸边的石头上，脱掉鞋子袜子，将脚放在河里戏水，拿起小石头扔进河中，溅起的水花打湿了云生的上衣。晚上，云生会在院墙外的空地上搭起烧烤架，点燃炭火，在鱼虾身上抹上酱汁，开始烤。

那香味会飘到很远，那些闻香而来的少年，舔舔嘴唇，咽咽口水，向我投来羡慕的眼神。我好得意，抿嘴偷偷地笑，云生用竹棒敲敲我的头，说，快吃，傻笑什么。趁云生不注意，我用手去摸炉中的炭，云生见了大叫——不能去碰，烫的很烫！但我的手还是摸到了炭。云生脸色大变，边问我有没有被烫着，边捧起我的手直吹。我用手去摸他的脸，他的脸被我的手指画了一道道的黑印，我坏坏地笑，笑声渐渐飘远，渐渐飘散。

笑声远去了。香味散去了。三十年后的春天，我捧着你的书回到村庄，再也寻不着当年的房子院子和河塘。它们成了村庄的往事，堆积在我的往事中，我和它们在往事的光影中重逢。

我想去看看村后的半壁古城墙，却不知它们是不是还在。我怎么也找不到路，想问问村里的人，却发现自己已全然不会说家乡话。从我身边走过的是陌生的人，长着一张张陌生的脸。我听他们说话，唯有声音是熟悉的，那熟悉的乡音让我想起故去的祖父祖母。

是村里的一位老伯带着我横穿了大半个村子，在黄昏降临前找到了那半壁城墙。我看到那残壁四周爬满了绿色的蕨类植物，萎灵仙、梗匙芽、四叶菜、柳蒿芽、马齿苋之类的野菜随处可见。临近的山路边，乳白色的槐花一串一串，香气入鼻，沁心宜人。河道两边还有一丛丛的茅草花，迎风晃动。不远处的水田里，有三两个村民正弯腰插秧，或挥动铁锄在坡上耕种。

坐在断壁上，抬眼望向远处，还能看到升起的淡淡炊烟。那是外乡人租借的平房，他们和村里人一起生活，在田间劳作，依然用柴火烧水煮饭，他们的生活更为辛苦也更为简单自在。

这半壁古城墙，其实就是一片废墟，是这个村庄最为萧瑟最为自由的地方。老伯问我，来这儿找什么？你不是这个村子里的人吧。他说，村子里的人，没人会到这里来，几块破石头，几根老木头，没啥可看的。我苦笑，不知该说是还是不是，便回他道，我来这儿找往事。老伯摇摇头，表示听不懂，随后转身离开。

这里就剩下我一个人了。这个春风煦暖的午后，我来这里的残垣断壁中寻找丢失多年的往事。我坐在古城墙的断壁上，读你写在书中的句子。只有坐在这里，我才能靠你更近些，更能体会你有过的心境，你的惆怅、你的落寞、你的忧郁，你孤独的呓语是那么的迷人。山川河流，故土家园，念念不忘的乡音，绵绵不绝的乡情，如你这般写入文字，如我这般收入眼底。

云生总说我是一个爱幻想的人，爱幻想是因为读书太多，接受不了现实中残酷的错误的东西。过去或现在，我有过深深的愧疚，我和所谓的现实，一直若即若离，我像是一直在往事里飞，倔强地飞，却不知一旦落下来会很疼。

我抚摸冰凉的砖头，触到了砖石上参差不齐的纹路，那是它忧伤的皱纹，泛着棕褐色的光泽。那俯拾即是的每一片瓦砾，是岁月遗留的书简，写满支离破碎的往事。我沿着墙体走过去，步子细碎，阳光折射下来，仿佛看见墙上的影子里有另一个自己。

世界在这个时候，一点点地缩小，小到仿若一条街的布景。我在这儿，等了你好久，我读完了这本书上所有你写的文章，却不知你在哪里。夕阳倾斜，铺陈出一片金色光影。你会穿越层层光影，向我走来吗？

分别了好久，思念日日将我吞噬，我不愿，有一日，你也成为我往事中的一部分。我要你永远站在我前面，存在于我的远方。我走向你，你不言不语，时间省略了过去和未来，省略了拥抱和亲吻，省略了重逢和告别。

我在这断壁上坐着。看着天边最后一道斜阳隐退。我整个人仿佛也如同古城墙上的某块瓦砾，依附着并不伟岸的甚至是破败的墙体，一动不动。

在我的四周，空气在流动。在我的身后，村庄在移动，村庄里的人在走动。不远处，还有一条河，正缓缓流淌。只有这半壁城墙是静止的，它们不会动。多少年了，风里雨里，它们始终是一个姿势，一种表情。它们是失语者，不悲不喜，看着这个村子一天天地繁华，看着自己一日日地苍老。

云生找到我时，天色已黯沉。

云生说，我就知道，你会在这里。这村子啊，除了这里，找不出一个让你喜欢的地方了。这个村子，早已不是从前的那个村子了。

我说，哥，我们也不是从前的我们了。

云生发出一声长叹。

我把头靠在云生的肩上，望着夜空隐约稀疏的星星。说，哥，等我老了，我能不能回来小住？

云生说，好啊，哥给你收拾好，你随时都可以回来住，住多久都行。

听了云生的话，我突然不可抑制地想念起那些遗失在往事中的美好来。祖父祖母活着的时候，父亲活着的时候，绿房子活着的时候，结香树结香花活着的时候，院子里的秋千活着的时候，那片河塘那片田野活着的时候……

年少的自己曾固执地相信，世间所有美好的人都不会离开，所有美好的事物永远不会消失。

我离开村庄多年，又在这个春天回去，才发现，一切都变了。我与这个村子，我和这片土地的联系早在当初决然离开的时候便已断裂。我想找寻的已消失，原先属于我的也消失了。它们通通成了往事。往事是一把断了弦的古琴，即便是竭尽全力也只能发出凄凉的弦音。

我坐在书房里，在电脑前打字，知道时间会来到这里，知道你会来到我的身边。我发现我打出来的每一个词语都蕴含着各种可能，可以再现往事中的某些场景，重组往事中的那些美好片段。我打开你的书，在某一页上做好标记，明天我会从这一页开始读起。

窗外，雪纷纷。风瑟瑟，如此冷寂。路灯下，有人在等待。她挥挥衣袖，抖落缱绻情深，抖落悲喜离愁。经年后，伤痕愈合，遂成往事。

尘世密语

　　我的蜂蜜快吃完了，上哪儿才能买到这么好的蜂蜜？那是大年初二的早晨，堂兄云生从宁波打来电话，我和他唠叨着蜂蜜。那时，我正好捧着一杯蜂蜜水，晒着太阳，看着窗台上的一盆盆水仙。我听出了电话那头，他数秒钟的沉默，便笑着对云生说，哥，我种的水仙开花了，开了好几朵白色的小花呢。

　　这是真的，在那个暖阳如许的晨，在那片葱郁的绿色中，我看到了一朵两朵白色的小花。

能吃到这么好的蜂蜜，必须得感谢一个人。那日，收到一则留言：我给你寄了蜂蜜。收到蜂蜜的那日，是一个朗朗晴天。我费力地撕开瓶口上裹了一层又一层的透明胶布，将蜜倒入玻璃瓶中。我呆呆地看着蜜一点点地落下来，黏黏的，稠稠的，像是一道被刷了糖浆的瀑布。最后，我取来温水与剩余的蜜调匀，慢慢喝下。

甜滋滋的蜂蜜水温柔地滑过我的舌，经过我的喉管，最后流到我的胃里。一时间，除了那一股子沁心的甜润，我还闻到了高山上盛开的杜鹃花的香，大凉山松林间青草的香，雨水的香，风的香……芳香中，夹杂着一股子不易察觉的苦味，教人回味了好一阵子。

我说，这是纯正的岩蜂蜜。从千里之外的大凉山，千里迢迢地来到我的身边。这一瓶蜜，从花期到采蜜、陶蜜、割蜜、摇蜜再到最后的装瓶、物流配送，我能想象这一过程的辛苦。时间到了2017年1月下旬，我已把其中的一瓶蜂蜜吃完了。

在打开第二瓶的时候，才发现那蜂蜜结晶了。会结晶的蜜是纯蜜啊，这虽然不是唯一的鉴别蜂蜜品质的方法，却也是常用的一种。结晶后的蜂蜜像什么呢？像猪油，像冰淇淋，像鸡蛋糕。有位在食品领域做了多年的好友，看了我发的图片，给我留言说，这是难得的好蜜哦！

因为阿微的蜂蜜，我发现了身边有好多个蜂蜜控，如傅菲老师、王雁翎老师、潘小平老师，还有王俊、采薇姑娘，以及我们社团的春光、明月、清鸟等几位编辑。呀，原来我们都是爱着蜂蜜的人，一直爱着，甜蜜着，欢喜着。

我是个蜂蜜控。有着长达二十多年晨起喝蜂蜜的习惯。每天早晨，我会烧上一壶水，等水烧开后自然凉至50度左右的水温，先喝下半杯温开水，再用木勺子挖一勺蜂蜜，调匀，当蜂蜜和水完全融合在一起后，再喝下。我舍不得用蜂蜜做其他的食物，如蜂蜜蛋糕、面包，蜂蜜沙拉、蜂蜜柚子茶等。一杯温度适宜的清水，才是蜂蜜最好的伴侣。

2016年的最后一个月，我过得好甜蜜。我在给阿微的留言中写道：谢谢你，带给我的甜蜜。

在一个蜂蜜控的记忆中，多多少少会有一些往事，是与蜂蜜有着丝丝缕缕关联的。那存在我记忆中的，至今还能让我清晰地想起来的第一杯蜂蜜水，是云生给的。

云生是我堂兄。在徐家的这些兄弟姐妹当中，只有云生，那么多年里一直与我保持着往来。这种往来，不仅仅是亲戚之间的串门或人情交往，更多的是情感上的彼此依赖，心灵上的互相依偎。

云生，是家园的守护者。他就像是一根长长的绳子，这一头系着我，另一头系着故乡。

在我年少的时光里，云生一直是一种温暖的存在。那年，我住在宁波祖母家。记不起来是在哪一个早晨，我喝了云生为我调好的蜂蜜水。从那天起，每天早晨，我都会喝到一杯甜甜的温润的蜂蜜水。喝了好几天，我才想起来问他，云生，我喝的是不是糖水呀？

云生大笑起来，说，傻妹妹，你喝的可不是糖水，是蜂蜜水，是由很多种花酿成的百花蜜。蜜和糖的味道是不一样的。蜜是有香味的！

呀，难怪这么好喝。我还喝到了淡淡的薄荷味道。

云生说，我家妮子的小嘴好厉害，我加了点薄荷草，你也喝出来了。现在这个天气，在蜂蜜水中加一点薄荷，对身体有好处。

后来，我就离不开蜂蜜了。

五月的时候，采蜜的季节到了。一个周末，云生说要带我去保国寺后面山岙里的蜂场买蜜。

云生问，妮子，你害不害怕和我一起去养蜂场？

我说，当然不怕。

他嘿嘿一笑，拿了四个大可乐瓶，就出发了。我们买了门票，走到后山，再绕过一个个山峁，走了好长一段凹凸不平的山路，终于看到前面大榕树下那一间矮矮的木房子，四周的空地上摆着密密麻麻的蜂箱，箱口上盖着一张棕色的布，棕布上压着一块长方形的石砖。蜜蜂在四周飞，嗡嗡嗡，嗡嗡嗡。

真的看到一只只飞来飞去的蜜蜂时，我就不敢再朝前走了。

云生走了几步，看我没有跟上，就返回来问我，怎么啦，妮子，是不是害怕了？

我才不怕呢。随即又轻声地问，云生，蜜蜂会咬人吗？它会不会咬我？

云生说，只要你对蜜蜂好，它就不会咬你。

我又问：蜜蜂是怎么知道，我对它好还是不好呢？

云生说：只要你喜欢它，它就会喜欢你，不会咬你。蜜蜂和人一样，是有灵性的，是有感情的。

我心里还是有点害怕，但不想让云生发现，只好乖乖地跟着云生去蜂场。

五月的山风，还是会让人感觉到丝丝凉意的，但那木房子里却很暖和。

徐爷爷，徐爷爷——云生大声喊着却不见应答。云生又喊了好几声，徐爷爷才停下手里的活走过来。他将我们带到放在墙边的白色塑料桶前，随后拿起桌上的碗，调了蜂蜜水给我们喝。

徐爷爷对云生说，阿青跟我讲你要蜜，这些天蜜不好采的，不知道这些够不够，这是这几天里刚弄出来的，你们尝尝。

我喝了一口对云生说，呀，这同我喝的蜜是一个味道，就是少了点薄荷味。

云生说，你要是喜欢，我们都买回去。

云生和徐爷爷坐在一边聊着，我已把碗里的蜂蜜水喝得一点不剩了。跑到屋外，有几只蜜蜂向我飞来，在我身边绕过来绕过去，嗡嗡嗡地叫着。我呵呵地对着它们傻笑，想着云生说过的话——只要你对蜜蜂好，它就会喜欢你，不会咬你。那我这样，算是对它们好了吧。果真，蜂儿没有咬我，它们一会儿停在我的衣服上，和我的脸离得很近很近，它们的小翅膀都触到我的脸啦，一会儿又飞走了，过会又飞回来，围着我转，嗡嗡嗡，嗡嗡嗡地叫。

云生抱着四个可乐瓶出来了，瓶子里装满了琥珀色的蜜。

我说，云生，我不怕蜜蜂了，它们真的没有咬我。

徐爷爷说，丫头，你刚喝了蜜，你的身上有它们熟悉的味道，它们是不会咬你的。

是真的吗？我问。

云生笑着点点头。

后来，我才知道，徐爷爷无儿无女，耳朵也不好，已经在这山岙里养了十几年的蜂了。这方圆几百里的人都喜欢喝他酿的蜜，来买蜜的人越来越多了。这次，云生还是托他的哥们阿青事先下了订金，才能买到这些蜜。

天色渐渐暗沉。云生说，妮子，我们该回去了。我说，我不想走啦！我们离开时，云生对徐爷爷说，我小妹喜欢喝蜂蜜，每年的这个时候我都会来，您记得给我多留些，谢谢您了。

这世界上，有一些味道，会一直跟着你的，不管你在哪里流浪，不管你老成何种模样，它都会跟着你的。它就像你的影子，会在某个转角与你迎面相遇，会在某个不经意的瞬间重返你的时光，会在孤苦无依的岁月里抚慰你的心，和你说一些温暖或伤感的话。其实，我们怀念的不仅仅是小时候尝过的味道，更多的是在想念赐予我们味道的那个人。那个人，是我们的故人，是我们的亲人。

我在宁波读了大半年的书。不管有多忙，每天早上，云生都会为我调好一杯蜂蜜水，看着我喝下。我的大嫂娟子，总会带着些许醋意说，妮子，在你哥心里，你才是最重要的那一个……而我，面对大嫂莫名其妙的醋意只能笑而不答。

在那大半年的日子里，我总是心安理得地享受着这杯蜂蜜水。从来不问，蜜是多少钱一斤？从来不问，从蜂场一大瓶一大瓶装回来的蜜，总共花去了云生多少钱？就像云生，去徐爷爷那儿买蜜，是从来不问价钱更是不会还价的。老人说多少钱，他就给多少，还生怕给少了。

云生经常会去看望徐爷爷，顺带捎上些吃的用的给他。他常说，好蜜难求，养蜂人都是善良的人。爷爷和我们都姓徐，这里头藏着多深的缘分哪。多年来，云生一直把徐爷爷当作自己在这个世界上的另一个亲人。

我自小体弱，贫血经常头晕，不知道是不是那大半年，天天晨起喝蜂蜜水的缘故，渐渐的，头不晕了，面色也红润了。这一杯蜂蜜水，滋养着我的身体，甜蜜着我的年少时光。

我越来越喜欢乡村的生活，喜欢在清素简静的时光里有云生细心的呵护。可在第二年的春节，我还是被母亲接回了上海。云生让我把剩下的一点蜂蜜带回去，他说，妮子，蜜就剩这点了，只够喝几天的，带回去吧。

你是知道的，我不想哭的，可还是没有忍住。我躲在云生的怀里，像个受了委屈的孩子，呜呜呜地哭着。

回到上海后，母亲去商场给我买来上海产的洋槐蜜。这个牌子的蜜，在当时，已经算是很好的蜂蜜了。那蜜，清凌凌的，颜色金黄发亮，看上去挺好看，可是入口时却少了蜜的香气，这和我在宁波喝过的蜜是完全不一样的。于是，母亲常常说，你这丫头，嘴可真够叼的。

回想起来，应该有一年左右的时间，因买不到好蜜，我就断了对蜂蜜的念想。又到了五月采蜜的季节，我常常会无法抑制地思念起云生调制的蜂蜜水来，就像一个被思念烧灼了的人，在思念着远方多年未见的恋人。

一天夜里，快到家门口，我看到屋里有灯亮着，听到母亲和一个男人说话的声音。推门进去，看到的居然是云生。云生指了指桌上的一个大纸箱说，妮子，你看，哥给你送蜂蜜来了。这些蜜，够你吃上一年了。等明年，哥再给你送新鲜的蜜来。

我打开纸箱子，看到里面是一个个玻璃瓶，装着琥珀色的蜜。我看着想了一年多的蜂蜜，忍不住大哭起来。云生将我拥在怀里，说，看你都这么大的人了，还哭鼻子。

母亲说，都是你哥，把你给惯坏了，把你的嘴给养刁了。母亲掏出一叠钱要给云生，云生说什么也不肯要。云生在家里住了两天，便赶着要回宁波。他回去的那天，我伤心了好久。母亲为他准备了几身衣服，一些上海特产，我和母亲一起将云生送到火车站。在他上车时，我看到云生那条一瘸一瘸的腿，心里好痛好痛。

接下来的五六年，我喝的全是云生在每年的五月亲自送来的蜂蜜。那蜜蜂和人一样，是有感情的，你喜欢它，它也喜欢你。你对它好，它就不会咬你——这些年，我一直记得，当年云生说过的这些话。这蜜，喝得久了，就成了一种习惯，成了一种依赖，就再也离不开了。我真正晓得这些话的含义，是在那一年的清明，和云生一起站在徐爷爷的坟前和他告别时。

徐爷爷死在了一个大雪天。且是在死了几天后，才被山里的村民发现的。云生在告诉我这个消息的时候，我听到了从电话那边传来的呜呜呜的哭声。云生是条硬汉子，我从来都没见过他哭，就算是那一年我大伯去世，云生也强忍着心里的痛，没有哭。

云生说，妮子，徐爷爷没了，你以后再也吃不到他酿的蜜了。是的，在此后一年一年的日子里，云生再也没有给我送过蜜，而我自然也是吃不到那么好的蜜了。

像是一场告别，无声无息，告别一个突然之间消失的人，告别一种不会再有的相逢。

到了第二年的清明，我返乡祭祖。云生带着我去徐爷爷的坟前祭拜。我在路边的花店，买了一束白菊，和云生一起踏上旧年的五月我们一起走过的山路。原来的木房子不见了，木条子，牛毛毡，还有曾经用来装蜜的塑料桶，七零八落地散落在一边，屋前的空地上还堆着两三只蜂箱，四周也不见蜜蜂，箱体蒙上了尘土以及隐约可见的残雪。

山路两边，草色青青。蒲公英在风中摇曳，绵密的雨丝儿飘下来，和我的泪一起落入泥土。徐爷爷，丫头来看你了……话音未落，我便泣不成声。云生和我说起当时为徐爷爷入葬的情景，言语中亦是透着伤感。

云生说，徐爷爷去世的消息很快传开了，那些曾经喝过他蜂蜜的人们，从各处赶来，送他最后一程。那日，我们以蜜水代酒，洒在徐爷爷的坟前。我们向孤苦的老人鞠躬，感谢他曾经带给我们每一个人至纯至真的甜蜜。不一会儿，听到了蜜蜂的叫声，它们也赶来送爷爷了。很多只蜜蜂在徐爷爷的坟墓四周飞来飞去。这些蜂儿，也是和我们一样思念着徐爷爷的。

徐爷爷曾用大半生的时光与它们朝夕相处，给了它们一个安全安稳的家，给了它们日日与阳光花草亲密的幸福。对它们来说，徐爷爷就是它们的亲人。

十几年来，徐爷爷独居乡野，他酿的蜂蜜是甜的，可过的日子却是苦的。他不用手机，不沾烟酒。住的是低矮的木房子，吃的是自己种的蔬菜，穿的是粗糙的布衣。他无妻无儿无女，房中无电视，出门无豪车，忙碌了一生，孤独了一生，到了最后，孤独地死去。无声无息。

起初，我是想用"中了蜜"作为这篇散文的标题，但又想，这三个字，常人怕是极难理解的。

什么才是中了蜜呢？中了蜜和中了毒，其实是一样的，都属于灵魂的深度沉溺。

傅菲老师在他的诗集《在黑夜中熬尽一生》的序言里写道：时间，是一副毒药，让我们每一个人在生活中慢慢中毒，然后不知所踪。

我们终其一生，其实都是在时间的怀抱里中了毒，中了蜜。我们相逢，我们相爱，我们相离，我们写字，其实就是灵魂一次一次的狂奔。

中了毒，常人往往会理解成，将有毒的食物吃到肚子里的那种，其实不然，尘世的爱也常令人中毒。就像金庸笔下的赤练仙子李莫愁，年少时遇见了陆展元便坠入爱河，痴痴爱过，继而又匆匆失去，她就是中了爱的毒。此后，她心里的恨，手中的狠，都是因为中了毒。她被推入绝情谷底的情花林中，中了已是无药可解的情花毒，这个与爱纠缠了一生的女子，最后只落了个葬身火窟，身心俱焚，凄凄然地死去。

文字也是一件毒物。只不过是，文字的毒，是有着漫长的潜伏期，它往往会在你不曾察觉时，从你的眼，钻入你的大脑，然后悄无声息地潜伏在你的心里。

中了文字毒的人，不至于癫狂，也不会去伤害他人。并非所有写字的人，都能中了文字的毒，那是因为这些人的心中，对文字还不够虔诚不够敬畏，让文字蒙尘。多数中了文字毒的人，会如那素颜清修的尼姑一般，常伴青灯，手持经书，在清冷的庙宇中供奉着文字，淡然从容，心境澄明。

中了蜜的人，是幸福的人。不管他们在途中经历了多少磨难，终将还是能等来自己心心念念盼着的那个人。就像《神雕侠侣》中古墓派传人小龙女，为保得杨过十六年的周全，在石碑上留下一封绝笔书，跳入山崖。此后，她在断肠崖深谷里，远离尘嚣，清心寡居，养蜂食蜜。冰雪聪明的她在玉蜂上刺字。等了十六年，终是等来了杨过。那小龙女自然也是中了蜜的人。十六年，人在深谷，日日与蜂相伴。那些蜜，让她体态轻盈，容貌不改，依然是冰肌雪颜，仿若天仙。

中了蜜的人是一个执著的人。为了寻得一口好蜜，不惜翻山越岭，千里万里找了去，只为了能喝上一口好蜜，修得一段蜜缘。上天会垂怜这个人，赐予他一生的完满和幸福。

中了蜜的人亦如我这般，得了一种好蜜，便欢喜得很，便什么都不去想了。那种欢喜，莫过于在长久的等待中，等来了知己。他懂你眼中的悲喜，懂你心中深藏的依恋。中了蜜的人是容易满足的人，是心里有爱的人，是善良的人，是懂得珍惜的人。

　　尘世最好的时光莫过于，在一个阳光煦暖，清风浅浅的晨，你穿着白色的棉布长裙，披着他送你的红围巾，手捧一杯用好蜜调制的蜂蜜水，看着盛开在一片绿色中的白色小花，心里想着远方的人。想起某日的下午，你与他别后重逢，与他轻言细语，你在他的怀里，他抚摸着你的长发，轻唤着你的小名，那般的深情……

春天的最后影像

　　不确定是在哪里，不确定是在早晨、黄昏还是在深夜。我听到了一种声音。像是一个人的呼唤，低沉的，哀伤的。又像是一根被拨动的琴弦，它位于一首曲子的低声部，是一首二胡曲，我像是听过，却想不起来曲名。咿咿呀呀咿，呀呀咿咿呀，迂回在夜色下。

　　我不知道，这声音是从何处飘到我耳朵里的。我屏气找寻，感觉就在头顶上，就在紧闭的窗外。声音持续着，我听到了更为忧伤的颤音。连续的颤音，一声淹没一声，一阵高过一阵，像是有人在呜咽。那个人会是谁？为何会发出如此凄凉的哭声，我不晓得。

　　忧伤的时候就去读诗。读一首诗，最好是带着一点点伤感的却能带给你温暖的诗——这是在多年前的那个春天，你写在信中的句子。我随手拿起桌上的一本诗集，是《茨维塔耶娃诗选》。读其中的一首诗：

　　　　像这样细细地听，如河口
　　　　凝神倾听自己的源头

像这样深深地嗅，嗅一朵
小花，直到知觉化为乌有

像这样，在蔚蓝的空气里
溶进了无底的渴望
像这样，在床单的蔚蓝里
孩子遥望记忆的远方

像这样，莲花般的少年
默默体验血的温泉
……就像这样，与爱情相恋
就像这样，落入深渊
……

我无法再往下读了。这样细细地听，这样无尽地沉落，是诗人写在春天的不为人知的疼痛。我感觉自己的胸膛里积满了水，是暗红色的血水，不断涌入不断外溢。《像这样细细地听》是我和茨维塔耶娃于诗歌里的第一次相遇。

多年前的那个春天，在华师大安静宽敞的图书馆，我的手接住了从书架上落下来的诗集《黄昏的纪念册》。此后便开始阅读她的诗歌、散文、书信以及自传。

这首《像这样细细地听》，是玛丽娜·茨维塔耶娃在十八岁那年春天的早晨，发出的温柔低诉。那是一个蔚蓝色的梦境，是一场梦幻般的爱恋。诗歌气息绵长，意象清新精妙，有着音乐的韵律及美感。

茨维塔耶娃是一个为诗而生的女人。这是在她死后，文学界对她的评价。她的一生写下无数首诗，诗歌的主题无外乎是生命与死亡，爱情和友谊，艺术及自然。读茨维塔耶娃的诗，能发现她在不同生活状态下的情感脉络，能读出苦涩、读出忧虑，以及灵魂深处不停冲撞的渴望。她是个多情、敏感、脆弱的女人。在爱情上，她不停地寻觅，不停地投入，不停地自焚。诗的灵感不停地涌动，她写诗，不停地写，直至死去。

1926年的春天，在诗人帕斯捷尔纳克的引荐下，茨维塔耶娃结识了奥地利诗人莱纳·玛利亚·里尔克。两个感性的男诗人和一个多情的女诗人之间开始了频繁的书信往来，开始并持续着一段让后人惊叹不已的三角恋情。他们在灵魂上擦出爱的火花，在书信中亲吻拥抱，用诗歌温暖彼此孤单疲惫的灵魂。

这种柏拉图式的爱情，那种至死都无法相见的苦恋，成为诗人生命中最后的皈依。茨维塔耶娃深深地爱着里尔克，以至于在里尔克去世后，她发出"莱纳，我被你的死亡吞噬了"的悲呼。在里尔克去世十四年后的春天的黄昏，她写下《我想和你一起生活》。

我想和你一起生活
在某个小镇
共享无尽的黄昏
和绵绵不绝的钟声

在这个小镇的旅店里——
古老时钟敲出的
微弱响声
像时间轻轻滴落

有时候，在黄昏，自顶楼某个房间传来
笛声

吹笛者倚着窗牖

而窗口大朵郁金香

此刻你若不爱我，我也不会在意

……

对茨维塔耶娃在诗中写到的那个小镇，我有过无数次的遐想。无尽的黄昏，绵远的钟声，大朵大朵黄色的郁金香，站在小镇某个旅店房间的阳台，能听到从远处传来的悠扬的笛声……而这只是一种意念中的浪漫，里尔克死了，肉身和灵魂被生活重重的车轮碾过，最后成为一地碎片。所谓的小镇，小镇的黄昏，还有那悠扬的笛声，只不过是诗人意念中美好的却永远都无法实现的归宿。

合上诗集，如诗中所写的那样，细细地听。我开始倾听，倾听时间滴落时敲出的微弱响声，倾听这飘忽不定的没有来路更没有去路的声音。

一场雨降临。我推窗。探头张望。园子里的花都开好了。紫色的风信子。黄色的郁金香。还有梨花，在树枝间雪白。诗歌是开在春天的风信子，与蓝色的薄雾拥吻。风信子在春晨蓝色的薄雾中，如我一般在等待，等待一个人，从千里之外赶来，共同完成春天里的最后一次会面。

已是黄昏，雨贪恋草茎的深情，迟迟不愿意离去。梨花被风吹落，落成一地白雪。嗒嗒嗒，嗒嗒，嗒嗒，我听到了。听到了你的脚步声。你来了，在我窗前停下，为我念里尔克的诗：

我愿陪坐在你身边，唱歌催着你入眠。

我愿哼唱着摇你入睡，睡去醒来都在你眼前。

我愿做屋内唯一了解寒夜的人。

我愿梦外谛听你，谛听世界，谛听森林。

这些诗句潜伏在旷远的寂静中，如春天里一场孤寂的雨，降落在黑夜来临之前。雨，滴落在诗集白色封面上，啪嗒啪嗒地响。诗，读完了。雨，停了。终究，我还是没有开窗去迎接你。

就像里尔克的诗句——愿你在梦外谛听我。

就让你在梦外谛听我。我不敢注视你的眼，你的眼睛是深幽的海，我会陷落，沉沉地陷落，我会找不到岸。我不愿在褶皱的时光中与你重逢，时间让我的容颜逐日衰老，我的眼角有了皱纹，我的头上生出了白发。其实，我心里盼望的就是这样，在春天，在一首温暖的略带忧伤的诗歌里与你重逢。用一首诗的时间，在心里描绘你的模样。

那声音又响起来了，比之前停留的时间更长些。只是这声音太过飘忽，春天斑斓的意象被瓦解，从而破碎。雪白的花瓣经不住风雨的摧残，纷纷落下，铺了一地。

第二天早晨，我醒来。起床。洗漱。穿衣。开始出发，我的目的地是远方一座梨花满园的村庄。我将坐上五个多小时的火车，再转乘公交车，然后步行四十分钟到达。

早在二月春色未临时，便收到你的书信，邀请一群好友去你的村庄小聚。在信中，你标注了详细的线路图，交代了与我们会合的时间地点，你会在村口的梨树下等我们。读你在信中描绘的村庄，像是凡尘之外的仙境。

在信中，你写道：今年的春天，我要回家看望一个人，与她约好的，到了每年的春天，就去看她。四合院在村庄最深处的半山腰。高高的院墙外，是一排排的梨树，这个时候树枝间应该已开满了花。我会架起木梯子，胆够大的人可以爬上去，爬到最高处，如果天气好，等到夜幕降临，可以看到星星。我家的四合院虽然旧了点，但够大够我们这些人住，你们都去吧，陪我一起去看看她。

念完你的信，我居然有点迫不及待地要去你的村庄。在我未曾抵达之前，眼前伸展着一个没有边际的远方。远方花开如常，并不虚无，只要迈开步子，便可抵达。按照行程，我们会在你的村庄小住四日，吃村民种在田间的蔬菜瓜果，亲近山野空谷，在河滩溪边漫步，充分享受远离城市的田园生活。

当我站在村口的梨树下时，已是下午3时。树下无人，只有三朵两朵的梨花飘落在我的身上。我有点恍惚，我感觉像是在哪里见过这样的梨树，只是无论如何也想不起来。恍惚的我像是一个失去了某段记忆的人，絮絮叨叨地向人打听村庄的名字。我去过很多地方，迷恋山谷和荒野，越是古旧越是荒凉，越是沉湎其中。我会迷失在野外的某个空谷，等着山风吹过，等着野花盛开，等着你来领我。

叮叮当当，叮叮当当，是风铃互相碰撞时发出的声音。风，成了春天的搬运工，它将这美妙的声音运到我身前，灌入我的耳朵。我回头，寻找声音的源头，发现它们挂在不远处一间老屋的木窗棂上，两只古铜色的小铃铛，串在一根麻绳上，像一对双生子。那绳子是它们的秋千，风是一双手，推着它们来回晃悠，它们时而拥抱，时而分开。我走过去，发现像这样一对对的铃铛有好多，它们垂挂在屋檐下，门帘上，树枝间，甚至是系在脚踏车的车铃上，挂在三轮车的车把上，成串成串的，像是一个乐队，咚咚叮叮当当，合奏着一首春天的进行曲。

我踩着高跟鞋，噔噔噔地走向它们。奇怪的是，当我停下来，铃铛也停下来，不再碰撞。当我迈开步子，那脆脆的声音又响了起来。我的双脚不由自主地随着那声音往前走，迈过一个个门槛，穿过那悬挂着无数对铃铛的门帘，经过长长的回廊，走过一个长满青苔的水井，我走进一间木屋。屋子里空空的，连一把椅子都没有。三面墙壁呈阴郁调的棕黑色，我能闻到木头的气味。哦，这是油松木。我熟悉这种味道。

有一年去安徽歙县，住的是当地的民宿，就是用油松木搭建的木屋，下雨天，会闻到一股发霉的味道。民宿的老板娘长得像古徽州的女人，长袄长裙，肤如凝脂，柳眉弯弯，好不动人。她常常站在一口古井边，唱黄梅戏：

春季里，相思鲜花开满地，

蝴蝶呀，双双对对随花飞。

蜂采蜜，燕衔泥，梁上新窠来筑起。

鹊儿忙报喜，鹦鹉奏乐器……

一位相貌不俗的男人坐在梨花树下，为她拉二胡。两人偶尔相视，眉目之间含着深情。

我抚摸墙壁，居然没有一丝灰尘，我有点惊讶，这间没有丝毫烟火味的无人居住的木屋，怎么会如此干净。凑近一看，才发现，墙壁上有裂痕，有凹印，好几处有被雕刻被描画过的痕迹，只是这痕迹很浅，粗看是看不出来。

或许，这只是一间普通的朴素的屋子。可在这个春天，我在小村见到它，总感觉有种无法言说的神秘。木屋有门槛，边角被磨损。还有门帘子，悬挂着古铜色的铃铛。没有绿色的植物。没有书桌没有书。没有摊开的稿纸以及摊开的秘密。

这木屋该有很多很多年了吧，我自言自语道。这是从哪个朝代流传下来的？这又是谁的屋子，谁是它们的主人？它们让我想起古徽州的老宅子，也是泛着木头的气味，一间连着一间，有长长的深深的回廊，回廊外有飘着落花的水井、深潭。半敞的木门前倚着一位双目含愁的女子，她的似水年华和这木屋一样，渐渐地从精致生动沦落成腐朽苍老。

一束光，微弱的光，从屋顶的小窗子中透射下来。小窗很小，只有一块老豆腐这么小。那束光落在我的身上，紧紧地拥抱我，拥抱伸展在我面前的这个世界。我突然惊醒，我已然迷失在这间木屋里。我已迷失了两个多时辰。我该走了。回到村口的那棵梨花树下，和等我的朋友们相见。

树下不见你的身影。不见我熟悉的好朋友们的身影。只有一位身形佝偻，头发花白的老妇，坐在落满梨花的树下打着瞌睡。她的身边卧着一只白色的猫。她苍老的容颜让我想起刚刚相遇的那间木屋，想起残存在墙壁上凹凸的凿印。

等了许久，终于等来了你。你说：你是最后一个到的，他们都来了，在我家等你，我们走吧。我随着你走向半山腰，走向你的四合院。果然山路不好走，我的双脚开始抗议。脚边是一茬一茬的青草，空气像水流一样避开阳光，带来一股子乡野的清香。你的四合院就在前方的山坡上，四周种满了梨花，在黄昏的光影里，那座四合院像个迟暮的美人，静卧在梨花树下。

你在院子里搭起了一排石桌，左右两边放着石凳子，又像变魔术一样变出了一桌子的菜肴。我有点不相信自己看到的，居然是石桌石凳子，这让我有了强烈的穿越感，我感觉太不真实了，像是我看过的某部电影中的镜头。也是在这避世的山野，也是一座建在半山腰的四合院，院墙外有成排成排的梨树，院子里也是这样的石桌石凳，也是这样沉寂的夜晚。

我使劲捏捏自己的脸，有痛感，我才相信，我所看到的都是真的。夜色渐浓，有人结伴去河边散步。有人拿来木梯子，爬上梯子去看星星。有人在月下饮茶说话。我看到院门外的梨花树下有人影晃动。夜色下的梨花变得更为凄美，忧伤地飘落，泛着雪白雪白的光。

……梦回人远许多愁，只在梨花风雨处。不知是谁在树下吟诵梨花诗，这是辛弃疾写在《玉楼春》中的诗句。这是一首伤春之作，特别是最后这两句以景作结，诗人将春天萌生而出的种种愁绪，倾注在风雨中的梨花上了。我看清了，站在梨花树下吟诗的人是你。你发出一声叹息，悠长的，哀伤的叹息，这叹息越来越轻，越来越弱。

这个春天的夜，半轮月光挂在墨一般沉寂的夜幕下。我途经你的春天，途经你的村庄，途经这座静卧在山坡上的四合院，途经院墙外的树树梨花，同时也途经了你的忧伤。

一别如斯，落尽梨花月又西。看着梨花，看着梨树下的你，脱口而出的竟然是纳兰容若的诗。这是一首悼亡诗。写给谁，众说纷纭。容若一生用情至深且情路坎坷，诗词中常以梨花作为意象，将心中之爱之忧，深隐其中。

纳兰诗，诗风清绝凄迷，诉不尽人间相思之苦、离别之痛。而梨花的谐音是离花，更是平添惆怅。容若对梨花犹如林逋对梅花，已然成为一种物我两忘的精神寄寓。落尽梨花暗喻此生一别，再无相见之日。人如花，清减消瘦，日日道相思却无处话相思。

晚风吹过，惊落了枝头的梨花，令我的心也沾染了梨花的忧伤。这诗句太过悲凄，春的明媚斑斓在你的眼中全然消隐，只剩下难以掩饰的痛楚。你时而看着夜色，时而看看我，时而低头不语，你显然已经无法去梳理内心的愁绪。

又一道黑暗降临了。黑暗即将遮蔽月光，遮蔽雪白的梨花，覆盖这座四合院，最后吞没我们。那声音又在我耳边响起，但我依然无法听清，低沉的，哀伤的，模糊的，像是一个人的呼唤，又像是一个人的哭泣。

春天，你快些到来吧！

——我听到了诗人在临死前发出绝望的呼喊。渴盼能在生命的最后一个春天见到从未谋面的恋人。我突然想逃离，我想旁若无人地路过你的身旁，然后捂住双耳，不再倾听这世上最苍凉的声音。但，终究还是不能。

在村庄的第二个夜晚，我睡得极不安稳。一个个断裂的梦境，梦里有人影晃动，有人在读诗，有人在呼唤，有人在抚琴。我还听到了雨水的倾泻声，哗哗，哗哗，但推窗一看，却不见雨，只有半轮残月照向我，照向我身边的木格子窗。

散了，散了。幽蓝色的薄雾，携裹着一首诗的韵脚，在这个春天的早晨散去。我就像个梦游者，看到了失眠的田野和沉睡的木屋。看到了散落在山坡上的木头和树枝。一股熟悉的气味涌入我的鼻息，是油松木！是的，是油松木，和我在那间木屋里闻到的气味是一样的。

有几个十岁左右的孩童，从对岸蹚着浅浅的河水跑向山坡，水流没过他们的小腿。河上分明有桥可过，这些孩子为何不从桥上走呢？他们争着捡拾树枝和碎木头。他们的后背上绑着一个大竹筐，竹筐的高度已然超过了身高。他们发出的声音嘈杂响亮，惊醒了不远处的田野，惊醒坡上的草木，惊醒了树上的梨花。

这些碎木头看上去已经发黑了，被水长时间浸泡之后的那种腐蚀的黑，和那座小木桥的颜色一样。我在四合院里已经住了三天，我住的那间屋子的窗正好对着这座桥，在早晨在午后或者在黄昏，只要我推开窗子，就能看见这座小木桥，即便是我不想看它，它也会进到我的视线中来。我是避不开桥的。可是，我从来都没有看到有人从桥上走过。这个村庄里的人对它视而不见，春风吹不到桥上，阳光也不愿眷顾它。

桥，孤零零地横卧在河面上，听着河水流动的声音，看着河水日日温柔地抚摸着水中的草木和石头。桥会忌妒，会伤心。那时，桥，便合上眼睛，睡着。睡着。忧伤地睡着，不知睡了多少年。

这一天，你要带我们去看一个人，就是你在书信中提到的那个她。上午，在四合院里用早餐时，有人向你问及她。有人猜她是你的青梅竹马，还有的人猜是你的爱人。而你却是笑而不答，你只是说让我们去坡上摘些梨花，等一下带去。

有人却笑你：送女孩子花，哪有送梨花的，寓意大不好！但你还是坚持要带些梨花给她。在山冈的最高处，若有若无地，吹来一股隐秘的气息。我们带着竹篮子，从四合院走出来，上坡，采摘了一些花色鲜亮的梨花。

沿着那条水波不兴的河滩一直走，便走到了这座小木桥前。你说：她住在这条河的对岸，要去那里，要经过这座桥，但不安全，我们还是从河面上走。

有桥为啥不过？有人不解地问道。

你说：这座桥，年久失修，桥面的木头都腐烂了，平时村里人也不走。

为了安全，还是从河滩上过吧，反正水很浅，还有平整的石块铺着。

我坚持要从桥上走，我想去寻找一种陌生的感受。我们几个人其实已经站到了桥上，当我看到桥面的木板有几块已经呈下沉状，木头一头粘连着桥身，一头已经垂在桥下，最后还是没敢过。我后退了几步，突然闻到了油松木的气味，浅浅的，只是不一会儿就散去了，无影无踪。

叮叮当当，叮叮当当，这是风铃相互撞击时发出的声音。这是我第一天抵达村庄时听到的声音。三天后我又见到它们挂在街道两边的屋檐下，窗棂上，一辆三轮车从我们身边驶过，把手上的铃铛叮叮当当地响着。

你说：这里是村庄最热闹的地方。再往前走就到了。我们跟随你推开一扇大门，迈过一个个门槛，穿过那悬挂着铃铛的门帘，经过长长的回廊，从一个长满青苔的水井边走过，最后你带着我们走进一间木屋。

想不到这北方小村子里还有这样的民居，很像徽州的老宅子呢，真是不错。有人表达着内心的惊喜。而于我，远不止是惊喜，更多是惊吓。我站在那里，已经辨不清方向，我就像是一个刚刚从机舱走到地面，经历了飞机长时间降落的耳鸣者，耳膜胀痛，嗡嗡，嗡嗡嗡，像有十几只蜜蜂在我耳边鸣叫。

你来拿我手中的竹篮子。我几乎是被人推着走进另一间屋子的。和空屋子不同，这间屋子的三面墙上，错落有致地挂着一个女人的照片，有大幅的黑白照、彩色的风景人像照，还有女人和他人的合影……每一张照片都配上了木质的相框。木框前是一层原木搁板，放着圆形的玻璃花瓶，瓶内是各种颜色的干花。这像是一次精心筹划的影像展。特别是在这幽深的老宅子里更显迷离。

三年前的春天，她就住在这里了。你站在女人的黑白照前说道。照片上的女人有着东方女性的朴素之美，端庄秀丽，眉目之间皆是温暖。

她在我心中永远是微笑着的。你一边说着一边取出竹篮子的花瓣，放在隔板上。我们面面相觑。

你沉默了一会儿，说：照片上的女人是我姐。三年前的春天她生了一场重病，最后死了。这间老房子是祖上留下的，我和姐姐小时候就生活在这里。姐姐活着的时候一直想回到祖屋生活，特别是生病时，一直对我说想回来住。那时，祖屋里还住着我叔叔一家，姐姐就是想回来叔叔婶婶也不答应。后来，叔叔婶婶跟着儿子去大城市生活了。看着城市好，把祖屋里能带的物件全部带走，不能带的也换了钱，就剩下这几间空屋子。村子里的人越来越少了，年轻人中年人都去城市讨生活了，这村庄还剩下什么，你们也看到了，只剩下这些没有气息的空宅子，还有老人和小孩子。姐姐死后，我就给了他们一笔钱，把祖屋要了下来，把姐姐带回来。唉！姐姐是回不来了。我能带回来的也只是这些照片，请村里的人把其中的二间屋子简单装修了，请一位远亲看管着。我答应她，每年的春天都会回家来看她，陪她说说话。姐姐最喜欢梨花，我就让你们带了些梨花来送给她。

这是我在村庄的最后一个早晨。轻雾似的薄云在四合院后面的山坡上若隐若现。梨花一朵朵，在半空飘动，落在地上，埋入土壤，再也不能飘飞，再也不会忧伤。这天早餐后，你和我们坐在院子中央的石桌子旁，一位满头白发的婆婆端着茶水走到我们身边。是她，我认出她来，我在村口梨花树下见过她。你告诉我们，她就是替你看管祖屋、陪着姐姐的远亲。

我们在等着一段往事的到来。那段往事被风化在如雪的梨花林中。我们等着你找回三年前遗落在春风中的自己。在这春天，在这村庄，你会找到自己的，就像那祖屋里无处不在的油松木的气味，无处不在的姐姐，无处不在的铃铛的响声。

姐姐命苦，活了小半辈子，没过上啥好日子。活着的时候为这个操心为那个操心，唯一没顾上的就是自己。每年的春天，听说有一种草加水煎煮后喝下能护肝败火，她就去几十里外的山上找，然后走了大半天的路给我送来。山上树下，风里雨里，从不间断。后来她病了，病得很重，她放不下两个还未成年的闺女，放不下家里的老父亲，更放不下我这个弟弟，越到最后她反而越平静，还反过来安慰我。姐姐还是被死神带走了。她死在三年前一个春天的早晨，我感觉姐姐就像一朵雪白的梨花，被风一吹，轻轻地飘走了。按照姐姐生前的愿望，我将她的骨灰带回了村庄，我把她葬在四合院后山的最高处，那儿离天空最近。我在她的墓地四周种满梨树，每年春天，这些梨花就会陪着她。第一年的清明，我带姐姐回家，刚过那座小木桥，桥就塌了一小段。后来修好了，没过多久又有木头掉进河里。村里的老人说这是不祥之兆，慢慢地，这座桥就没人走了。姐姐死后，我总会梦到她。有时，听到敲门声，总以为是她。我梦见她站在我的床头，喊着我的乳名。我经常听到她跟我说，她想回到小时候我们长大的村庄和祖屋看看，过清静的日子。三年前，我真的把她带回了村庄，可是我却没有办法一直在这里陪着她，我只能在每年的春天回来看她，多亏有婆婆陪着姐姐。

你端起杯子，喝了口水，继续说：这位婆婆，也是个苦命的女人。八十多岁了，无儿无女的，没人依靠。我听村里人说，她年轻时在我家祖屋里做工，和村里的木匠好上了。我祖母见他们两个情投意合，就做主将她许给了木匠。木匠是从东北逃难到村里的，手艺好，长得也好，还会拉琴，常常拉琴给她听。木匠花了不少的钱，为她做了一个油松木的柜子，可还不到一个星期，木匠说东北老乡捎来口信，老母病重，让他赶紧回去见最后一面。婆婆心疼男人，将这些年攒下来的工钱加上我家送的喜钱全部给了木匠。结果，木匠去了再没回来，就像消失了一样。婆婆就在家里等呀等的，等到头发都白了，也没有将男人等回来。唉！

在你的一声长叹中，往事被画上了句号。午餐后，我们将与村庄告别。我们又回到村口，在四天前等候过的那棵梨树下站了一会儿。有人在回望，回望远处的那条河，静卧在河上的那座小木桥，小木桥后面的那座四合院，四合院院墙外的那树树梨花，还有山坡上云端旁梨花深处的那一座孤冢。

起风了。铃铛又在互相碰撞，在我们要离开村庄的时候，叮当，叮当，叮叮当当地响起。梨花树下，不见白发满头的婆婆和那只白色的猫，雪白的梨花又纷纷飘落下来，在我们要和它告别时，啪哒，啪哒，啪啪啪，飞下来，飞下来，像一只只白蝴蝶，绕在我们身边。

我是第一个走进村庄的异乡人，也是最后一个离开的。当一朵梨花，不偏不倚地落在我耳边时，我听到了花的呢喃。一时间，我的心里也有了不舍。趁着你送友人去车站，我飞一样地离开。

我奔跑在春风中，风中的铃铛声护送着我抵达你的祖屋。我迈过一个个门槛，穿过那悬挂着古铜色铃铛的门帘，经过长长的回廊，走过一个长满青苔的水井和飘着落花的深潭，我重返那间空荡荡的屋子。

喵呜——是一声猫叫。我踮起脚，循声望去，看见一个佝偻的苍凉的背影，在悠长悠长的回廊里，缓慢移动……

旧书的似水年华

一本旧书像一艘行在水上的船吗？

是的，很像。为旧书垫一块木板吧。那样，书就不会被水淹没。

那是多年前一个秋天的午后，我们之间的一段对话。你打来电话，没有告诉我在哪里漂泊。你只是轻描淡写地说，在一个古老的书院里，你看了一下午的书，喝了一下午的茶。

而我，也没有告诉你，在你同我说着这些的时候，我眼前出现的是乌镇。是乌镇的逢源双桥，是桥下的市东河，是河上缓缓落下的细雨，是细雨中古旧的书院。

某年的初春，我们曾一左一右从桥上走过，在木心故居和书院的回廊里低嗅旧书的气息。你指着挂在墙上的一组剧照说，这里就是《似水年华》的取景地，以前叫东山书院，现在叫勤耕雨读。

一本旧书的年华，是从乌镇的东山书院起航的。

古旧的水乡，更为古旧的书院以及静默于旧书里的爱情。雨中红瘦绿肥的美人蕉，神色慵懒，双目里流动着顾盼的相思。花香笛声中，清素简静的服装设计师英子从台北来到乌镇。一弯古桥，一抹粉墙，一池春水，构成了潭影相空的小镇。书院无边的幽静令她迷惑。

书院弥散出一缕宛若沉香的气味，斑驳的木门，风烛残年却依然厮守在书院的孤寡老人齐叔，年轻阳光却终日与古籍为伴的北大硕士生阿文，他们的一生无不沾满了旧书的陈旧沧桑，和那些沉睡于木头架子上的旧书一般，似水年华里，等着一双手的抚慰，等着一双眼的凝视，等着一颗心的修复。

乌镇是晨光里，盛开在栅栏边的白色蔷薇。乌镇是黄昏里，不经意间摇曳的一帘幽梦。有人说，乌镇可能是世界上容易偶遇、适合恋爱的地方。其实，在乌镇，比偶遇和恋爱更为适合的是疗伤。失恋了，就去乌镇。忧伤时，就去乌镇。思念一个人时，就去乌镇。

乌镇在英子的眼中是宁静的，像成熟丰盈的少妇，热情渐退，爱的余温尚在。那一身疏朗的白，隐约于墨绿的底色上，瞬间便有了水墨的深远。

这样的水乡给她以不同层次的美感。望向远处，碧蓝的天空下恰到好处地留出几道白光，粉墙瓦黛，远树红花，弥散着自由的气息。

乌镇是一个很适合老去的地方。我说，以后我老了，就去乌镇东栅老街租一间老房子。我给你写信，用笔写。你空了，要记得来看我。你若来，我就熬一锅青菜粥，用你喜欢的铁质吊锅炖鱼。

午后，在书院，手捧一本旧书，虚度光阴。黄昏时，坐在乌镇的桥上看夕阳渐渐隐落。酒能解愁，书能疗伤，乌镇的水声亦能淹没悲伤的过去。乌镇的斜阳，是织女手中的丝线，日日修补心中缺失的那一角。

我触摸的这本书，你也触摸过。我们的手，曾经停留在同一片书的纹理上，我们的眼睛，曾经注视过同一段文字。我们的唇，曾经念过同一段句子：

> 谁此时没有房子，就不必建造
> 谁此时孤独，就永远孤独
> 就醒来，读书，写长长的信
> 在林荫路上不停地
> 徘徊，落叶纷飞

醒来。读书。写长长的信。在落叶满地的林荫道上，奔跑。

——那是旧年里某个深秋，我还是华东师大中文系的在读生。一日，在一场突然降落的大雨中，我跑去师大附近的一家旧书店躲雨。那时，家中入不敷出，日子过得清苦，我便不好向母亲开口要钱买书。

年少时的我，不思华美的衣饰，常常一身青衣白裙，一双浅色布鞋，清修简静。能令我心生贪念的，除了书，再也没有其他的了。

那是一家我经常去的旧书店。从那里，我抱回去不少自己喜欢的旧书。

一间狭长的旧书店，藏匿在这条街的尽头，像火车断裂的某节车厢，孤单且悠长。书店没有店名，门是木质的，酒红色的漆给人以温暖感。站在店门口，我不敢贸然进去，生怕自己身上的雨水，打湿了书。生怕落在地上的雨水，滴答滴答，惊扰了书的梦。

回眸，望见书架上摆放着一本自己找寻了许久的书，是三联书店出版的朱虹先生的《英美文学散论》。我取出纸巾，开始擦发际的雨水，一张又一张地擦，一包纸巾快用完了，还是没有擦干。

进来吧，姑娘。

彷徨中，听见了一声叫唤。那是正在屋内小憩的店主沈伯，他起身，将我迎入店里。我双手捧书，低头闻着墨香。熟悉了书中的字，便也记住了这书里的墨香。旧书店里的书大多为经典名著，涵盖面广，多以文学读本为主，还涉及哲学历史地理美学音乐建筑，以及一些基础学科的理论书，价格低廉，基本上能够满足像我这样的穷学生的藏书需求。

大学三年级下学期的某日，课后，我想去沈伯的旧书店找一本书。慢悠悠地走过去，发现店门关着，酒红色的木门上贴着一张白纸，上面写着一个大字"歇"。我面对着书店，反反复复地念这个字，为什么是"歇"呢？

临街卖珍珠奶茶的婶婶告诉我，沈伯已经好几天没来了。之后，我一次次地去，书店的门依然关着。酒红色的木门白纸上的"歇"字开始褪色，黑色的墨迹洇散，像干枯粘连着的树叶。

直到我毕业离开学校，书店的门还是关着，只是门上的白纸不见了，"歇"字也不见了，被雨水淋湿，被风吹走。旧书店还在，酒红色的油漆还未曾脱落，唯一不见的是沈伯，那曾经在雨天赠我温暖的老人。

当年，从沈伯旧书店买来的那些书还卧在我的书柜里，伴我成长，随着我嫁入夫家。旧书慢慢地变成了更旧的书。书页中遗落的是时间的残痕——书角微微卷起，书面泛黄，内页上有我用笔做的标注，纸张有了被岁月浸染的枯脆。旧书的那些褶皱是孤独者的斑纹。我想不起来，这本书曾经从我的手传递到多少人的手中，被多少双手轻轻抚摸，翻阅，注释。

新书变成旧书的过程，就像一位妙龄少女嫁为人妻成为人母的过程，旧书则以更快的速度变成更旧的书。如今，读到的往往是新书。拿到一本新书，将内心的欢喜收拢于眼底，浅浅笑着。常常会放上一阵子，我不会着急去读书中的字，而是俯身低头，贪婪地闻着墨香。

没有比墨香更让人销魂的香了。新书的香和旧书的香是两种完全不同的香气。新书是刚出阁的女子，香气中自带玫瑰、茉莉的芬芳。旧书是迟暮的美人，她是晚风中的木槿，带给你的不是瞬间的扑鼻的香，而是回味。

时间往往会带走很多美好的东西，却把一种香气留在了爱书人的心中，那就是书香。香气易散，难持久。如茶香，酒香，花香，木头的香，食物的香，都会随着时间的流逝一点一点消散，而书香却是吸取了自然与人性的精华。当某日，你低头闻之，它便入了你的体内，你在世间活多久，它就在体内留多久。你闻到的书香里，是岁月沉香的味道。对于墨香，闻了又闻，却怎么也闻不够。

我认识的上海作家简平老师就是一个爱闻书香，爱书成痴的人。他在散文《缕缕书香》中写道：曾经闻过的书香，是久久挥之不去的。对于我而言，许多的书因为它的气味让我记住了它，同时也记住了一段时光，一段故事，一个人。

在这篇散文中，简平老师回忆了与书的往事：

上学时，每当新书本发下来会低嗅书的气味，将脸贴在书页上。此后，他对于书香这种气味变得极为敏感。

一册《明刊名山图版画集》，是父亲留下来的宝贝，简平老师将其视若珍宝，妥善珍藏。一股子樟木的香味扑入他的鼻息，书香，木头的香，自然的香便合为一体。

在晴朗的冬日午后，简平老师将被子晾晒在窗台上，收回来的时候，闻到了一种香味。是什么香味呢？像是记得却如何也想不起来，他在罗曼·罗兰的《约翰·克利斯朵夫》中寻找答案，这才想起那是棉花的味道，想起青年时代的某件往事。

一篇1200字的散文，简平老师写出的却是人生的况味和对往事的怀念，情思自然涌动，如久散不去的书香，令人沉醉。

今年春节，我收到简平老师相赠的新年礼物。一日午后，我坐在庭院里，收听上海人民广播电台节目主持人陶淳朗读这篇《缕缕书香》。

那是一段氤氲着书香的好时光，我聆听陶淳讲述一段浸润于旧书里的故事。不由得想起古人的书香文风，古人对书的眷顾犹如对爱人的细微呵护。古人为防止蠹虫咬食书籍，便在书中放入芸香草，这种草有一种清香之气，夹有这种草的书籍打开之后清香袭人，故而称之为书香。

书，是世上最为高雅之物。读书读书，就是要读的，不仅用眼睛，用唇读，还要用心去读。读书时需要心的沉静，如此才能读出更多的意趣，才会拥有一种心灵深处的向往与满足。如此，才能体悟到简平老师在文中所写的"当阅读已然成为一种生命状态时，那书中散发出来的就是生活的气味、人生的气息"的意蕴。

万卷古今消永日，一窗昏晓送流年。古人爱书，是可以用痴绝来形容的，诸如凿壁借光、车胤囊萤、悬梁刺股这样的故事数不胜数。现代人读书，远不如古人那般专注投入，爱在电脑前读，在手机上读，一目十行，读得不深入。现代人常常忘了书中有香，而这书香堪比世上的任何一种香气。

初春的夜晚，也有寂寥萦绕。入夜，我把自己盛装成童话里的天使，乘着弯月，在星星的簇拥下盈盈出场，着一袭长裙，在如镜的水上浣纱。你从岸边经过，眸子里都是光亮。我对着你轻唤，请你在这个春天等我，等我骑上白马，等季节穿上绿衣，等我从童话里出走。

此刻，有笛声从远方传来，忧伤逃得如此狼狈。心被夜色包围，我觉得自己如同一个疲惫的都市旅人，看惯了喧嚣的霓虹，满眼皆是浮华，不经意间，于一个神秘的转角，突然跌进一册古籍的情愫中，坠入江南的古韵里。小桥流水的悠然，迷蒙雨巷的婉约，丝竹管弦的空灵，齐齐地向我袭来。

书页上，有雪花舞动的轻盈，有柳吐鹅黄的池塘，还有从长满青苔的心田里，滋生出来的关于旧书的记忆。一个人的一生中，一定会有一段往事是难以忘记的，却无法再回去。就像《似水年华》编剧兼导演黄磊说的：之前的所有记忆都在我的日记本上、日程表上，在我曾修补过的旧书上。那里，刻满了我过去的所有秘密，我的记忆，是一个眼神，是一种味道，是一个表情，是伸手就可以触碰到的一种温暖。那个记忆，也可能是我这一生都想回去的……

黄磊主演的书院管理员阿文，年轻时来到书院工作是为了埋葬过去，在单调乏味的工作中，他日复一日修补着旧书，也在修补着自己心中缺失的那一角。

一本旧书的气味与痕迹，是书和世界，书和人类之间的暗语。越是老旧的书，越是隐藏着不为人知的秘密。

我的祖父也是个爱书之人，虽出生寒门，家境清贫，却一身傲骨。年轻时在大户人家中做工，常常寻来书籍，挑灯夜读。祖母娘家，门第书香，家中富足。兰质蕙心的祖母钟情于爱读书的祖父，便违了媒妁之言父母之命，不惜以死相争，不愿嫁与纨绔子弟为妻。

嫁给祖父时，祖母问家里要了大量的古书作为陪嫁，以供夫君阅读。祖父去世后，父亲会在每年的春节带我们回老家陪伴祖母。除夕之夜，客堂间灯笼高挂，喜气热闹，祖母却将自己关在屋子里，许久才出来。

祖母爱美，每年吃年夜饭前，她在房间里梳妆打扮。梳梳头，抹抹胭脂，换上新衣。梳头的梳子是黑檀木的，黑色木纹若隐若现，檀木发出的香气淡淡的，闻一闻便全身舒坦。祖母的新衣实则也不能算是新衣，但在那一年的春节，我是第一次看到祖母穿着新衣，从屋子里走出来。

这件绛红色的衣服是祖父送给她的。祖母会在每年的除夕夜穿上，在大年初一的晚上再换下，将衣服折叠好，放入樟木箱，等第二年的除夕再拿出来穿。祖母从房间走出来的那一刻，是我们最开心的时候，祖母就要给我们发压岁钱了。

祖母从来不用红纸包压岁钱，而是将压岁钱夹在一本破旧的书里。祖母用牛皮纸包糖果，一个孙子六个孙女，每人一份压岁钱一份糖果。祖母笑着，从旧书的书页里拿出一张，再翻一页书，再拿出一张，她从最小的一个孙女开始发，发到我手里时，快翻到书的最后几页了。

云生是长孙，每一次，他总是最后一个拿到压岁钱。祖母最是疼爱云生，给云生的压岁钱和我们一样的多，给他的糖果却要比我们多几颗。压岁钱发完了，祖母用一块红布将那本书包起来，放回屋里。二婶站起来要替祖母将书放回房间，祖母却不愿，生生地推开她。祖母回屋后，我们这些小孩子就会去抢云生的那一份糖果，随后又得等上好一阵子才等来祖母，一家子人开始吃年夜饭。

我在院子里荡秋千，看到祖母戴着老花眼镜，坐在临窗的桌前，低头读那本书。我从秋千上下来，想去看看祖母在读什么，云生拦下我，不让我去烦扰祖母。年少的我对什么都充满了好奇——那会儿是一本什么书呢？书里写了些什么？我突然对祖母手中那本破旧的书有了兴趣。

我问父亲，父亲答非所问。我问二叔二婶，他们摇头不语。我问云生，云生回答我只有两个字：秘密。

一本书还是一本那么破旧的书，会有什么秘密呢？我不信。

105 ◆

一日，父亲带着云生随祖母去邻近的村子看望故友。我闲在家里无聊，便一头钻进了祖母的屋子里。我在两只樟木箱的缝隙处发现了这本书，心里好一阵子激动。书，啪嗒掉在了地上。书中的某一页掉了下来，一张黑白的照片掉了下来，最后我的眼泪也随之掉了下来。

照片上是一个青年男子，着长衫，戴礼帽，长身玉立，眉目俊朗。那张散落在地上的书页里写着一行字：我知道你会来，所以我等。这是沈从文的句子，是他的小说《雨后》的开篇，写于1928年的5月。那时的我已研读沈从文和汪曾祺的书，却因年少，还是无法体味这句话的深意。

翻开第一页，上面写着：送给徐明远同志。才知道这是祖母送给祖父的书。是祖母娟秀的字迹。是祖父留给祖母的爱的念想。

这是一本出版于民国时期的小说，情节很吸引人，我一页一页地读下去，翻到某一页时，我看到在这一页的右上角写着一行字：

1988年3月20日。他走了。

再往后翻一页，同一个地方写着：明远，你慢点走。你等等我，我很快会去找你。

1988年3月20日，是我祖父去世的日子。接下去的书页上，每翻一页便会看到祖母写下的字。

19页：明远，霖儿从白城来信了，孩子工作生活都好，你放宽心。

98页：明天，我们的萍儿就要出嫁了，嫁去隔壁的村子。

130页：明远，你说，我们种下的树今年还会开花吗？

184页：明远，我怕是活不过今年春天了。我想你了，想去找你。

我把头埋进书里，呜呜呜地哭。我的泪水落在书页上，模糊了书中的情节。却不知道祖母和父亲是什么时候进来的。祖母看看我，又看看我手中的书，将我搂在怀中。祖母没有责怪我偷偷进了她的屋，偷偷看了她的书。

祖母越是不说，我哭得越发厉害。祖母用她长满老茧的手抚摸我的头发，用手绢擦拭我脸上的泪。我把书放在她的手里，祖母用红布将书包好，交给我父亲。

第二年的春天，祖父将祖母带走了。我在父亲书桌的抽屉里找到了这本书。书用红布包着，我看着书，恍惚中看到了祖父当年捧着这本书阅读的样子，看到祖母坐在木格子的窗前低头的样子，看到我的父亲在多少个夜里对着书发呆的样子，我的泪水如雨珠，落在红布上，一点点洇开。

很多年后，我再一次打开这本旧书，心境已不同少年。合上这本书，所有的记忆在我手指轻抚的瞬间，轻轻打开又悄悄闭合。忘了时间在流逝，忘了岁月在苍老，忘了是谁在耳边倾诉：我知道你会来，所以我等……

我有一间属于自己的书房。一排书柜。一张书桌。一张单人床。每天晚上，我在书房里听音乐读书写字。结婚前，我对夫君说，我要一间书房，你让木匠帮我做一排书柜和书桌。木头要用原木的，不要刷油漆。我什么都不要了，就要书柜和书桌。但那时，我们没有钱买房，婚后住在婆婆家，实际居住面积不足四十平方米的两居室，没有客厅，连厨房卫生间都是公用的，哪里还能有一间房供我读书写字，用来安放我的那些旧书。

夫君说，等我们攒够了钱买了新房，你就会有书房书柜和书桌了。婚后第三年孩子出生了，婆婆家便显得更为拥挤了，孩子吵闹，影响婆婆的休息。我便和夫君商量搬出去住。我们买了房，但不是新房，是上海的老式里弄房。房子是一室的，带一间小阁楼，实际使用面积加起来只有三十平方米，我的书房梦再一次破灭。

那一次迁入新居时，我忍痛丢掉了很多旧物，唯一舍不得丢掉旧书。夫君对此很不解且心有抱怨，他说，这些破书，你怎么就那么舍不得？你白白送给收垃圾的，人家也不会收。等以后买了大房子有了书房，你再去买新的。这些书要装多少个箱子，又占地方，能当饭吃？他从不看书，不爱书，自然是不懂得书对爱书之人的重要，更不懂得旧书远远要比新书珍贵得多。

一直到孩子七岁那年，我们才搬进现在的房子。在我几近固执的坚持下，我才有了自己的书房。他自然是没有履行婚前对我的许诺，要找木匠为我定制一排书柜一张书桌。

我从家具店里买来原木的书柜书桌，再将好几年不见天日的旧书晾晒，分类安放在书架上，我把这些年从各地淘来的宝贝和它们放在一起。每天晚上忙完家务，我就在书房里享受一个人的时光，读书写字听音乐发呆。

某夜，读到意大利作家伊塔洛·卡尔维诺《如果在冬夜，一个旅人》的句子：读书是个孤独的行为，她把书当做牡蛎的贝壳，钻在书里就像牡蛎躲在贝壳里一样安全。这间屋子被密密麻麻的书页包裹着，就像在密林之中树叶占据了所有空间一样。

前世的前世，我就是那只其貌不扬的牡蛎吧，日日盼望着有一只贝壳，让我藏身，许我一生的安然与静好。旧书，以它沉默的方式，陪我沉沦在无数个黑夜里。我喜欢在夜深人静之时，重读它们，去回味它们的气息，想一想在旧年旧月的某一日和它们怦然心动的相遇。

旧书是要时时重温的。而那些经典的文学著作往往被岁月掩盖，成了旧书。1991年，卡尔维诺在他的《为什么要阅读经典》一书中对经典做出了十四条定义，其中第一条是——经典就是你常常听人们说我正在重读……的那些书，而绝不是我正在读……的那些书。

我正在重读……最近常重读旧书，旧书并非全是经典著作。我书柜里的有些书，我是常常会去重读的，有些书重读了十年还是觉得那么好，有些书重读了二十多年还想再读。这些书也算不上是经典，但却有一种愉悦，在我眼中却是最好的。

这种愉悦来自于内心的隐秘之处，我之所以去重读，是因为它们在我的记忆里停留的时间太长了，我需要用阅读去修复、巩固和它们之间的联系，更是因为那个时候，它们暗合了我的某种情愫。往昔岁月里，每一次的重读，都延续了精神上的欢愉。每一次的相逢，都预告了下一次再见。

重读旧书，记忆会在瞬间倒流，且会在重读的过程中，找回曾经丢失在旧时光里的某段往事，某个故人。每一次读旧书，都会有一种新的生命迹象还原并得以重生。

我会记得，那一年青春年少，在旧书店与一本旧书意外相逢，眼中流露的惊喜与深爱。我会记得，某一年春深似海时，在碧草如茵的湖畔，手捧旧书席地而坐，不远处的教堂里，传来钟声，会有一种朝圣感，充溢胸膛。

我们回不去的似水年华，旧书可以为我们承载。我们到不了的远方，旧书可以替我们奔赴——这是我重温了影片《似水年华》之后的顿悟。许是，只有旧书才配得上永恒这个词语。等过了深秋又等过了寒冬，等到一切变得沉重，我们才束手无策地看着年华如水般流走。

一个人来了又离开，在你生命中出现又消失，你明明爱着却对她置若罔闻。她的云淡风轻，你只能用更长的时间去回味。你可以丢了你的旧包包旧裙子旧鞋子旧磁带，但是你不要丢了自己，不要丢了你的纯真，不要丢了你的旧书，你的身上有你读过那些旧书的气味，这种气味是久远的。

在幽冷的雪夜，你不要说话，静静地听，你要相信，书中有回音，如一曲笛声，从开满白色蔷薇的古镇传来……

休眠的废墟

　　如果不是那个黄昏，我跟着云生走进村庄后山的那片废墟，也许，永远不会了解隐匿在村庄深处的秘密。有一堵墙，一堵只剩下大半截子的墙，就这么颤巍巍地隔开了村庄和废墟，隔开了繁华与荒芜，隔开了过去和现在。

　　村庄看似比过去热闹，一栋栋新的住宅楼，被冠上某某花园小区、某某欧式小镇，更有什么府邸、绿洲等等；各种百货商场、娱乐城、夜总会以及临街商铺，让这个原本素面朝天的村子更为妖娆。而那堵墙后面就不同了，一丛丛无名的野草四仰八叉地躺在河面上，春绿秋黄，岁岁枯荣，像极了一位日益干瘪的妇人，苍老得再也无法顾及自己的形象。

　　对于这座村庄的老去或者新生，我找不出一个贴切的词语去描述。我不知道，这些新房子，在过了数十年之后会不会也成为一片更大的废墟。它们在天地间存在着，暴露着，历经春夏秋冬，迎来日暮晨昏，承受风霜雨雪，烟熏火燎，它们会成为废墟吗？

　　这是我的村庄，我的祖父祖母在这里住了一辈子。我的父亲和大伯在这里长眠。如今，我的三叔以及他的儿孙还住在村庄里，当然还有我的堂兄云生。我的童年以及少年的时光也曾在这里葱茏。在上海这座繁华的城市里，我最多只能算是一个寄居者，找不到丝毫沉降的感觉。而村庄便不同了，村庄，是生命中最淳朴、最祥和的记忆。我们的生命，是从村庄深处延伸出来的个体。

云生说，这片废墟原本不是废墟，是一排排老房子，住着十来户村民，房子后面，是一条清凌凌的小河。家家户户都有几亩自留地，种植着丝瓜，西红柿，蚕豆还有各种绿叶菜，院子里古木参天，花香醉人。我已经记不得哪年哪月的一次市政动迁之后，这里便成了现在这副模样。

眼前的这片废墟永远只有一种表情，那便是眺望。眺望的眼神里有一种怀念，怀念那些静好的时光。它们以一种姿态立于村庄深处。多少年了，这里很少有人会来，这里没有风景，有的只是清冷与孤单。这里散落着属于这个村庄的秘密，还有大把被冰雪裹住的无法消融的时光。

我知道，这片废墟里有不少我不该知道的秘密，可是，我还是抑制不住内心的好奇，在那个飘着雪花的冬天的黄昏里，我和云生一起穿着重重的雨鞋，在臭气熏天的小河边，在堆满了乱石头的废墟里寻找着什么。

春 梅

那时，我和云生就站在这片废墟里。

云生指着地上那些堆放在一起的歪歪斜斜的木窗子说，妮子，你还记得吗？这里曾是春梅姐姐的家。

我说，云生，我记得，这里曾有两间屋子，春梅姐住一间，春梅她爹娘住一间。

云生说，妮子，你记性真好！这里原本是两间结实的平房，厚实的土墙，木格子的窗上贴着春梅亲手剪的窗花。每年到了黄梅雨季，春梅她爹就会将院墙重新涂刷一遍。那时，春梅家的房子是这一带里最好的房子。

我说，云生，我记得，当年，春梅是这村子里数一数二的俏妹子。

是呢！云生点点头，继续说，春梅喜欢看书，还长了一双巧手，会绣花绣芦苇绣飞鸟，还会唱歌。

那时，我和云生常去春梅家玩，春梅姐喜欢坐在院子里那棵大树下的秋千上，舒舒服服地看书。一缕阳光落在她的身上，散开无数缕橘色的光晕，两条麻花辫在胸前摆动，看起来美极了。

十八岁的春梅在村里的文化馆上班，她喜欢上了刚从城里师范学校毕业的男老师，两人眉目传情，暗生情愫。到了晚上，春梅对她爹娘撒谎去找我和云生玩，她关照好我和云生之后，便偷偷去竹林里和男老师约会。

有一次，我问云生，春梅姐这是上哪去？夜都黑了，她不怕吗？

云生说，妮子，她不怕，有人会保护她。

我问，谁呀？

云生说，妮子，你还小，你不懂，大人的事你也别问。等你长成春梅姐那么大了，也会有个人心甘情愿去保护你。

我还是不明白，就缠着云生要跟着春梅姐，云生不愿意。最后云生被我烦得没辙了，只能带我去看。

我们就是躲在这堵墙里面，云生蹲下来，让我踩着他的肩膀往上爬，当我的眼睛刚刚露出墙沿时，我看到一个男人正搂着春梅姐亲嘴。我赶紧闭上眼，随后"啊"的一声，摇摇晃晃地从云生肩上倒下来，最后云生用他的身体护住了我，我倒在他的身上，而他却重重地摔在水泥地上。那年，云生也有二十几岁了，他其实并不是一个好脾气的男孩子，他会和人生气甚至打架，就对我这个从城里来的比他小十岁的妹子没有脾气。

村民们都说，春梅是个有福气的女娃，摊上这么好的一个爹，能住上村里最好的房子。从那天开始，我便开始羡慕起春梅姐姐来。云生一直问我，那天爬上去后看到了什么，我一直不肯告诉他，直到那年的夏天，这个小村子里发生了一件可怕的事。我才知道，原来他，早就偷偷地喜欢上了春梅。我也终于晓得，他一直一直地追问，是因为在乎她。

那天黄昏，天色暗沉。晚饭后，祖父就匆匆地从村里回来，刚迈进屋子便对我和祖母说，村东老于家出事了，让祖母看住我和云生，别让我们去看那些不干净的东西。云生开始不安起来，怂恿着我对祖母说要出去看看。祖母起初不答应，最后被我闹得只能答应带我们去看看。

云生一路小跑到了春梅家，只见春梅爹躺在地上，身上还盖着一块麻布。祖母一下子捂住我的眼，拽着云生回家。后来，到了晚上，祖父回到家，我们才知道，原来春梅爹两天前莫名其妙地失踪了，春梅娘报了警。那天黄昏，有人在后山的月湖里发现了春梅爹的尸身。据说是春梅爹在后山的竹林里，把村子里的一个小寡妇给睡了，被小寡妇亲哥发现后，痛打一顿丢进了月湖里。

春梅娘哭瞎了眼睛，喝下一大瓶敌敌畏死了。

三年之后，那位和春梅相好的男老师返城了。春梅伤心欲绝，两次投湖轻生，被云生救下。云生跟祖父祖母说起，要娶春梅，可祖母就是不答应，跟云生说，不能沾染那样的女人。

后来，春梅嫁到外村。听说她的丈夫是一个痞子，好吃懒做。而云生也在一次意外中，伤了腿，一直对春梅念念不忘。

如花婶

废墟终究还是废墟。那个冬夜的黄昏，当我和云生站在那里，能真实地感受到它的冷。那种冷，是可以瞬间钻进你骨头里的。这片废墟没有门，更没有窗子，只剩下那一堵残破不堪的墙。我能感觉到，那风从四面八方呼啸而过。那片废墟横亘在繁华和荒芜之间，盘旋在废墟上空的风，在熟悉与陌生之间穿行。它是如此的高深莫测，又让人心惊胆战。

我和云生渐渐地靠近那条小河，突然，我有一种说不出的恐慌。

我捂住了鼻子说，好臭！

云生说，妮子，这里的水曾经很清澈，村里的婶子们都喜欢在这里洗衣服。你还记得如花婶吗？

如花婶长得好看，也是这村子里唯一一个在没有任何乐器的弹奏下，照样能把越剧唱得跌宕多姿，如泣如诉的女人。如花婶的家就靠着这条小河。每天天刚亮，她就会站在河边，唱着越剧《祥林嫂》中的片段，有时，我真分不清她到底是谁。

我说，云生，我想起来了，原来阿奶说的村里那个会唱越剧的女人就是她呀？我开始一点点地搜索着如花婶的样子，终于想起来，祖母说过的那个会唱戏的女人就是她了。

云生点点头，继续说，那时，村里很多女孩都想跟她学唱越剧，但都被家里人拦下。因为如花婶是个寡妇，她嫁到婆家第一年，公公死了。第二年，丈夫也死了。婆家说她是扫帚星，先克死了公公又克死了丈夫。后来又有人说，她和别的男人好上了，所以村里人都不喜欢她。

妮子，其实，如花婶是个好人啊！靠着几亩地养活自己，有时还接济村里的孤老太。你知道，我们村子的月湖为何会这么干净吗？我亲眼看到，每天天黑前，她背着一个竹篓子，拿着一把长钳子，去月湖边捡垃圾，不捡干净她是不会回去的，然后她把那些瓶瓶罐罐的卖给收废品的，换来的那几个钱，她会在每年的中秋重阳春节买上些糕点水果给养老院的老人们。

如花婶死在这排老屋正式拆迁的前一个夜晚。那时，很多村民都搬走了，搬去了新房子，只有如花婶不肯搬。本来这个地方，据说是要建一个星级酒店，结果那个投资酒店的台湾老板听说这里死过人，觉得不吉利，就撤回了投资。

后来，这片地就成了现在这样了。云生说完，看着那条不再清澈的小河，叹息着，我也学着云生的样子，站在河边，不再捂着鼻子，和他一样叹息着……

还是废墟

这片废墟，现在还在。

漫天尘埃落下，撒在这片废墟之上。

二十多年之后，我的村庄老了，原来的那片月湖不见了，竹林也不见了，只有它还静静地存活在村庄的深处。

它孤单地卧在那里，不悲不喜，它静静地看着那些新房子一栋接着一栋，出现在不远的远方。

很多人遗忘了它。但总会有人还记得它。一定会有人来探寻那些隐秘在深处的往事，由此，获取更多的关于存在的理由。

比如我，比如云生。

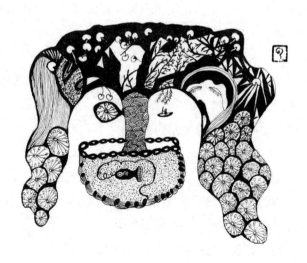

像夏日的黄昏缓缓降临

清晨或黄昏，在那一日，仿佛是两个预设的片段。清晨的雨。黄昏的风。白色的丧幡在半空里飘来晃去，打碎了我恍惚的梦境。

他在那个堆满残云的黄昏被装进一个暗红色的棺木里，又在第二日的清晨，被抬出家门。八个壮实的男人扛起沉沉的棺木，一群人的身上挂着白色的布条，神色凄然。

我在人群中，和云生站在最前面。

我牵着云生的衣角，云生手里捧着他的遗像，倔强的脸上看不到一滴泪。他的女人哭喊着他的名字，哭声一波高过一波。女人几次哭晕过去，随后被人掐醒、搀扶着，颤颤巍巍地走向墓地。

这场景，流转了三十五年的光阴，在我的梦境里重现。2015年12月21日，是一个寒气逼人的冬至节前夜。三十五年前那个细雨飘零的晨，那雨中出殡的场景原原本本地出现在我的梦里。

这个梦，有点纷乱，让我不得不相信有托梦一说。

雾气缭绕的晨，白茫茫的一片。他穿着单薄的灰色长衫，摇摇晃晃地向我走来。他喊着我的小名：妮子——妮子——

他说，妮子啊，我冷，真冷啊，我没有衣服过冬了。菜半生不熟，没有油水，饭很硬，像石子一样，一点都不好吃，总要嚼上好久才能咽到肚子里，害得我老胃病又犯了。他的语气中像是有埋怨，怨我和云生已经有好几年的冬至节不曾去看过他，给他送点吃的穿的。一阵风吹来，托起他的身子向后退，他向我喊：妮子，今年一定要来啊，别忘了带上老家的米酒，给我解解馋啊。

我一个劲地说：好好好。除了说好，似乎不知道该和他说些什么。在那一刻，我感觉有好多话被堵在喉咙口，硬是说不出来。待我加快步子跑过去，想再和他说说话，他却不见了。

半夜里，我被这个梦惊醒，身子感觉往下沉，肠胃痉挛，浑身冒汗。第二天早上醒来，居然能清晰地想起昨晚梦里发生的一切。

我拨通了云生的电话，问他今天去不去墓园祭拜。

云生说，正在收拾要带去的东西，过会就出发。

我在电话中不停地絮叨着梦里的事，一遍遍地叮嘱着，别忘了带上些好吃的，对了，不要忘记带上米酒。

云生说，放心，忘不了。

我又说，还有，带几件冬衣烧给他。

云生回答，带了。

好。带了就好……我说着说着就想哭，声音也变得哽咽起来。

云生说，妮子，哥知道，不打紧，我带去的东西里有一份是为你准备的，哥昨晚也做了一个和你一样的梦，哥会代你跟他们说。

那个早晨，过得有点不安，因为我答应要去看他，却赶不回去祭拜。细细一算，确实有两三年没有去看他了。这一通电话打了将近半个小时，我像一个啰里啰唆的老太婆，唠叨着那些陈年旧事。云生在电话那一头，应和着我的话。

三十五年了，我已经记不太清他的模样。实则，与他相处的时间极少极少，他活着的时候，我还年幼，只有一年的春节随父母回家过年，与他有过短暂的相处。我还能想起，他背着我，带着云生，去村口的大操场上燃放烟花爆竹的情景。那些记忆如凋零的花，在残破不堪的时光里无声地飘落，又幻化成一个个碎片极速地沉降，到了今日无法完整地拼凑到一起。

他与这个世界告别时才四十五岁。那时，离他转业回到故乡只不过才两年的时间。他不长的一生像极了一部既温暖又感伤的电影。至今，我依然能想起云生与我坐在深秋的黄昏，慢悠悠地说着关于他的往事。

云生说起他时，眼神极为清澈，望着远处，像是在寻找着什么。于是，我总是有种错觉，觉得自己仿若置身于这部影片中，一定会是这部影片中的某个角色。我和云生一样，不希望这部影片就这么在不该结束的时候戛然而止。那种失去的痛，如从山顶流泻的水，蜿蜒而至，总是令我们在提及他时泪流满面。

其实，这一种感伤不仅仅是我们才有。村子里的乡亲只要说起他，眼神里都会焕发出一种明亮的光泽。那会儿，他从部队转业，原本可以在市里有一份更好更安稳的工作，但他还是申请回到故乡，被安排在镇上的派出所工作。他说自己把人生一大半的时间给了军营，转业了，就想工作单位离家近些，可以有更多的时间陪在父母妻儿身边。

如果没有那年夏天深夜突发的一起抢劫案，如果他不曾为同事挡下那致命的一刀，也许他这个简单的小小的愿望便可以达成。他在执行公务时，推开身陷险境的同事，被匪徒连砍数刀。他重重地倒下，鲜红的血，染红了故乡的土地。

他走得匆忙。医生抢救了一整夜，还是没有将他从死神手里夺回来。来不及等他的父母妻儿赶来看他最后一眼，在天光未亮之前合上双眼。在他的追悼会上，那个被他用生命救下来的刚刚参加工作的年轻人失声痛哭，他的妻儿，他的兄弟姐妹，还有闻讯赶来的上百位乡亲们难掩悲痛，抽泣着。

他走得太匆忙了。来不及给妻儿更多的温情，来不及在老父老母膝下尽孝，便以如此悲壮的方式与这个世界告别。他出殡的那天，前来送他最后一程的乡亲排成长队。飘忽的夏雨，白色的丧幡，在风中低诉着生离死别之痛，像极了一首爱的挽歌。

在这部属于他的影片中，还有很多令人铭记的片段。每一个片段里，都承载着他更为深入的情感。他留给那个村庄，留给村庄里的乡亲很多无可替代的怀念与体会。当然，这其中也包括我和云生。

有一年，大旱。整整四个月，从6月到10月，一滴雨都没下。村庄里的水塘都干裂了，水井变成了枯井。日子就这么熬着，一日一日就熬到了初冬，村子里的乡亲纷纷远走异乡，投奔亲戚，只有他舍不得离开。他把老爹老娘还有自己的女人、孩子送上驶往北方的火车，去兄弟那里暂住。等他回到村庄时，村子里除了裂得不成样的土地以及那些还没有成熟的庄稼，就只剩下带不走的猫和狗了。

寒风瑟瑟，满地残枝，那种场景甚是荒凉。那时，距离他从部队转业到这个小村子才只有短短几个月的时间。他成了村庄唯一的留守者，为那些相继离开的村民看守村子。

在很多人眼里，他就是个傻子。他看着一拨又一拨的乡亲从他眼前蹒跚着离开，他却藏起心中的伤感，笑呵呵地说，这庄稼啊，不会就一直这么干着，老天一定会下雨。过完这个冬天，等开春了，这雨就来了。你们啊，都要记得回家来，我在村里等着你们啊！

临走前的那个晚上，他的女人对着他歇斯底里地哭喊：你，你要是不跟我和爹娘一起走，咱俩的日子就过到头了。可他还是轻声细语地相劝，劝到最后，女人一把鼻涕一把泪地为他准备好吃的穿的，陪着他的爹娘一起坐上了北上的火车。

如果要是没有那一年的旱灾，这个小村子不会是那样的光景，至少在那年春节，这个村子还会是热闹且喜庆的。农历小年夜的早上，他起来，吃了一碗昨天剩下的冷饭，随后挑起两个水桶和其他几位村民去邻村的卢家沟找水。沟里有一口深井，是方圆十几个村子唯一的救命井。从村子去卢家沟挑水，来回五十几里，加上排队取水的时间，足足要耗时一天。这两桶水，可以维持十天。

……

原谅我无法把上面这段往事讲完，我所知道的就只有这些了。后来发生些什么，我无从知晓。我只知道，后来的后来，他一直守护着村庄，守护着家园。除此之外，我还晓得，那一年的冬天，江南下了一场大雪。等到春天到来时，那些离开村庄的村民们纷纷返乡，村庄又恢复了从前的模样。

其实，云生才是这篇散文的作者，而我只是记录者，我用我的文字记录下这些，在2015年冬至节后的第一个晨。

写他，语言无须繁复，只须有爱还有怀念。他离开的那年我尚小，不晓得大人口中所谓的死究竟意味着什么，我以为他只是沉沉地睡着了。云生比我大整整十岁，他离开时，云生已是翩翩少年。

关于他的往事，在云生的记忆中犹新。云生记得，我便可记得。

云生性情温和，继承了他的诚实坦荡与真实。像他那样的人，是那种本该平和地与这个世界和平相处的人。作为与他有着至亲至真血缘关系的人，我宁愿他好好地活着，真真切切地活着，而不是像现在这样，以这样一种让人悲伤的方式活着，活成一把黄土，活成一块石碑，活成一种怀念。

他已远去了。

他走了很多很多年。

久到我已经望不到他的背影，久到墓碑上苔藓斑驳……墓园里的冬青树黄了又绿，绿了又黄，那些挑着暗黄穗子的芨芨草在风中发出沙沙的声响，像极了一曲爱的挽歌。

只要我返乡，定会去看他。站在他的墓前，我常常会有这样的幻觉：

夏日的黄昏，红云浮动，投下长长的剪影。他踏云而至，魂归故里。在一波波的哀乐中，他穿越时空之门，手拂麦浪，向我飞奔而来。

他是我大伯。他是云生的父亲。

西塘的容颜
如莲花般的开落

落日晚照下的江南水乡，光影斑驳，这与在晨光中醒来的小镇是两种
不同的模样。初入西塘，是在黄昏。河两岸的灯光还未曾亮起，天空呈隐
隐的朱灰色，有绵密的雨落下来。古镇的下雨天，走在烟雨长廊，听着雨音，
放慢脚步，生怕惊醒了那沉睡多年的青石板路。

天色渐渐暗沉。灯光亮了，是暖心的橘红色，一盏两盏，散落在岸边
的长廊。长廊很长，望不到头，三三两两的游人走过。角落里，有人在弹
吉他，一个留着长发蓄着胡子的文艺男青年，故作沧桑，用沙哑的声音唱
着《南山南》：

他说，你任何为人称道的美丽

不及他第一次遇见你

时光苟延残喘无可奈何

如果所有土地连在一起

走上一生只为拥抱你

夜色越来越黑。灯光越来越亮。游人越来越多。这动听的歌声被一波连着一波的噪杂声所吞噬。这古镇的街市，也只不过是一个俗世烟火味浓重的集市——叫卖声此起彼伏，空气中还时不时飘过来臭豆腐、肉粽子、猪蹄子的香味……我用手捂住鼻子，伤感就这样席卷而来，毫无防备。

这文人墨客笔下如诗如画的烟雨西塘，怎会如此的俗不可耐？我心里的江南古镇哪里是这般的喧嚣，那安静素朴的样子怎么就没有了呢？如果把沿河两岸的铺子全部搬离，留下那些明清的宅子，那么，西塘会不会成为一座让你分不清时光的古镇？

我晓得，这只是我心中不切实际的臆想。于是，这西塘对我来讲就成了一个碎梦，在我与它相遇时便沉入河底，我心里的那些与它相关的诗啊词啊，也一起沉底，再也捞不起一个完整的故事。

与我同行的小单一边来拽我的手一边说，你呀，不要把西塘想象得太美好太诗意啦，要知道，这样的西塘才是最真实的水乡。

一路上，小单抓着我的手，时不时地提醒我，你这个路盲啊，在黑乎乎的夜里，一定是找不到酒店的，不想走丢，不想被坏人拐走的话就跟上我……我不顾她坏坏的笑，却在渐起的晚风中，闻到了江南水乡别样的味道。

这属于西塘的尘世时光里，随处可见长满青苔的幽深巷子，入耳的除了风声便是潺潺而过的水声。黄昏时分，夕阳的余晖不偏不倚投照在你的身上。虽是盛夏，依然可以在河边看到花朵及绿色的柳枝，在风中一摇一摆，像是在迎送着归来或远去的游客。

我在一扇古旧的木门前停下，将身子靠近，把耳朵贴在门板上，似乎也能听到很多很多年以前，它留在这条街市上的温言细语。那门是合上的，还挂着一把铁锁，我不知道门内是一个怎样的城，也许是空了荒了多年，小小的寂寞的城，无人问津。两个圈在一起的暗红色的门环已是锈痕斑斑，像是历经风雨也要誓死相守的恋人，在这个凉薄的尘世中深情地活着。木

门右侧便是一排好看的花墙，与木门的苍凉格格不入，却是这尘世中最安然的风景。

停在那里，想起雪小禅写过的句子：

小城的悲欢，日日上演，在每个人心中都会不同。
就如同小城的风，千百年吹来，带着淡淡青色，夹缠着一些植物的气息。
许多人记得，许多人忘了，许多人离开再也没回来，许多人从未离开……

我本想在这门前多待一会儿，还想在门旁或花墙边留个影，又或者在门边的石阶上小坐一会儿，可还是被小单叫走了。她手里拿着好几条烤串，夸张地朝我挥手叫喊：这里的烤串太好吃了，啊，你快来快来吃，不吃的话让你后悔一辈子哈！等我慢悠悠地走过去，她早就把手里的烤串吃了个精光。

她掏出钱要去为我买，我拦住了她说不喜欢吃，她歪着脑袋问我，你确定，真的真的不吃吗？我点点头，她居然说，那我替你吃了。随后又向大姐要了十串。

那位大姐身形微胖，却是肌肤白皙长相端美，她一边做着烤串，一边哼着小曲，看小单不停地说好吃好吃，还另外送了两串。她见我不吃，以为是我嫌烤串不干净，便说，这些都是新鲜的，我亲手做的，很干净的，你们放心吃吧，我在这里做了很多年了。我连忙说不是，随后便和小单一起离开了。

当西塘的夜色越来越浓郁时，我们已坐在了沿河的一间茶坊里。一壶安吉白茶，几样当地的小点，在这样悠闲的时光里，也能吃出一种恬淡的滋味来。

茶坊装修得极为古朴，暗红的木桌子木椅子，茶盏是青花瓷的白瓷，是我喜欢的风格。坐在那里，飘入耳朵里的不是抒情的流行歌曲，也不是劲爆的舞曲，而是委婉柔美的越剧。

这种戏曲与江南水乡的气质是极为相符的，倒不是越剧原本就是江南的戏种，而是因为它能够淋漓尽致地演绎出江南水乡的本性与特质。越剧，本身就有着水样的轻柔，许是江南的水滋养了它，又许是江南之地原本就有的烟雨岚风，才令它平添了一种无以复加的绮丽与丰沛。

记忆中，外祖母和母亲也十分喜欢越剧。外祖母最喜欢袁雪芬的淳朴通透，母亲最爱徐玉兰的华丽烂漫，而我呢，虽然不是太懂它，却最钟情于尹桂芳的脱俗儒雅，特别是她出演的《沙漠王子》中的算命，那一段至今我也能唱上几句。

外祖母常常会在择菜烧饭时哼唱。母亲坐在缝纫机前，一只脚踩在缝纫机的踏板上，口中唱着《红楼梦》贾宝玉初见林黛玉的那一段：

天上掉下个林妹妹

似一朵轻云刚出岫

娴静犹如花照水

行动好比风扶柳

眼前分明外来客

心里却似旧时友

母亲唱得好听，我在一边听得入迷。年少时，外祖母常带我去上海大舞台或戏院看戏。小小年纪的我，看着《红楼梦》中黛玉焚稿的那一场会流泪；看着《梁山伯与祝英台》中的十八相送和化蝶会发出叹息，还有《白蛇传》中断桥寄情，感动于这一场惊世的人间绝恋。

如今，母亲还依旧哼唱越剧。父亲退休之后，带着母亲搬出繁华的大上海，在宁静的江南小城嘉兴安居，共享晚年。母亲参加了社区的一个业余越剧演唱队，常常下乡演出。有一回是在西塘，参加了一次文化艺术节的演出。母亲虽已年迈，却也扮相俊美，年轻时的功底还在，唱得字正腔圆，引来不少掌声。

外婆已过世好多年，上海的那些戏院也所剩无几，但我依然能想起那年的她站在秋海棠前，挥着水袖，半开折扇，学着戏里的动作，在秋阳下轻灵地来回舞动。后来，她身体越来越差，老得唱不动了，便躺在藤椅上，打开收音机，听电台戏曲频道的节目。我的记忆中一直有这样的场景——她闭着眼睛，两手放在胸前打着拍子，嘴角微颤发出呢喃般的小调……

你看你看，那里有好多萤火虫呢！是小单的惊呼声把我从回忆中叫醒。推开窗，窗外便是灯影与水色交融的景色，还有自由飞舞的萤火虫，一艘艘小船载着游人在河面上过去又回来。他们是那样的欢喜，哼着歌谣，向窗内陌生的我们打招呼。

呱呱呱，那是蛙鸣；哗哗哗，那是水声。我忍不住拨通了家里的电话，把手机举到窗外，想让我的孩子听听西塘的水声与蛙鸣，却不知道他们是不是能听见。我的孩子，他们从小生活在繁华的大城市中，我不知道那种远离泥土的生活对于他们来说是幸还是不幸？大自然中那些最原始最淳朴的气息，他们触摸不到；世界上最动听的声音，他们聆听不到。他们无法与土地亲近，耳边除了车来车往，除了人潮涌动，从来都不曾听见这样的水声，这样的蛙鸣。

我和小单漫无目的地在古镇的夜色中走着，似乎走得越深，古镇越静。跨过一座座不知名的小桥，我们不知怎么就走进了一条没有灯光、只有我们两个的小巷中。向前望去，看到的是一条狭长而没有边际的轮廓，还有那长长的望不见尽头的青石板街道。那时，我们才感到西塘是寂寞的，而我更像是一个寂寞的旅人，在这水乡寂寞的夜里寻找着久远的飘忽不定的寂寞无依的梦。

西塘的晨，水雾还不曾褪去。我早早地醒来，迫切地想要去看看西塘刚刚醒来的模样。天空飘下来细小的雨，还是前日黄昏时走过的街道，我穿上裙子，戴上丝巾，优雅地穿过一条条幽深的小巷，直到看见西塘河面上漂曳着的朵朵白荷。

荷叶上还清晰可见小小的露珠，那些悄然盛开的白荷，在西塘的水面上轻盈地舞蹈着。我踩在青石板路上发出的足音，可以暂时充当它们的乐队，而那清柔的晨风，完全可以作为舞伴，托着它们娇小挺拔的身躯翩然起舞……我确信，眼前的场景曾出现在我的梦境中。

烟雨长廊上，人影稀疏，这时游人还在睡梦中，早起的大多是当地的居民，他们在各自的铺子里准备着早餐。我走进其中一家，成为他们最早的客人。要上一碗白粥，一碟榨菜，慢慢地完成了一顿清淡的早餐。在这样一个美好的清晨，我终于找到了意念中的那一股子素朴而清新的诗意。

在街上的人慢慢多起来之前，我走到了前日路过的那扇木门，那排花墙前。昨日黄昏时叫卖着烤串的大姐在这个清晨，换了一身装扮，成了西塘的卖花女。

她坐在小木凳上，身前放着一只竹篮子，篮子周围放着带着水珠的栀子花。她的指尖触向那些白色的花朵时，动作很是轻柔。我走过去，蹲下，她便认出我来，我感叹她的好记性。

在这个水乡，有多少游客吃过她的烤串，她却能一眼把我认出来。当我问她怎么还认得我，她的回答竟然是：你是第一个不愿意吃我烤串的人啊！

我瞬间脸红，却被她篮子里的栀子花吸引了。大姐，请给我一些栀子花吧！我说。她挑了其中的几株，用丝带扎好，交到我的手中，说，这花很配你！

我捧着花要走了，转身时跟她说，大姐，我晚上过来吃你的烤串，带我的朋友一起来。她却说：我今天下午不出摊了，我要带我家那位去看夜景。于是，我带着一缕花香和一丝小小的遗憾和她告别，转身，我看到她又在微笑着接待下一位来买花的女子。

在西塘的第二日黄昏，我们坐在一家酒楼里用餐。负责接待我们的西塘当地朋友找来一位拉二胡的大叔，说是为我们助兴。那二胡拉得很是难听，刺耳得很。我听不下去了，就借口离席，想去餐馆旁边的小桥上坐一会儿。

刚出酒楼还未上桥，便看到前面有个女人正费力地推着轮椅上的男人往桥上走，那正好是个斜坡，任凭她怎么用力，四个轮子总是不配合，往后退。我赶紧上去帮她稳住轮椅。女人转过头朝我致谢，我才发现原来她就是早晨卖栀子花的大姐。

这是我在这个不大不小的古镇，第三次遇见她了。我返回酒楼叫来两个男同事，将轮椅上的男人送到了桥上。几分钟后，又将男人送回到桥下。她不停地向我的同事道谢，我听见她低声对男人说，这下你开心了吧，我们回家吧。

谢谢你啊，妹子。谢谢你帮我实现了他的愿望，要不是你，我实在没力气带他上桥的，就只能站在桥下看看了。他少了一条腿，一直在家待着，好久没有出来了，一直想上桥看看西塘的夜景。

不用谢的，大姐，西塘的夜色很美，是要常来看看的。我说。就这样，和她一起走着，她时而俯身和男人说些什么，时而他们的手会握在一起。她的脸上有疲惫也有幸福，那一刻更多的是温情，这和古镇的夜晚是如此的相符。从短暂的交谈中，我才知道，她的男人以前是个建筑工人，从上海某个工地的脚手架上摔了下来，命是保住了，一条腿却残了。

大姐，你真不容易，你是个好心肠的女人。我说。

她笑着说，没啥的，这个小镇上的人，谁不是这样靠自己的两只手过日子的，苦点累点不算什么，只要一家人在一起就开心。那会儿，他不想拖累我，要赶我走，但我不想离开他，女儿也不答应，就这么坚持下来，我们靠做点小生意养活自己，日子过得辛苦但也很简单，我只想守着他，好好过日子。

能把日子过好了，便是幸福。他们努力地想要过好每一天，幸福如此简单。也许最美的爱情并不是在一开始，而是历经生活的锤炼并被岁月验证的爱情。这样的爱情，才是世间最美的，哪怕没有深情的表白与对视，仍然灿烂如花。

我看到她一直笑着，眼眸澄澈。原来，这才是西塘最美的风景。

我打西塘走过，我不是归人，我只是个过客。

我看到的是俗世浓重烟火味的西塘，真实的江南水乡，美得让人心生怜惜，它落在一个水乡女人的眼睛里。

在她的爱情里，美出一种特别的味道。

离开西塘时，我有回望。回望我与西塘相遇的黄昏，夜晚与清晨。

你这样吹过
清凉，柔和
再吹过来的
我知道不是你了

————木心

后会无期

　　她死得很寂寞，就像她活得很寂寞。但文学并不拒绝寂寞，是她告诉历史，二十世纪的中国文学还存在着不带多少火焦气的一角。正是在这一角中，一个远年的上海风韵永存。

——余秋雨《张爱玲之死》

　　我实则是极不愿意去提及她与他之间那段情事的。这一刻，合上书页，正是暮色渐浓时，一卷残红将天边的云朵晕染。那些惆怅，接踵而至，在华灯初上之前绵延不尽。

　　当我写下后会无期这四个字时，就这样被生生地推到七十年前的那段旧时光里。

　　那是个并不美丽的春天。我看到，她和他的爱情正在上演。

遇见了你，心低到尘埃

原是今生今世已惘然

山河岁月空惆怅

而我，终将是要等着你的

——胡兰成《今生今世》

隔着七十年的光阴，如今再去猜测他的心思，再去评说他爱不爱她，也是枉然。但我知道，那时的他，读了她的文字，除了一份欢喜，还有一种难以言说的倾慕。

那是1944年的初春。他带着一本刊载着她小说与照片的杂志，叩响了她紧闭的房门。他不知，心高气傲的她是从来不面见陌生人的。他只能俯身下来，将一张写着约见理由、电话、住址的纸条塞进了她的房门。那一日，他自然是吃了闭门羹，扫兴而回。

令他意料之外的事发生在第二天的午后。初春的阳光很是煦暖，那般温柔地将堆积在他心头的不快一一抚平。前一日，还闭门不见的她，读了他留下的纸条，居然亲自上门拜访他。

这截然不同的两种境遇，让他喜不自胜。其实，他不知道，那年他落难时，她曾经陪着要好的姐妹去为他疏通过关系，所以，她自然是知道他的。那年，她去拜访他，更多的只是想去看看他重获自由之后的生活。

那一年，她二十四岁。而他，已是三十八岁了。两个人相谈甚欢，聊得最多的是她近些年的文学作品。他的口才极好，辨析力更强，将她的作品分析得头头是道，如此，免不了令她大有高山流水遇知音的感动。

实则，在那不长不短的五个小时里，她已经对他动了芳心，她的眼波里也有柔情流转，虽然，她对他的家世、人品、经历全然不知。反之，从风月场上走过的他，不知阅过多少女子。然而，当他遇见她，那种从骨子里渗透出来的高贵，着实令他惊艳。

那个午后，当他与她并肩从梧桐树下走过，长长的小巷里落下斑驳的光影。她那颗因爱而欢喜的心，已悄然无声地在尘埃里开出一朵绝色的花来。

那时的光景里，她在他的眼中，什么都是最好的。她写下的文字，她居住的房子，房间里的布置，她走路的样子，她穿戴的衣饰，即便是她插在发间的一朵花，也透着清幽的韵质。很多年之后，对于这些极其平常的细节，他依然有着极为清晰的记忆。

这个清傲孤绝的女子，终究还是难挡他的热情和柔情。在爱情降临的时候，她宁愿沉溺其中，一晌贪欢。此后，他成了她家的常客。没过多久，他成了她心头那颗抹不去的朱砂痣。

她与他之间，不仅年龄相差悬殊，且在身份与社会地位上也有着很大的差异。然而，她就是这么一个清绝的女子，不顾世人眼中的诧异不解，不顾世人口中的流言蜚语，她甚至可以忽略他有过几段婚史、尚有妻室。与他厮守的日子里，她不去想那些天长地久的相伴，不去信地老天荒的誓言，她就是一个这么纯粹固执的女子，在最寂寞的时光里，沉沦在他对自己的一份懂得里。

世间，最难得的不是爱，而是懂得。特别是如她这般才貌俱佳的女子，她的心是深不可测的海。世间又有多少人，能读懂深藏在她眉间眼底的心事，能懂得她骄傲面容下不为人知的柔软与卑微。

她与他，在拥挤的人群中，在时间无涯的荒野里，没有早一步，也没有晚一步，就这样迎面相遇。虽然到了最后，他还是辜负了她，但无法否认的是，在他们初相遇的时光里，他是懂她的，他懂她的骄傲与卑微，懂她家庭背景下的高贵优雅，也懂她因童年的不幸而造成对爱的渴求，更懂她在文字世界里隐忍的情感。这个薄情的男子，几乎是不费吹灰之力就迈过了与她之间的距离，卸下了她对这个世间的最后一道防御。

于是，他成了她生命里唯一的倾城之恋。

愿岁月静好，现世安稳，这是他写在一纸婚书上的句子。当时，他的第二任妻子向他提出解除婚姻关系，间接地成就了他与她的爱情。他们的婚姻简单到没有经过法律程序，没有任何仪式，没有亲朋好友的祝福，只有一纸婚书一位证婚人。

之后的日子里，爱情就像是酵素，催生了她无限的创作激情，一篇又一篇经典之作在她的笔下诞生，流传于后世。

> 倾城之恋，太美好的枷。

> 没想到的是，一别竟是一辈子了。

——张爱玲

那是一个被深秋浓重的萧瑟紧裹的黄昏。他拥着她站在常德公寓65室的阳台上，看着最后一抹霞光沉落在天边。他取来一条羊毛披肩，温柔地披在她的身上。

阳台外的世界，已经是一种无法言说的苍茫了。

不久之后，会发生些什么，其实他和她都心知肚明。他自知好日子已是江河日下，因此他对她说：我大概还是能逃脱这一劫的，就是开始一两年恐怕要隐姓埋名躲藏起来，我们不好再在一起的。

而她却笑着说：那时你变姓名，可叫张牵，或叫张招，天涯海角有我在牵你招你。

在我想来，那时的她只是故意装着轻松的样子，她一定没有想到，他口中的我们不好再在一起会很快到来。

不是所有的人都能知道幸福的含义，不是所有的人都懂得珍惜。原本，这世间并没有太多的分离、愁苦，只有肯去爱与不肯去爱的心。

　　他的心，并不只属于她。确切地说，他骨子里就是一个轻浮的男子，多情却滥情，处处拈花惹草，不专情更不专心。

　　他只用一盏茶的时间，便忘记了对她许下的一生的诺言，并不时地为自己的变心而狡辩。

　　他说，与她是在仙境中的爱，与其他女人的爱则是尘境中的爱。也许正因为如此，他才心安理得地忽略了她的疼痛，不顾及她的感受。他与一个才十七岁的小女生缠绵，在逃亡路上，寂寞难耐，又与一个比自己大两岁的女人成了夫妻。

　　她自然是想念他的。因此，半年之后，她一路寻到异乡，见到的却是自己的丈夫与另外一个女人的暧昧。于是，惆怅在她的心头蔓延开来。

　　她要他在自己和别的女人之间做出抉择。但他却不愿。某日，她拿出画纸，极力掩饰内心的悲伤，不动声色，假装优雅地为情敌作画，画到一半却无法再继续，面对他一而再再而三的询问，她才凄凄然地说道：画着画着，只觉得她的眉、神情，她的嘴，越来越像你，心里好不震动，一阵难受就再也画不下去了。

　　从这句话中，可以晓得她的委屈。她的这些委屈，他不是不懂，而是自以为是地把她当成仙境中的女人。其实，大凡女子都会因爱而心生委屈，她当然也会。世上如他这般或胜于他的好男子无数，她的心里头，只装着他一个，而他呢，却同时装上了好几个女子，这让她情何以堪？

　　离开的那一天，他去送她。原本晴朗的天空下了一场大雨。或许是上苍懂得她的伤痛，试图想要用这场雨，彻底冲走她心底的悲凉。那二十余天的所见，已经将她的爱之繁花打落得残红遍地……她这一生最初的爱、最美的情，已经到了尽头，再也回不去了。

她问他：你与我结婚时，婚帖上写着现世安稳，你何故不给我安稳？

他答道：世景荒芜，已没有安稳，何况有无再见之日也无可知。

她只是轻描淡写地说了一句：你到底是不肯。我想过，我倘使不得不离开你，亦不致寻短见，亦不能够再爱别人，我将只是萎谢了！

那一句，我将只是萎谢了，是多么的凄迷。果真，这句话在之后的岁月里得到了应验，她的生命里没有了他，萎谢的不仅仅是爱情，还有她的文采，此后她的创作跌落低谷。

此后的日子里，她仍用自己的稿费接济着他的生活。他也曾试图挽回这段感情，但她却不再理会。

沉香恍若梦，花凋一场空。

我们每个人都是孤独的。孤独的人有自己的泥沼。

——张爱玲

又是一年的深秋。他悄悄来到她所在的城市，在她居住的那个公寓，在他们爱情的发源地再度相逢。

为了维护自己的尊严，那个夜晚，她对他十分冷淡，两人分室而居。第二天清晨，他来到她的床前，俯下身子吻她，而她从梦里醒来，在晨曦的微光中看到了爱情曾经来过的模样，便伸出双手扑入他的怀中，禁不住珠泪涟涟。

他要走了。分别在即，两人都知道从此真的是后会无期了。她哽咽着轻呼他的名字……这是他们最后一次相见，最后一次相拥。

一年之后的那个初夏之夜，一场暴雨侵袭了她的城市，一声巨雷将她从梦境中惊醒。她决定要彻底斩断与他之间的情丝。但毕竟是爱过，且是拼劲了全力，她原想与他修得一生一世的情缘，可等来的还是一场千疮百孔的爱情。

她在写那封诀别信时是异常痛苦的，就像一颗心，被生生切成了两半。她在信中写道：

我已经不喜欢你了。

你是早已不喜欢我的了。

这次的决心，我是经过一年半的长时间考虑的……

你不要来寻我，即或写信来，我亦是不看的了。

随信附上的还有三十万元的稿酬。世人都不懂她为何如此，她给出的理由是：因为懂得，所以慈悲。毕淑敏曾经在她的散文《柔和》中这样写道：

一些事情，当我们年轻的时候，无法懂得。

当我们懂得的时候，已不再年轻。

世上有些东西可以弥补，有些东西永无弥补。

离开了她之后，他又遇到了几个不同的女人。他总是在女人那里寻找自己曾经并不快乐的童年，寻找自己失去的那个世界。可他一定是晓得的，在这个世界，再也没有一个女人，能像她那样温柔地对待自己。失去的永远都不可能找回来，断裂的情也永远无法弥补。

在他的《今生今世》中，这个薄幸的男子依然是无限深情地回忆着当年的光景。他在书信中写道：

梦醒来，我身在忘川，立在属于我的那块三生石旁，三生石上只有爱玲的名字，可是我看不到爱玲你在哪儿，原是今生今世已惘然，山河岁月空惆怅，而我，终将是要等着你的。

已是垂暮之年的他，寄居异国，虽深知今生与她的缘分已尽，还是依然会在明月当空之时，念起当年与她日日相好的时光。他自然是懂她的，更是深爱过她的，只不过，他最爱的还是自己。她，再好再好，也只是他的之一，而不是唯一。

他们的爱情仅仅维持了三年，便结束了。此后的岁月里，她依然昂着高贵的头，孤傲又漠然地看着这个世界。

那是她生命中最为颓废的一年。整日里，她精神恍惚，不思饮食，仅仅依靠吃西柚汁维持着生命。

她的生活每况愈下，她的时光渐渐荒芜。世间，再也寻不着一个愿意陪她看细水长流的人。她亦不是俗世男子眼中可日日操持家事的贤妻。除了他，还有谁，能入得了她的眼呢。

即便是后来，她遇到的两个男子。

前一个，她不爱，喜欢的只是那张英俊的脸。那个男人虽然给了她一段春风化雨般的爱情，却因为她长得不够美而最终选择了一位年轻漂亮的女明星。

后一个，很多人都为她觉得不值。但她还是把自己匆匆地嫁了。在万念俱灰时，在她清醒地认识到已无法再度拥有意念中的爱情时，她孤注一掷。她所嫁的男人年长她三十岁，给了她如父如兄般的温暖，却给不了她要的爱情。相守的十余年中，她与他，相敬如宾。即便是他瘫痪在床，疾病缠身，她依然不离不弃，精心照顾，直到他去世。

再后来，她也老了，一步步走进苍凉的时光里。

她将老去的自己，放逐在一个孤岛里，放置在一个空壳里。她不顾世间的繁华与萧瑟。不顾岁月静好，现世安稳。不顾花开花落，有情无情。她闭上双眼，缄默如井。

她的晚年，如果非得要找一个字去形容，那便是瘦。出奇的瘦。瘦得只剩了一副干瘪的躯壳。灵魂早已离开了肉身，各种病痛缠绕着她。最后，她选择让自己的生命无声地萎谢。

她的晚年，如果非得要找两个字去说明，那就是放弃。她不断地放弃着生命中多余的东西，放弃了与外界的联系。最后，因那些如影随形的干扰与痛楚，她选择将自己隐匿起来，以此去捍卫生命最后的尊严。

我们每个人都是孤独的。孤独的人有自己的泥沼。她说。

生在这世上，没有一样感情不是千疮百孔的。她说。

我们回不去了。她说。

……

1981年7月25日，她曾经深爱过的那个男人病死在日本东京。

1995年9月8日，在美国洛杉矶的某间公寓里，这个寂寞惯了的女子，寂寞地死去。一如她七十五年寂寞的人生。

不知是不是巧合。

他，在七十五岁那年离开这个世界。

她，也是在七十五岁那年，奔赴天国。

她终究还是萎谢了。

写后记

七十多年前，爱玲曾在上海常德公寓居住。

在那里，她遇见了胡兰成，遇见了爱情。

二十二年前的那个月圆之日，一代佳人命陨异国。

9月19日，她的遗体在洛杉矶惠捷尔市郊外的玫瑰岗墓园火化。

9月30日，苍茫无际的太平洋成了她生命最后的归宿。

二十二年的漂流，听惯了大海涌动的潮音，她的灵魂是否还会漂回来？想来，她亦是不愿意漂回来的。

岁月更迭，如今的常德公寓，铁门紧闭，早已不是当年的模样。除了几块能证明那段历史的铭牌，这座几度翻新的公寓再也寻不到当年的踪迹了。

她曾居住过的65室不知换了多少位住客，换了多少光景？65室窗外的那个阳台，她曾与胡兰成相拥而立；她也曾慵懒地站在那里篦头，远望，那个阳台是她与外界接触最多的地方。老上海的繁华皆在阳台之外，而这些都是与她无关的，她亦是不爱的。

爱玲的字，美进骨髓，是枕边百读不倦的书册。她的字，滋养着我的青春，在如水的年华中，我阅读着，倾慕着，叹息着。

她的孤傲与清冷，是青花瓷上的幽幽绝笔，是昆曲中的抑扬顿挫。在她亲手封缄的旧时光里，爱情是一抹不经意间掠过的剪影，也是一道灼痛自己的火焰。

她七十五年凄风苦雨的生命历程中，写下了无数传世之作，留给后人无数经典语录。她写过《倾城之恋》，在一个个苍凉的场景中，倾注了一生的爱恋，换回的却是一个人的遗世孤单。她写过《半生缘》《小团圆》，她一生擅写月亮，却终究是与团圆两字背道而驰。

她曾写道：

生于这世上，没有一样感情不是千疮百孔的。

141

走得最急的，都是最美的时光。

笑，全世界便与你同声笑；哭，你便独自哭。

世人皆说，爱情于她，是毒酒，可这个心高气傲的女人，连那些毒，亦是甘之如饴。胡兰成强硬地闯入她生活中的每一个细节，让她的城一寸寸地失守。他不过就是一个自私滥情的男子。她只是一个遇到了爱，就愿意将自己低到尘埃里去的傻女人。

他是她心头无法抹去的朱砂痣，是悬在她头顶上的白月光，令人惊艳的红，寒人心腑的冷。他们相爱或相离，得到或失去。最后，却无法细水长流，碧海无波。

写过的字可以改，许过的誓言可以改，世间少有一成不变的事，也少有自始至终的情。所以，那些挂在口中的永恒与永远，终将只是残存于意念中的美好。所以，一定要在活着的时候好好活着，一定要在相爱的时候好好相爱。

世事无常，各自相安，各自珍重。

与落花一同漂去

朱湘，你已经走了很多年了。

七十八年前某个冬日的清晨，年仅二十九岁的你，乘坐吉和轮奔赴南京。船过南京，你没有下船而是溯江而上。当船驶过李白捞月的采石矶时，你为自己的生命进行着最后的狂欢。

砰的一声，你打开香槟酒，诵读着海涅的诗，然后纵身一跃，你的生命在滚滚波涛中沉浸。

葬我，与落花一同漂去……那是你的诗句。荷花池内，马缨花下，泰山之巅，滚滚春江水，那是你的肉身安息之地。而当你的肉身被一把火烧尽成灰，那无人知道的地方是不是就成了你灵魂永驻的天堂？

你就像一枝梅花，在冷风中旋转着，最后飘落在江面上，你又像沙漏中缓缓流下的细沙，静静地沉淀至深深的江底。

一个多世纪过去了，你的灵魂飘去了哪里？云雾缭绕的天堂里是否有一张书桌、一支笔供你写诗。从此，你不用再为衣食而忧心，不用再为生活而奔走。

朱湘，我对你的印象定格在了那张泛黄的黑白照片上。我看到了你纤瘦的身影，你穿着一件灰色的长褂，白净的脸上架着一副眼镜，书生模样。你的眉宇间有着诗人天生的孤傲不羁。你的生命因诗而存在，因诗而辉煌，也因诗而落幕。

你出身于书香门第，古典诗赋底蕴自不待言。十六岁便辞家北上，考入清华园，加入了清华文学社，与清华园的学生饶孟侃、杨世恩、孙大雨并称为清华四子，成为20年代名扬水木清华的学生诗人。

你的诗虽没有徐志摩浪漫多情，也没有闻一多那样深沉浑厚，但你的诗歌技巧之熟练，表现之细腻，丰神之秀丽，气韵之娴雅，让你光芒四射，形成了你独有的风格。早在清华园，你就开始了写诗，诗人的浪漫天性、喷涌而出的诗情与遮挡不住的才情渐渐显露，你的名字和你的诗歌、文学论文频频出现在当时的上海名刊《文学周刊》上，成为新文学时期一颗熠熠闪耀的星星。

你生前仅有的三本诗集：《夏天》《草莽集》《石门集》，收纳了你对诗歌的满腔浓情，同时代的女作家苏雪林曾说：这三本诗集，是诗人拿性命兑换来的。

鲁迅把你誉为中国济慈，你写给妻子的《海外寄霓君》与鲁迅致许广平的《两地书》、徐志摩致陆小曼的《爱眉札记》以及沈从文致张兆和的《湘竹书简》被公认为新文学史上四大经典情书。

你是一个奇特的诗人，拥有最敏感最易触动的神经，在你短短的二十九年的人生历程中，诗成了你仅有的财富。你对诗的钟情，已经到了痴迷且无以复加的地步。你似乎早已不再满足用五官感受着这个世界。我知道，你是在用灵魂。

可是，你却忘了，你也是活在俗世中的男子，你也是一个女子的丈夫，你更是三个孩子的父亲；可是，你却不知，如果这个世界仅有诗歌，又怎么可以活得下去？

朱湘，你本是心境清澈、心地良善的男子，虽然你极力抗拒着那一段指腹为婚的姻缘，也曾想永远脱离那桩旧式婚姻带来的羁绊，虽然你曾经对那一位崇拜爱慕你的女子冷若冰霜，丝毫不顾及这位青春女子的尊严拂袖而去。

但当你得知，这位可怜的女子家破人亡的消息，当你在上海一家雾气腾腾的小纱厂的洗衣房里再次见到她时，看着她穿着粗布衣，双手已经被肥皂水浸泡到发白、躺在潮湿发霉的小屋子里，发着高烧时，你那颗坚硬的心在瞬间变得柔软无比。

你温柔地为她擦拭去腮边的泪水，握着她的手，向她求婚。你说：彩云，嫁给我吧，相信我，让我照顾你一生一世。我知道，这是因为你对眼前的这位女子心生疼惜，你和她之间的爱情之路，走了很久，由厌恶到同情，由同情变为爱情，最后成为你生命中唯一的挚爱。

你肯定没有想到，这段曾经令你深恶痛绝的婚姻竟成了你生命中最美的风景。爱情给你的生活注入了明媚的色彩，婚后不久，你拥有了重返清华园完成学业的机缘，并幸运地获得了公费留学美国的机会。

你为你的妻子改名为霓君，因为在你的心目中，这位女子堪比那美丽的霓虹。远隔重洋的日子，虽然和她天各一方，但你们的爱情之花却如绿萝般疯长。后来结集出版的那部《海外寄霓君》便是这段爱情最好的见证，那一百多封家书写满了你对妻子那份浓烈的爱：

霓君，我如今凭了最深的良心告诉你，你有爱情，你对我有最深最厚的爱情，这爱情就是无价之宝。

霓君，我的爱妻：从此以后，我决定自己做饭。每月可以寄二十块美金给你。写完这信，晚上做梦，梦到我冕水，落到水里去了；你跳进水里把我救了出来：当时我感激你，爱你的意思，真是说也说不出来，我当时哭醒了，醒来以后，我想起你从前到现在一片对我的真情，心里真是一股说不出的味道。

亲爱的霓妹妹：我如今过得越久，便越觉得你好。我前两天想，唉，要是我快点过了这几年，到霓妹妹身边，晚上挨着她睡下，沾她一点热气，低低说些情话，拿一只臂膀围起她那腰身，我就心满意足了。

……

信中的你，没有了以往孤高的形象，显得温情体贴，甚至有种一心为家的好丈夫的意味。你把爱情视为无价之宝，你深深地感到了你和妻子之间是有爱情的，你甚至为了每个月可以寄钱给妻子决定自己做饭。在信中，你是那样的温情，表达着爱意，诉说着思念，但这片刻的温暖对你来说终究只是短暂的，或者只存在于你的书信里。

古希腊哲人赫拉克利特曾说：一个人的性格就是他的命运。这句话包含两层意思：

一、对于每一个人来说，性格是与生俱来、伴随终身的，永远不可摆脱，如同不可摆脱命运一样。

二、性格决定了一个人在此生此世的命运。

在我看来，这句话用在你的身上的确是再适合不过的了。

公费留学海外虽然是美丽的光环，但对清高孤傲的你而言，留学的确是一种活受罪。

从1927年9月赴美，到1929年8月归国，短短两年的时间里，你换了三所大学，最后甚至没有获得学位便负气归国，这一切都源于你有一颗爱国的心，你有着诗人和炎黄子孙的骨气。因此，朱湘，我要向你致敬，作为一名中国人，你是无愧于这个称呼的。

第一所大学——美国威斯康星州劳伦斯学院。你选修了拉丁文、古英文与法文三门课程。对于英文功底极深厚、对语言极有天赋的你，获得学位、顺利毕业应该不是什么难事。但在一次法文课上，当一位美国同学朗诵法国作家都德的作品，当他读到中国人像猴子时，在场的美国学生当堂起哄，笑得前仰后合。面对这样的羞辱，身为中国人的你义愤填膺、拍案而起，甩了甩衣袖，头也不回地离开教室。无论法文讲师如何致歉，你以铮铮傲骨，坚定地回绝了。你说，可弃学也要离开这所已经让你鄙视的学府。

第二所大学——美国芝加哥大学。你选修的是德文与希腊文。那一年，你很快乐，就像一条鱼儿，畅游在芝加哥大学浩瀚的图书馆里。你如饥似渴地阅读着，学习着。那时，由你翻译的中国唐诗登在校刊上引起校友的关注。可以说，初到芝加哥的你是风生水起，心情也开始舒畅起来。但这样的好时日却无法长久，后来，你认为英文讲师在校刊上捏造某东方学生与某西方女学生行为暧昧的逸闻，所以你愤然地缺勤英文课；因为你的德文课讲师曾在课上说小小的葡萄牙都能占据中国的澳门，你又愤然地缺勤此人教授的德文课；因为一个美国女学生不愿在上文学课的时候与你同坐，你再一次愤然地缺席了所有的文学课。长期缺勤，最后的结局便是无奈地离开了这所知名的学府。

第三所大学——俄亥俄大学。在转入这所大学后，你又陷入了经济困境。这时，你的清华学长兼诗坛前辈闻一多出任武汉大学文学院首任院长，闻一多刚一上任就给远在美国的你寄来了武汉大学的教授聘书。消息一传到大洋彼岸，归心似箭的你连学位都不要了，便放下美国的一切，匆匆回国。

你回来了，带着满身的疲惫回到了祖国的怀抱，出任安徽大学外国文学系主任。你，每月可以拿到三百元的工资，从此，便无须再为不能每月按时给妻子足够的家用而苦恼了。那一年，年仅二十五岁的你成为中国大学最年轻的教授之一。同时，你已经是三个孩子的父亲。

其实，我知道，你是十分珍惜这份工作的。因此你的备课很详细，讲课很认真，深受同学们的欢迎。可是好景不长，安徽大学因经济原因开始欠薪，欠你的薪水已累积二千多元。外加安徽大学将外国文学系改为了外文系，仅仅两字之差，这使严肃、认真到极点的你大动肝火，发誓再也不教书了，再一次与校长正面交锋，不欢而散。

就在那年夏天，安徽大学改组，校方领导将一直以来刺头的你开除了，并且还通过当时的教育部明令各大院校不能聘用你，一时间你的事业和生活又陷入了困境。

这一年，你的天空那么灰暗，你失去了工作，就意味着经济来源被彻底切断了。几乎在同时，你的妻因忍受不了你的脾气和生活上的拮据离你而去。

从此，你过上了南北飘零，颠沛流离的生活。从北平到长沙，不得不又返回上海，求职之路处处碰壁，只能靠写诗为生维持一家的生计。

在上海，你和霓君、三个孩子又一次重逢。

如果，那个时候，你可以放下诗人的尊严、教授的身段，以你的知名度再加上朋友的推荐，你完全有可能找到一份可以维持生活的工作。

如果，你可以放下，你的孩子就不会死去。

如果，你可以做到，你的妻子就不会绝望。

如果，你可以做到，你的生命就不会逝去。

可是，朱湘啊朱湘，你却不能，你不能便是你的悲哀。你宁可穿着破旧的西服，带着傲慢的神情昏昏度日，也不愿意去干一个男人可以干的活儿。就这样，生活把你逼到了绝境，残酷的现实把你推向了悬崖边。

当你的妻子在一个风雪交加的夜晚，抱着患病的儿子敲开医生的门深深地跪下去；当你的妻子因拿不出治病的钱，被冷眼恶语生生赶出门外；当那个幼小的孩子，等不及心力交瘁的母亲再去敲开另一家诊所的门，便匆匆奔赴另一个世界时，你的妻子把所有的怒气与怨气都发泄在你的身上。那时，在霓君的心中，你是这个世界上最为穷困潦倒的，最是百无一用的书生。

朱湘，你的生命在1933年那个凄凉的冬日走到了尽头。

你用身上最后一点钱买了一张由上海到南京的船票，还有一瓶酒，一包妻子平时最爱吃的饴糖。

你已经准备好了。

你即将远行，走向天堂。临行前，你给霓君剥了一颗她最喜欢吃的饴糖，柔声地问：甜不甜？

不甜。冷冷的话语从霓君的口中硬硬地说出来，是那样的简单。想想也是，那么苦的日子，再甜的糖也甜不到心里去了。

可是，朱湘，在过去了一个多世纪的今天，我还是想问一问：如果，那时的霓君，知道那轻而薄凉的两个字竟能汇成那样一股冰冷的力量将自己的丈夫推向死亡的深谷，那么，当她含着那块糖的时候，她还会那样说吗？

你终于决定走了。

心中没有一丝一毫的留恋。心如死灰，心似冰窖。而霓君却没有察觉你的异样，她只当你还是如以往一样，出门去找工作了。没想到，这一别，竟是永远。

朱湘，你真的已经走了很多年了。

你短短二十九年的生命，像极了一首凄凉忧伤的诗歌；你的生命那么轻，像极了风雪中的一朵寒梅。

朱湘，你有着诗人高贵而圣洁的灵魂，在这个浑浊的尘世中无法安放。也许，只有那滚滚春江水、那无人知道的地方才是你灵魂的栖息地。

那就漂去吧，轻轻地，轻轻地，与落花一起，带着诗的韵律，漂去，漂去……

你听，这个世界上，有好多可爱的、素洁的、热爱你的灵魂，手捧你的诗集，点亮一盏烛火，轻轻吟诵着你的诗：

葬我在荷花池内，
耳边有水蚓拖声，
在绿荷叶的灯上，
萤火虫时暗时明。

葬我在马缨花下，
永做芬芳的梦。
葬我在泰山之巅，
风声呜咽过孤松。

不然，就烧我成灰，
投入泛滥的春江，

与落花一同漂去，

无人知道的地方……

写后记

王国维在他的《蝶恋花》中曾长叹：最是人间留不住，朱颜辞镜花辞树。

无端地想起这首词。

无端地想起一个人。

八十四年前一个冷寒的冬天，他纵身一跃，葬身江底，随落花一同漂去无人知道的地方。

他是朱湘，一位纯粹的诗人。

这篇文写于2011年初春。那时，几经寻觅，终得这套四川人民出版社1987年出版的《朱湘诗集》，含了诗人的《夏天》《草莽集》《石门集》《永言集》。

他满腹才华，一身傲骨。却在乱世中颠沛流离。面对饥寒交迫的生活，他选择了死，抛弃了生。

是的，朱湘是穷死的。

因为穷，他的小孩活活饿死。

因为穷，他遭人嘲弄侮辱。

也是因为穷，他的爱情开始变质，最后腐烂。

他是个典型的完美主义者，却命运多舛，生未能逢其时，死又不能传其名，怎一个苦字了得？

后人对朱湘的一生多有评议，各不相同。或褒或贬，都已无关紧要。

他是看不见也听不到了。

当我遇见你

第一次遇见你，我还年少。十五岁，白衣蓝裙，清纯得如同深谷里的一朵雪莲花。高中第一学年，我在学校图书馆里与你邂逅，你仿若已经在那里等了我很久，等我一步步靠近你，等我来轻嗅你的芳香。

那个深秋的午后，我还沉沦在痛失至亲的悲伤中，以为从此自己将会是这个世界上最可怜的孩子。却不料，我遇到的你也是一个失去父亲的孩子。

是的，直到遇见你，我才知道，你才是这个世界上最孤苦无

依的孩子，因为你不仅失去了父亲，还失去了母亲，与我同龄的你还要承受着舅母一家人的虐待，并被舅母像丢垃圾一样丢进了孤儿院……

看着瘦小的你，我想对你说一些安慰的话，却发现笨拙的自己怎么也说不出口，反而是你，用坚定的眼神看着我，说：上帝对每一个人是公平的，他赐予我们苦难，将来等我们长大了一定会把幸福带给我们。

你长得并不好看，出身寒微，相貌平平，个子矮矮的，发丝毛糙，脸上还有隐隐约约的雀斑。在学校里，没有同学愿意和你交往；在家里，总是有那么多的活儿等着你去干，没有人去关心你。而你总是那么开朗，你说：我越是孤独，越是没有朋友，越是没有支持，我就越得尊重我自己。

不知是从什么时候开始，我越来越迷恋你，甚至有一点依赖。每天晚上在学校宿舍里，我与你说着对父亲的思念，说着那些小小的心事，你总是以一种固有的姿态静静地听我述说。你的眼神清澈明亮，我在你的眼睛里看到了另一个美丽的世界。

我们常常并肩漫步在校园的小径上，偶尔我们也会相视一笑，在学校的香樟树下，听春日的和风轻柔地拂着树叶，看着初绽的花蕊在阳光下舒展。晚上，当宿舍熄灯之后，在微弱的光线下，与你私语。三年的高中生涯，因为家庭与性格的原因，除了彼此，我们都极少有其他的朋友。我们将温暖的友情毫不犹豫地交给对方，相扶相持走过了三年时光。

那一年，你说你要离开这里，去一个陌生的地方，开始一段新的人生。

夕阳在山，临别依依，我真想把那段日子搂在怀中，孵化出一串相同的时光来。

我问你：我们还会不会再相见？

你说：会，一定会的。

第二次见你，我们之间隔了三年的时光。

那过去的三年里，我经常把你写进我的文字里，刊登在学校的校刊上。我还把你的故事改编成舞台剧，我将自己装扮成你的样子，把你的故事呈现在舞台上。

我常常幻想自己是你，期待着有一天，我们能再次相见。

那年的某个午后，阳光斜斜地洒落一地的温暖，预示着一场重逢的到来。

你来了，我们一起坐在伊娃河畔，你一脸的愁容，依然明亮的眼眸里藏着浓重的心事。

你说，你爱上了一个男子。那是一个冷漠且历经沧桑的男子。你想靠近他，却很怕，怕他的富有，也怕他的英俊。那些惧怕，都是因为自己的卑微与贫穷。

我问你：他爱你吗？或者他知道你爱他吗？

你说：我不知道。他也不知道。

其实，我知道，在你心中，一直有着深深的自卑，以为自己姿色平平，就像长在山野里的一朵白色的蒲公英，无人欣赏，随风飘摇。但是，你还是无法抵挡爱神的到来，不管你的内心是多么的平静，那个男子还是点燃了你心中爱的火焰。

你很爱很爱他，但你依然可以用一种从容的姿态去面对眼前的他，你把爱深深地埋藏在心底。当你得到他的邀请，与他一起喝茶、用餐、散步时，你尽可能地装作若无其事，平静处之。

当他离开时，你总是傻傻地陶醉在幸福中，你曾多次试探他对你的爱。其实，你不知道，他也在试探你。他的试探是因为他心里也有太多的不确定，是因为你是他今生所遇到的最好最好的女子，是因为他在遇到你之前，饱尝了太多爱的煎熬，以至于他再也不敢尝试触碰爱情。

在一次晚宴上，你听到他和朋友们说起，他即将与一位富家女子订婚。那个女子的脸上荡漾着幸福，她远比你年轻，比你美貌，你的心在瞬间碎了一地。在舞会上，你看着自己深爱的男子与别的女子喝酒、拥舞……你选择转身离开，躲到自己的房间里去舔舐这爱的伤口。

你和他一样，在面对彼此时有着太多的不确定。你看到了他与别的女子暧昧，他看到了你眼中的泪，也看到了你内心的波动。你爱上的那个男子，其实有着缜密的心思和缠绵的情意，他的双眼里透着深深的忧愁。那种忧愁是多么的迷人，他多么渴望遇到一个能够懂他、爱他的女子。因此，当纯朴的你如天使般突然降临到他的世界时，他却有点不知所措了，迷茫、挣扎，却又是那么渴求靠近和拥有。

在他和别人亲热时，他的视线一直没有离开过你。你的一举一动，你的委屈和伤心都被他看在眼里，他明明知道这样做会伤害到你，可他还是那样做了。从此，不管是白天还是黑夜，不管痛苦还是欢喜，他的心始终为你跳动着。就这样，你们相互之间试探着，其实在心灵上早就合为一体了。

他对你说着爱，他爱你，就像爱自己身上的血肉。你眼中的他，只是一个疲惫得让人有点心疼的男人，他注视着你清澈的眼睛说：我要你属于我，完全属于我。他满脸激动，满面通红，五官都在剧烈地抽动，眼睛里却闪着奇异的光芒。

也许这就是爱，虽然这样的爱是自私的，有着很强的占有欲，却没有对与错。爱，从来就是一种煎熬，相爱却不敢爱，明明爱着却无法去爱。那般令人窒息的爱情，在湖边临水照花，冷然间盛开，顷刻之间便可以颠覆世间种种。

第三次见你，是接到你送来的结婚喜贴。

你说，还是他勇敢地跨出了那一步，你才能拥有现在的幸福。你说，你要温柔地爱他、心疼他。

你们相爱了，之前所有试探都得到了证实。你是爱他的，而他也是爱你的。你们的婚礼将在一座古老的教堂里举行。

那一天，你穿上了洁白的婚纱，挽着他的手，出现在教堂里。婚礼开始了，然而，就在他为你戴上婚戒的那一刻，一个男人冲进教堂，指证他犯下了不可饶恕的重婚罪，并称他的原配妻子还活着。

面对这突如其来的一幕，你就像一尊雕塑站在那里一动不动。他对这一切供认不讳，并揭开了那段婚姻所有的秘密。原来，女方在婚前隐瞒了家族的精神病史。婚后，他发现自己的妻子性格粗暴，举止疯狂时，已经晚了。

在这段婚姻里，他挣扎了整整三年，他想尽自己所有的能力去治好妻子的病，却遭到了女方的排斥与抗拒。他用酒精麻醉着自己的神经，一直到他遇到了你，被你的纯朴和善良触动了心弦，可是他始终不敢向你坦白他有过婚姻的事实。到最后，他还是失去了你。

你还是决定要离开他，不顾他的挽留，不顾他悲伤。你不能接受自己成为一个第三者，也无法接受如此不平等的爱情。于是，第二天早晨，你收拾好自己的衣物，离开了他的家。为了你的自尊，为了你要的平等的爱情，你痛苦地离开了那个男人。

在另一个城市，你遇到了一位年轻英俊的男子，当他对你表达爱情的时候，你突然意识到自己的灵魂早已遗失在了一年前的那段时光里。

你终于发现自己仍然深爱着那个男人，你还是在想着他，无数个冷寂的夜晚，你仿佛听到爱人的呼唤，在那个与他度过了无数个美好日子的家园里，他在撕心裂肺地呼唤着你，与他之间有过的爱的场景那么清晰地浮现在眼前。你知道，眼前的这个男子再优秀，也抵不过那份逝去的爱带给你的深深的震撼。

终于，在离开他整整一年之后，你决定回去。

你说：我无法控制自己的眼睛，忍不住要去看他，就像口干舌燥的人明知水里有毒却还要喝一样。我本来无意去爱他，我也曾努力地掐掉爱的萌芽，但当我又见到他时，心底的爱又复活了。

当你重新回到那里时，你的爱又复活了。可是，那里的一切已不再是当年的光景，那里已成了废墟。

你穿过一片树林，在河边的长椅上找到他时，那个曾经高大英俊的男子异常憔悴，手里紧紧地攥着一根拐杖，他成了一个瘸子。后来你才知道，是他发了疯的妻，在那个漆黑的夜晚，用一把火烧了那个家。疯女人把自己烧死了，也把他烧穷了，烧丑了，烧瞎了，如今的他只能孤寂地隐居在森林的小木屋里……

最后一次见你，时光又带着深深的伤痕迈进了深秋。

你回去了，回去找回多年前遗失的爱情。你说，让我去见证你们重生的爱情。

那个深秋的黄昏，我走进那片树林，你和他正坐在被夕阳映照的长椅上。

我回来了！你用手温柔地拭去他脸上的泪珠。

你是来看我的？没想到我会变成这样，是吧！

你只是看着他，不说话。

哦，你用不着伤心，我很好。你呢，你能待多久？一两个钟头？哦，别就急着走，还是你有个性急的丈夫在等你？

没有。你从嘴里使劲挤出这两个字。

你还没有结婚？这可不太好，你长得不美，你不能太挑剔。

是的。你应和着他。

可也奇怪，怎么没人向你求婚？

是的。你也该结婚，你也和我一样，不能太挑剔。这时，你的眼睛里已经有了泪花闪动。

当然是。我在等着一个傻瓜来找我。

但愿这样，那个傻瓜，已经来找你了。我回来了！让我留下吧！你哭着说完，扑进了他的怀里。

他用手轻轻拍着你的背，说：傻瓜，你终于回家了。

……

这是我在这个世界所听过的最深情的对白。

我知道，那一刻，苍白的你、坚毅的你、与众不同的你，终于等到了你要的那种平等的爱情。你明亮的眼睛没有蒙上灰尘，你独立的意识、对于平等的追求。从此，你和他不会再分开。

在你的心中，眼前的这位又穷又瞎的男子才是你朝朝暮暮想要拥有的人。他是你心中不可取代的唯一。你爱他，只是纯粹的因为爱。你爱他，因为那份爱，如此刻骨铭心。

写后记

当我遇见你

——当我写下这五个字时，眼前便会出现这样的画面：

那是一个素淡的深秋，有着并不明朗的色调。湿润的草场，种植着大片黄色的郁金香。太阳在低低的云层里穿行。落叶漂浮在湖水上。四周，是零落的树木和高低不一的丘陵。这个美丽的世界，在经过雨水的洗刷之后，泛着微微的清新的绿。

《简·爱》是我最钟爱的一部小说。

每一次读，心里总会泛起微微的水波，总会一不小心把自己跌落在那些久远的时光里。我庆幸，在我的青春年华里，曾经有过那么一场唯美的遇见。

当我遇见你，简，

——是你，改变了我的一生。

是你，牵引着我走进这个世界，让我学会用一种从容的方式去面对爱。

当我遇见你，更加深信，在这个世界上，一定会有这么一个人，冥冥之中，你听见了他的声音，人海里你看见那双眼睛。你知道，你的语言只有他能听懂……

那片被梦虚构的贝加尔湖

　　我从来没有想到过会有这样一场美丽的梦境。因为失眠，我整夜整夜地听着这首《贝加尔湖畔》。结果，那遥不可及的贝加尔湖啊，就这么优

雅地出现在了我的梦里。

贝加尔湖，是一处让人温暖却伤感的地方。

我一直有一种错觉，像是曾经去过那里。在一个春风沉醉的日子，我从绿草如茵的湖畔走过；在月光皎洁的夜晚，在静静的湖畔静静地坐着，看月儿轻吻湖面，那般的情深。

在我的眼里。在你的怀里。

我不相信有地狱，但我确信有天堂。

那一刻，当我遇见你，你在我眼里，我在你怀里。你是一抹深意，篆刻着心底特殊的字迹。你是投入在我眼底的一抹望不到边际的蓝。我知道，那是天堂的颜色。

你在我眼里，是情深意切的比喻，仿佛天空云霭下的某个观礼。你总是静静地，牵引出一种极致缥缈的韵律。

我是如此迫不及待地想要投入你的怀中，就像是在奔赴一场久别之后的重逢。我要拂去你身上还未曾融化的冰雪。我在你耳边轻语，我要唤醒沉睡了一个冬天的你。在春天的风景里，看着你醒来。

湖面上溅起的一朵水花，瞬间打湿了我所有的记忆。一片水域，在无声地诉说着一个久远的故事。我知道，我从来都不是那个故事里的主角，我只是最好的读者，用我纤长的手指，打开储满着所有故事的线装书，用一种恒久的姿态，静静地读。

终于，在抵达贝加尔湖的第二个黄昏，我听到了你嘹亮的歌声。我惊艳于你的声线，你竟然可以把最后一个音符拖唱得美妙至极。然后，暮色开始沉降，我的心也开始沉降……

在这片蓝色天堂中，所有的隔阂都将会一一消失。永恒的蓝，在永远的天堂里，层层叠叠，将我包围，将我的心也滋养成一片碧蓝。

这一生一世。这时间太少。

你说，要带我去湖边的一个小镇。

你带着我坐上一列老式的火车，沿途停靠的几个小站都有着炫目的风景。我看到站台上站着好多美丽的乡村姑娘，她们穿着艳丽的俄罗斯长裙，裹着头巾，用我听不懂的语言，向游人兜售着花篮里的花儿。那些花儿，我叫不出它们的名字，只看到它们脱离了原野与泥土，孤单地活在竹制的篮子里。

一个多小时后。你说，该下车了。小镇就在前面。

你说的那个小镇是那般的原始，甚至有点破旧。一半是土岸，一半散落着凌乱的石头。泥土与石头中间居然还盛开着一簇簇黄色的野花儿。这些花儿与姑娘竹篮里的花儿不同，它们相对来说是自由的，可以沐浴着阳光，享受雨水的恩泽，自由地盛开。

你说，很多年前，人们想要在这里造一条平整的路，便于小镇居民的出行，却又由于某种原因终止了工程。于是，它就只能以这样的姿态无奈地停在这里。

很多时候，这个小镇是孤独的，因为没有人愿意走进它。就连小镇的居民，也纷纷离开它，去外面的世界寻找精彩。他们在年少时离开，出去流浪，却在年老时归来。回来时，背已佝偻，发已苍白……

那个小镇，就这么孤单地被人们遗忘在贝加尔湖的深处。

再往前走，我看到了一片白桦林，白色的树干，灰绿的树冠，还未曾泛黄的稀疏的叶子在春风里来回摆动。白桦林一边是几间红白相间的木屋，每间屋子后面都有一个大大的院落，里面种植着土豆与瓜果。

当当——当当当——从远处传来了教堂的钟声，一声低过一声，就这么灌入我的耳中。

看，那里是什么？

我顺着你手指的方向望去，看到一座独木桥。桥的那端，是一间低矮的木房子。走进去，才知道，原来那是古镇上唯一的一家小型电台。游人可以走过那座独木桥，随意地参观。电台很是简陋，但有一种怀旧古朴的气息在空气里穿行，很容易让人生出一种恍惚感，回到年代久远的时光里。

木屋的一角，有位满头白发的男人正坐在那里，专注地播音。他的嗓音低沉浑厚，他的眼前没有文稿，只有无法言说的苍茫。

你说，每天的黄昏，男人的声音就会传到小镇的居民家中。

他在读什么？我问。

你说，他在讲述他的喀秋莎的故事。

他的喀秋莎？我问。

是的，那是他心爱的姑娘……

在年轻的时候，他离开了这个贫穷落后的小镇，去城市寻找更好的生活。他离开了一心一意爱着他的姑娘，他在城市享受着繁华，渐渐地忘了小镇与这个在小镇里等他回来的姑娘。

一直到他老了，才想到要回来。

后来，等他回来时，才听人们说起，他心爱的姑娘已经在贝加尔湖湖底沉睡了很多年。再后来，他就建立了这个私人电台，一遍一遍地向人们重复着永远都无法找回的爱情。

我没有问你故事的情节。我知道那些故事全部被刻在了那本线装书里。而这样的故事，只适合永久地埋藏。每一次翻开，都将是一种疼痛。

我们静静地走进木屋，又静静地离开。在离开木屋时，没有告别。老人还沉陷在自己的世界里。我知道，那个世界，才是他一生中最好的时光。

挥挥手，木屋和白桦林被我们抛在了身后。我这个太过感性的女子，努力地调整着自己的情绪，平静地看着这里的沧海桑田。

也许，多少年以后，故事在我们眼前如云般游走；也许有一天，故事和故事里的人都会被人们遗忘，但那些懂你的、知你的、爱你的，不会因此抹去这份记忆。

它在春天的贝加尔湖畔开始，将在满目苍黄的秋天结束。

那个春风沉醉的黄昏，许多故事都将成为故事，许多故事又将初生。转过身，将是柳暗花明。

多想某一天，往日又重现。

贝加尔湖的夜晚，冷寂在一片浓重的黑色里。我没有等到月亮挂在贝加尔湖的上空，它沉沉地睡去，在如水的夜里。贝加尔湖畔的夜晚，只有风迈着步子缓缓前行。

静默的白桦林，像是在凝思着什么。

我说，我惧怕所有太过热烈的东西，比如我惧怕盛夏的阳光，在阳光下我总会想要逃走。但我却始终如一地喜欢着能带给我安详与宁静的月亮，喜欢它清澈的眼神、神秘的样子，特别是贝加尔湖畔的月亮，我要看到它的与众不同。

你说，贝加尔湖的夜晚没有灯火，但白桦林深处会有无数只萤火虫，如果你害怕，可以随着萤火虫一起向前走。那些亮光，虽然微弱，却可以给你勇气。你会看到无数白色的流光散开来，随即升起在你身边缭绕，你会看到世间最亲和的微笑，告诉你，随着这缕亮光，所有的愿望都会实现。

我真的看见了呀！

那些萤火虫在我身边飞来飞去，那些光亮，忽明忽暗，时隐时现，我不知道它们在这贝加尔湖畔，在这静静的白桦林里生活了多少年，更不知道它们小小的身体里到底积蓄了多少的能量，但我相信了你说过的那些话。

如果能将这一切画下来，该有多好！遗憾的是，我不是画家，我手中没有画笔与画纸，无法将这些可爱的生灵绘入画中，我又能如何去纵情挥墨。

如果能在这片白桦林里，有一架白色钢琴，那该有多好！如此，我可以坐在钢琴前，弹上一曲，让我飘忽不定的思绪沉落在琴声里，将往日那一幕幕在记忆中重现，让我的魂魄随着琴声飞扬。

终于，萤火虫都飞走了。
孤单的白桦林里只剩下一个孤单的我，在这静静的贝加尔湖畔。

在贝加尔湖畔。

贝加尔湖彻夜不眠。

在我即将与贝加尔湖告别的时候，你带来了那位老人去世的消息。我站在山坡上，身后是静静的贝加尔湖，眼前是成排成排的白桦林，老人的木屋掩映在一片浓重的暮色里，在最后的一缕斜阳里不言不语。

这片水域，这静静的湖面，收纳了他们的青春、爱情、相聚与别离。

你说：来过贝加尔湖，才会知道什么才是忧郁。
我问：这里，是否是收藏忧郁的天堂？
而你只是望着静静的贝加尔湖，不语。

我一个人来，最后还是要一个人离开。你的怀抱很暖，却不属于我。到了此刻，才晓得，人的一生，走到最后、走到尽头，能与自己同行的只有自己的灵魂。

我是如此贪恋你的气息，我只是喜欢你给我的这种感觉，哪怕只有这一回。

你说，现实与梦想是两条逆势而行的单行线，永远都无法交集。

我说，我终究不能长久地留在你的身边，我终于还是那匆匆而去的过客。来过，终究要离去。

站在贝加尔湖畔，听着水声，我知道那是一座不属于自己的水岸，迷失在这杂乱无章的水域里，没有来路，也找不到去路。

懂一个人不难，只是需要一点时间，需要一点距离。

懂一片湖，其实也不难，在有限的时间里，做无限的靠近。

贝加尔湖，在你涌动的暗潮里，可会留下我这一段忧伤的心事？

写后记

这确实是一场酝酿已久的心之旅。

贝加尔湖是蕴藏着无限诗韵的远方。也许，有一天，我会一个人奔赴梦里的约会。也许，到了人生暮年，当双鬓染上了如雪的白发，都无缘仰望它的美。

第一次听到李健演绎的《贝加尔湖畔》时，心，就有触动。但是，在那时，缺少的是一根引线，把我内心潜伏的情感点燃。

是那个不眠的夜晚，是两个少年的歌声，是这首《贝加尔湖》，给了我一双翅膀，托着我的灵魂，飞到我永远都无法抵达的远方。

我虚构了一个贝加尔湖，虚构了一个梦境。唯有一个不是虚构的，那便是我在这篇散文中投入的情。只是，我的笔力有限，原谅我无法让文字带给你更强劲的情感冲击。

李健是我喜欢的歌手。在当今华语乐坛，他是极为少数的有艺术气息的男歌手。《贝加尔湖畔》由他作词作曲并演唱，收录在2011年发行的《李健·依然》专辑中，并摘得2014年年度金曲奖。

《贝加尔湖畔》还有另外一个版本，就是李健在《我是歌手》演唱的现场版。相比之下，我更喜欢现场版的演绎，那近乎完美的和声，出现在整首曲子的高潮部分，会让人在不经意间就掉进了贝加尔湖的意境里。

这几天，很冷。
冷，是冬天常有的温度。
这几天，常常会恍惚，望着光秃的枝干、枯落的树叶，无端的有点伤感。

我等待的雪失约了。
她没有来。
我也没有去。
北方的长街，躺在雪中的红枫多么的孤单。有一个名字，却在掌心里渐渐捂热了。

除了爱你，我不擅长什么

《假如爱有天意》是一部令人回味的韩国影片。相隔多年，再去重温仍会被感动。喜欢的，是这片名，还有影片的背景音乐。

假如爱有天意，假如爱情可以解释，假如环境可以改变，假如你我的相遇可以重新安排……纵观全片，这份爱和缘分从过去到现在，巧妙地穿梭在两代之间，就像我们经常说的，爱是需要缘分的。

一个缘字，涵盖了许多说不清道不明的因由。缘分，是天意，是注定，是宿命。

韩剧，一贯的精致、唯美、温婉，一步一扣，都缓慢轻细。俗套的剧情，关于两代人的情感历程。这一代的遇见、背离、错过；下一代的相遇、相知、牵手。时空错落交织，情节铺展绵延。唯美的场景、精彩的对白、动人的旋律，构成了一幅幅清新如画的故事片断。

影片里，一场又一场纷飞的细雨，交织出爱的世界里最无尽的期许。影片里的那条河，贯穿始终，温暖又哀伤。

影片在一抹明媚的阳光里拉开序幕，柔和的光束穿透窗外浓郁的树荫，散漫一室。白色的窗帘在风里飘飞，那是夏日里静好的辰光。

母亲的书信，静静地躺在落满尘土的盒子里，写满关于初恋的点点滴滴。风吹过，一封一封，轻轻地飘来飘去。那些深藏的往事，就这样，破尘而出，蜿蜒清澈。

镜头拉开。满眼的绿色一览无遗。青山碧水在身边若隐若现。

那是1968年的夏日。

一处乡野的田间，他和她不期而遇。一次不经意的回眸，便把彼此的身影深藏。

他在河中央。她在牛车上。遥遥相望，挥手致意，微笑问候。

她，扎着两条小辫子，穿着白衬衣、碎花裙，纯净美好，羞涩娴静。

他，脸上沾着汗水、泥土，在一堆臭臭的牛粪里找到了一只大大的甲虫，一脸的温和憨厚。

他微笑着对她说：背着你，我能去任何地方。

雨水就这样顺着她白皙的脸颊滑下来，她一脸羞涩，微笑。

两颗年轻的心，慢慢靠近。她捧着萤火虫离去，细致呵护，珍爱如掌心里的宝。她相赠定情信物，已把情牢牢种下。

从小，家里的人都宠爱她，让她接受最正统的教育，告诉她不能放肆地大笑，扣子要认真地扣到最后一颗。

她从未见过像他这样的人——不顾形象，赤着双脚，下水捞鱼，扒开牛粪找寻甲虫。他微笑时的样子好可爱，深深地吸引着她，不自觉地向他挥手。

小木屋，瓜棚，河边，萤火虫……这是她梦里常去的地方，可梦醒了，她只能远远地看着而不能也不敢去。只有他，才会愿意带着她去，只有他才能让她如此安心，不管不顾地去靠近。

他们相约一起划船，在鬼屋里尖叫，赤着脚在大雨中奔跑，在淋过雨的草屋里吃着新摘下来的西瓜。仿佛在遇到他之前，她还未曾真正活过一样，她的眼中望见的是生命的斑斓。

被爱拥围的恋人总是显得笨拙而快乐的，一如五月里被风吹醉的雏菊。

在民间舞蹈课上，隔着那么多人悄悄地诉说自己的思念，转那么多圈只为了握一握她的手，碰一碰她的肩。

演奏会结束后，他捧着一束鲜花、带着微笑看着她在亲友的簇拥下离开。她焦急地跑回空荡荡的大厅寻找他，略显苍白的脸上泛起了红晕，那么多人的赞许都不及他一句轻柔的问候。

当她满怀失望地准备走进家门时，背后的路灯一亮一灭，回过头，映在橘色灯光下的那张脸照亮她一生的路途。

他曾经心疼地看着病榻上的她说：除了爱你，我不擅长什么。

而她却不知该如何才能让他知道，她只是想一直握着他的手，看着他憨憨的笑容，哪怕这个世界在下一刻轰然倒塌、灰飞烟灭。

可是，当第一场雪花飘落时，他们无法守在彼此的身边，只能看着窗外相同的雪景，张开眼睛，闭上耳朵，爱人的脸总是出现在最美丽的地方。

舞会上的眉目传情，信笺里的深情相送，终究抵不过现实里横亘的距离。情感的暴露，家庭的阻挠，好友为成全他和她，不惜放弃自己的生命，这一切犹如一座大山压下来，重重地压在他的心上，使得他抉择远离而去，奔赴战场。

她拍打着火车的玻璃窗，哭喊着他的名字。汽笛声响了，一声高过一声。她用尽力气奔跑着，恨不得在那一刻把他深深印入脑海，再不让别人夺去。

她大声地喊着：

你要活着回来！

你要活着回来！

哪怕那个时候你不再爱我，哪怕你不能再对着我微笑，不能遵守你的诺言，不能背着我去任何地方，你都要平安回来，你一定要活着回来……

伤感的乐音响起，火车滚动，碾碎的是她的心。

他在烽烟四起的战场死里逃生，战争夺走了世人的欢笑、家庭、生命，也许还有爱情。他会为她活着回来。当这个誓言渐渐随着照片泛黄、老去时，他却微笑着坐在了她的面前。他强作欢颜，说他已经娶了另外一个女人。他过得很好，他说，他冒着生命危险，捡回了临别时她送给他的项链。

在她的眼中，他几乎都没变过，发线的高度，眼睛的弧度，爱笑的样子，专注的神态。历经沙场，他没辜负她的期望。他活着回来了，可他的眼睛却瞎了。在命悬一线之时，他依然要去枪林弹雨里，捡回她送给他的项链。

生命，可以置之度外。内心里，念念不忘的，终究只有一个人，日日思量的唯有一份情。所有要说的话，要编排的言语，他一一练过了。只为再相见时，遮掩住自己瞎了的眼，只为她之后的幸福。

她哭了。眼泪，一滴一滴落下。他善意的谎言，还是让她信了。她嫁给了另一个对她倾慕已久的男子。一段感情，就这样擦肩而过，两颗深深相爱的心终究抵不过世俗的侵扰。呼啸而过的风，吹得人心生生地疼。

她太明白，自己有多么爱眼前的他，虽然他不再为她一个人守候。她终于发现了他笑容背后所有的真相——他的双眼在一次战役中被炸弹炸瞎了，她终于放声大哭。上天回应了她的祈祷，却没有送还一个完整的爱人给她。

是的，他的一双眼瞎了，他再也看不到那条飞满萤火虫的小河，看不到校园中满树欢快舞蹈的树叶，看不到她的笑她的泪，看不到当阳光照耀在海面上时她的思念，看不到她一直等待在当年的站台上从未离开。

如果可以，她真的希望他是自己爱情的终点，她不用再四处寻觅。曾经，他点亮了她的生命，如今只剩下她一个人还是要走下去。可是只要他还活在这世上的某一个角落，她的生命都会继续。

几年后，她的丈夫死了，这个世界上能够依靠的人越来越少，这个世界上爱她的人都离她而去。她带着五岁的女儿站在河边，木然地望着远方。爱情的回忆带着伤痕向她涌来。

这时，朋友带着他的骨灰来到那条河边，她回头时眼泪已经出来，那是一种心灵的感应。然后朋友告诉她，他是在她婚后才成亲的。他只是想确定她过得好不好，确定她是不是依旧被宠爱，是不是得到了最好的生活。而这些，已经被他遗失在战场，再也无法给她了。

一个男子等到自己心爱的人得到了幸福才去寻找自己的归宿。这里边有一种我无法用语言表达的感动。他的死讯夺走了她所有的泪水，她像一片凋零的叶子在风中颤抖。眼泪浸湿了走过的街道，怀抱的花束，大雨中的拥抱。

往日不再。可他依旧深爱着她，不管是在哪里，不管是在人间或是天堂。

二十年过去了。故事，兜兜转转，惊人的相似。上代情缘，这代续写。代写的情书，一样的情话，暴雨中的奔跑，河边飞舞的萤火虫。

上代的遗憾，惆怅，都得以弥补修复。宛若前世相错，今生携手。信物，百转千回，最终归入她女儿手中。一对年轻人，含泪相拥。

她的女儿——梓希。他的儿子——尚民，带着他们未尽的情意，继续未尽的爱恋。

长大后的梓希爱上了尚民，却要为好朋友给尚民写情书，就如当初的他一样。看着好姐妹和尚民在一起的情景，梓希努力躲开。可是她却忘了，原来这世上的爱，终是无法抵挡的。

几年之后，往昔河边，梓希流连于此。带了伞却淋湿了，和心爱的人在雨中奔跑是怎样的一种喜悦！他们勇敢地表露了心声走到一起。

梓希带着尚民来到那条河边，给尚民讲述母亲的初恋，却没想到尚民哭了，哭得很厉害。当尚民从脖子上取下项链给梓希戴上时，梓希终于明白，这也是尚民父亲的初恋。

他们来到了当年父母捉萤火虫的地方，梓希如当年的母亲一样坐在那里，而尚民则跟他父亲一样去捉一只萤火虫给自己的爱人，只是梓希放飞了那只萤火虫。于是，许许多多的萤火虫围绕着他们，这似乎是一种希望、一种爱，更是一种祝福。

夕阳西沉，年轻的身影携手并肩。从此，天荒，地老，踏遍岁岁月月，不再离分。

看着窗外，要是看到树枝在风中飘动，那就是说，你爱的人也在爱着你。

张开你的耳朵，聆听你的心声，你就会听到，你爱的人也爱着你。

闭上眼睛，要是你在微笑着，那么，你爱的人也在爱着你……

这是影片中最令我感动的对白。

这温暖的场景，耳语般的倾诉，缓缓而过。心，被雨水剔透，湿润缠绵。

俗世男女，渴慕最多的大抵就是一份情，干净的、暖熏的。有些情，渴望不可得。有些爱，生生相错。有些人，寻求一生，也遇不见自己要见的那个人。

时间无涯的荒野里，遇见了，尘埃里也会开出花来。飞蛾扑火，亦是轰轰烈烈。遇不到，空空年华蹉跎而过，才是哀。爱过一场，无怨无悔。

吹开岁月尘土的掩埋，这样的清澈，这样的简静。回了头望，青葱华年，通透辰光，只是一个愣神的时间，已然过去。手心里，是想用力攥紧却仍空空的虚，生生的疼……

我说，世上最好的爱，是两个人的相互辉映，彼此温暖。假如爱有天意，愿世上所有的爱情，都不再饱受世俗的摧残，愿相爱的人都可以牵着彼此的手相伴终老。

写后记

今晚，我再一次收看了这部几年之前就已看过的影片。尽管之前，我认为这只不过是韩剧特有的催泪方式。但是，真的静下来看，才发现，原来许多年之后，我们认为自己很沧桑很成熟很世故，事实上，内心深处单纯的情感始终没有变化。

这部影片里，最令我感慨、忘我的是二十年前那段关于爱的故事。在这一幕幕镜头前、在一曲曲回旋的音乐里，我的泪水，流了不止一次。最让我心生温暖的是二十年后的爱的结局，为这份美好，在影片临近尾声的时候，我还是忍不住哭了。那泪水，有为结局的欣慰以及往事的感伤。

看后，很长一段时间里，我静坐在屏前，像是无法从影片里抽回思绪。这部影片让我想起了我的初恋，想起了大学课堂上第一次与他的四目交会，想起无数个下雨天，他脱下外套披在我的身上，我们在大雨中奔跑、歌唱的情景，想起毕业的那一年，我们之间无可奈何的错过。

每个人的初恋，是人生最美好最纯净的回忆。当，电影里的情节和我们的过去极为相似的时候，动情，无法避免。

二十多年的日子一晃而过，人也非昨、事亦非昨。我只记得校园里的那棵香樟树、夏天里鸣叫的知了、海边夜空里会眨眼的星星……还有那些千言万语也说不清的无奈。

曾经以为，电影不过是消遣。看多了才明白，这是一种媒介，透过它，可以慢慢感知世界，找到那个遗失多年的自己。

隐忍，是爱情最深沉的表达

那年夏天。

荷兰。

阿姆斯特丹的郊外。

天空蔚蓝。

云朵纯白。

雏菊，黄色的小花。

随风摇曳，绽放着美丽与宁静。

爱情，在这个季节开始。

所有的风光、所有的爱恨悲喜都在一幅纯色油画里——铺展……

女孩、警察还有杀手

惠瑛：街头画家

会是谁呢，每天四时十五分就给我送花的那个人。梵高画向日葵，我画雏菊。梵高使我有了成为画家的梦。雏菊就是我心中的向日葵。

风拂过，她在阳光下自言自语。

她叫惠瑛，看上去有点忧郁，有点孤单，有点清纯，有点平凡……

二十五岁之前，她还未曾遇见过爱情。她像个喜欢做梦的孩子，背起心爱的画夹穿行在雏菊盛开的田野里，描绘着自己钟爱的雏菊。

她的初恋是她用自己的画笔、颜料调制出的浪漫。她固执地认定了那位送她雏菊的男人，就是她的王子，就是她的爱情。

正佑：国际刑警

我没有说出这个女人等的那个人不是我，把这么可爱的女人抱在怀里，我怎么能说出我不是那个人呢，是谁，能让她笑的男人？

他叫正佑，是一名国际刑警，千里迢迢从韩国来到荷兰执行任务。为了追捕杀手。却不料在那个阳光满满的午后，遇见了她，为了能完成任务利用了她。

几个星期以来，他坐在她的画摊前，熙熙攘攘的广场上，他就那样静静地坐着，让惠瑛给他画肖像画。

阳光暖暖地照在两人的脸上，满满的全是幸福的味道。

那一刻，他忘了自己的身份，忘了自己背负的任务。

朴义：杀手

那天以后，我每天都送给她雏菊。我不得不说我爱你，因为我爱你，我可以永远不见你，因为我爱你……

他叫朴义，是一名杀手。他忘了自己是在何时爱上了她。

那一天，看着她掉下圆木桥后，便为她造了一座稳固的木桥。

看到她满眼的惊喜，他笑了，觉得自己是世界上最幸福的男人。

因为她，他爱上了雏菊，并且在院子里种植着雏菊，然后送到她去的每个地方。

她从来没有离开过他的视线，在屋子里、广场上和她碰杯，在她的背后挥手，陪伴着她。清晨黄昏。黄昏清晨。

他一直隐忍着自己的爱，深深切切。直到有一天，他发觉了警察的存在，开始痛苦挣扎，徘徊失落。

她不再是自己的了。

他看到了自己的卑微和无助。在爱情面前，他发觉他的优秀，发觉警察的身份才可以给她带来真正的幸福时，他不再送雏菊给她。

因为他从来都不曾那样自私过，因为他知道，爱从来不是自私的。

那年夏天。荷兰阿姆斯特丹的郊外。蔚蓝的天，纯白的云，遍野的雏菊，随风摇曳，绽放着美丽与宁静。

一场爱情，即将上演。

女孩。警察。杀手。三个人就好像三条不同的轨道，在长达两个小时的影片中不停地触碰。分岔。错综复杂。

所有的风光、所有的爱恨悲喜都在一幅油画里一一铺展……

爱是一场浪漫至死的追逐

爱情开始了。

在一场爱情的旅途中，幸福和伤痛像是近邻，相遇和别离像是双生子。他们却不知道，爱，原本就是一场浪漫至死的追逐，特别是发生在阿姆斯特丹的两个男人和一个女人之间的爱情。

惠瑛。在天空下奔跑。当她踏上朴义为她建造的桥，笔尖点下那片绚烂的黄色，爱便在心底生根发芽。

爱，原来的模样应是柔弱的，经不起人世间的纷纷扰扰。爱亦是纯洁的，未必经过野火的历练才是真。那纯净而明媚的眼神，随着她的画笔染上了爱的颜色。

惠瑛守候的是每天必然会送到门口的那一盆金黄色的雏菊，她认定，这就是她想要的爱情。只是，相爱的时间未到，相爱的人还没有出现。

直到有一天，在广场为人作画的她，看见警察正佑端着一盆金黄色的雏菊坐到了她的对面。从此，爱情就如那盆雏菊在她的心里开成了一簇簇绚烂的金黄。

从没有经历过爱情的她，又怎么会知道，眼前这位捧着雏菊、走向她的男人并非是她的真爱，他只不过是带着缉杀的任务，用她来做掩护，去完成执行任务。

真正爱她的，是那个叫作朴义的男人——守护她的杀手。比起冷酷的警察，朴义有着如同孩子般的浪漫和纯真。

他为她造桥，让她渡河时不再失足落水。他为了她开始喜欢凡·高、莫奈。为了她，他在广场边住下来，只为了能够每天看见她作画，看着心爱的女孩在广场上替人画肖像赚钱、坐在阳光下裹着白色披肩打盹。

当她与同伴饮咖啡，他会隔着窗户举举手中的玻璃杯。当她和同伴挥手告别，他会向着她的背影摆一摆手，看着她踢踢踏踏走远了。他做这一切时，眉间眼底全是温情，心底幻想着有一天，离她近一点，再近一点。

他怯懦于自己杀手的身份，不敢靠近她，只能采取隐忍的方式，默默地爱，默默地陪伴，默默地付出。

隐忍是爱情最深沉的表达。在这个表面冷酷、内心温润的杀手身上表现得淋漓尽致。

所以，我说，在这部韩国大片中，这个杀手角色的塑造是最出彩的。

女孩爱上了警察正佑。却意外地卷入了一场腥风血雨的枪战中。无情的子弹穿过她的喉部，她保住了性命却不幸失语。

警察也在那次枪战中受伤，随后回国。只留下她一个人，在极度的惊吓和漫长的疗伤中静静地等待着爱情的回归。

这时候，朴义出现了，在她最需要帮助和怜爱的时候，杀手终于鼓足勇气从幕后走到了她的面前，想用爱情渐渐修复她的伤痕，开始了朝朝暮暮的守护。

她已经无法用语言表述内心的情愫，但她的眼睛还是明亮的，她看到了也感受到了朴义对自己的爱。可她知道，她的生命中再也容不下其他男子。于是，她把感激写在纸上：对不起，你真的很好，但我心里已有别人了。

他看着她，点点头，说：我只是想成为你的好朋友。不会瓜分你的爱情……他没有说谎。这样的守护，已令他心满意足。

此后，惠瑛的生命中只剩下了等待。她的灵魂、肉身被撕成一条一条的白色碎片，在阿姆斯特丹花海中升起又落下。

朴义，默默地陪伴着她。

终于有一天，同样是伤痕累累的警察因受不了良心的谴责回到了阿姆斯特丹，却没有带回来惠瑛期待中的爱情。他看到了守护在她身边的杀手，却无视她的等待和悲伤。警察向她道歉，说自己利用了她的感情。

已经被爱情折磨得遍体鳞伤的她等来了自己深爱的男子。那一刻，门内是她的守护，门外是她的最爱。

她毅然关上门。面对着最爱，听他说着绝情的话，自己泪流满面。绝望无助的她发不出一个音节来挽留，去挽救。无法告诉站在自己眼前的男人，那么多的思念，那么深的爱。看他决绝转身，只能疯狂地拍打着门——

啪啪啪——啪啪啪——那一声声沉重的拍打声终究没有留住他。

警察走了。

他在她的门外，违心并忍着心痛说出了分别的话，转身离开，独自坐在她曾经绘画的广场上回忆，神伤。他是爱她的，却给不起幸福，不想带给她再多的伤害。

杀手站在门内。

听着警察的无情，听着她的敲打。他心如刀割却不能做些什么。独自一个人，忍受着煎熬。

多么可怜的男子，爱着却不能告诉她，自己才是她应该爱的人，自己才是日复一日送她雏菊的人。他只是笑着，笑着看着回家的她，然后离开。

这是一场浪漫至死的爱的追逐，就像这部影片的主题曲，那缥缈的旋律依旧如同爱情与人生，朝着永恒的轨道奔跑、飞逝，一去不复返。

追逐，是一种爱情的方式。他们追逐着的是自己心底的浪漫，遗落的纯真，就好似那纯真的油画中一簇簇迎风盛开的雏菊。

雏菊——深藏在心底的爱。可是在这部影片中，从雏菊盛开在惠瑛眼前的那一刻起，所有的结局就已经写好——这注定是一场没有未来的爱情。

当我们经历过，恐怕只有自己心底明了，多少年华在凋零后知晓，多少往事在清醒时落泪。

原来爱情就在身边

已经不记得了，是在何处读到的这句话。当影片《雏菊》进入我的视线，我便想起了它。这句话，非常适合这部影片，适合他们之间的爱情。

爱情还在继续。

杀手第一次违背了职业操守，为了自己心中的女孩，带着警察离开了那里。可惜，却还是不能够挽救她爱的人。

正佑死了。

可在惠瑛的心中，他还活着，连同她的爱情。

日子在无声中过了很久。惠瑛还是无法忘记正佑，因为她认定他是那个送她雏菊的人。

有一天，当矛头指向朴义时，惠瑛愤怒了。朴义愧疚，懊恼。却什么也不可以做。她像是要摧毁所有，朴义揽下她所有的坏情绪，承担着她的声嘶力竭，疯狂举动。

他装作若无其事，却比谁都心痛。

几天之后，朴义又接到新任务。老板告诉他，做完这一次，就可以永远不做了。突然，他隐隐感觉到这一次真的会是最后一次，杀手最后的结局是被别人杀死，他担心自己再也无法照顾她。于是，他把那幅有纪念意义的油画留给惠瑛，并把真相写在纸上：

对不起，我对你隐瞒了太多，因为你知道越多，危险就越大。我是活在死亡与暴力世界里的人，本来就不应该接近你。

我太傻了。

我以为，隐瞒事实就可以保护你，没想到把你伤得更深。

我以为，送给你爱的雏菊，可以看到你脸上的惊喜，却不料让你陷进了一场战争中。

我以为，为你造了那座桥，就可以拉近我们之间的距离，却不料把他带到了你的面前……

惠瑛，我是那么爱你。谢谢你让我留在你身边，你给我带来的幸福时光我会永远记住的。现在，我把这幅画还给你，请忘掉所有悲哀的回忆，去找值得你爱的人。

惠瑛，请幸福地活下去。我会过得很好的……

惠瑛恍然大悟，夺门而出。在广场中央，惠瑛高举着那幅画，喃喃自语：朴义，朴义，你在哪儿？你能看到这幅画吗？这幅画不是我给你的吗？对不起，对不起，是我不好，但现在我知道了，你就是我一直爱着的人……

朴义住手了。他走向自己心爱的女孩。可是，杀手集团不会轻易罢休，他们将枪口对准了朴义。惠瑛为了救他，用身体挡住了飞射而来的子弹。

惠瑛死了……为他喋血殒命，死在他的怀中。

当杀手在广场上抱着自己心爱的女孩时，悲痛欲绝的他大声地喊着：我们要重新开始……我们要重新开始……

在影片即将落下帷幕的时候，有一个声音在他们身边响起：原来爱情就在身边……

镜头拉远。阿姆斯特丹的街头，无数个身影变幻着，一次次地重叠，一次次地分散。

爱情不会死，只是迁徙了，不知所踪。

写后记

影片中的雏菊有着清新的美感，开始的画面很秀丽，绿茵茵一片。电影的基调满是悲凉。即使是有那么片刻欢乐的镜头，也倏忽而逝。

这部影片的导演在场景营造与音乐的设计上用足了心思。作为一部格调高雅、伤感的文艺气息浓郁的爱情片,《雏菊》无疑是有着不可抵挡的魅力。

至于女孩，警察，杀手之间的爱，那只是在错的时间里遇到了错的人。影片中的爱情，牵动人心的是隐忍以及其中的压抑和绝望。它等着我们，在胶片记录的故事里，简单地感动。这是属于他们之间的纯粹的爱情。

这个爱情故事有些老套。

是的，故事确实老套，可正是这份老套，让我们固执地相信这个叫作爱情的故事，也能成为永恒的真实。正是这份老套，让多少个守候在黑色空间和白色幕布前的人，心甘情愿地将自己的心灵交给电影，随着那些老套的情节一起哭、一起笑然后一起感动，去感受爱情的坚韧和脆弱。

也因为这些老套的魅力，使得这些微不足道的我们，在没有经历过太多的爱情面前，宁愿坚守着老套的幼稚，独自欢喜、独自感动，幸福而满足着。

我晓得的，这样的女人很傻。张爱玲曾言：这世上没有一样感情不是千疮百孔的。

惠瑛，一个流浪在阿姆斯特丹街头流浪的画家，心思单纯的女孩，经历了一场千疮百孔的爱情，最后死在了爱人的怀中。

这种悲怆，无法言说。

幸好，这世界上还有最纯粹的爱情。那年夏天，还有最美丽的花开……

所有的深爱
都是秘密

光影的背面，是一个个亘古不变的故事。

在薄如蝉翼的脉络中倾诉，一个女子，带着爱的枷锁，孑然独行。

掌纹。气息。白色的雾。望不到边际的路途。时光，被锁在黑白格子里。蓝调的爱情，在被遗忘的时光里遥远。

有个女子，这一生，只能以一种花的姿态盛开，以一种花的姿态凋零。

那个多雾的早晨。灰白的格调，铺陈出一片如雪的银光。她用一个苍凉的手势，缓缓衍生出一个清瘦的世界。

别哭。别哭。

爱从这里开始，也在这里结束。

江南。早春。西子湖畔。

一树梨花开，落下一地的白。

我就坐在那里，离你不远的湖边，湖边的那个亭台。一个人。一壶茶。诵读徐志摩的情诗：

我不知道风
是在哪一个方向吹——
我是在梦中，
在梦的轻波里依洄。

　　是西子的微风，将这些美好的句子，沿着湖心的水波，涌入了你的耳朵。你看着我的时候，眼里有泪光闪动，眼神清澈且迷离。

　　哦，姑娘，你如此美丽，你是江南盛开的白莲，你是倒映在湖心的明月，你的眉间锁着怎样的心事，是什么，令你如此的伤悲？

　　你说，好想回到过去，与相爱的人一起牵着清晨的微凉，十指相扣，用掌心取暖。好怀念那些一起看着梨花的日子。梨花如雪，在风中曼舞，如诗如梦如幻。却不知，时光随风飘逝，月光惨白，那梨花终究成了离花。

一晃数年，爱如细沙，从指间滑落，再也无法捡拾，无法聚拢。

我说，姑娘，何止是你，这个世界，有好多女子，都是循着来时路，迷失在那些长长短短堆积的章节里，在花开花落里迎来每一次相遇与相别。姑娘，来吧，不要伤心，我请你喝茶。你看，这是西湖早春的龙井，我用泉水泡制，入口清香。你一定喜欢。

你款款而至，低眉顺目，却不顾我眼中盛开的朵朵惊艳。

你向我走来，一身白底蓝花旗袍，青髻绾起，身姿婀娜，曲线妙曼，于江南的烟雨中影影绰绰地摇曳出令人迷醉的东方风韵。

你如此美丽，在我的眼前，散发着无与伦比的光芒。

数年前，你与他初遇，也是在这样的早春。长长的白堤，半空飘下来无数朵杨花，像极了一把把盛开的小伞。湖边，细长的柳丝儿漾起一池春水。

你说，他是你一生逃不掉的劫。在二十岁，人生最美的年华里遇见他、爱上他，你无处可逃。你爱上的男子是个摄影师，他行走在山水之间，拍摄了无数品味高雅的风景人文大片，并屡屡在国际摄影赛上获奖。最后，你自然成了他镜头里不可或缺的风景。那一年，走进他的摄影工作室，你说，就像是步入了一个世外仙境。

他带着你去烟雨中的断桥，去幽深的竹山，去西湖边的园林，去看那些被露水亲吻着的花瓣。你和他泛舟西溪，沉醉在龙井的清香里，听过南屏的晚钟，看过三潭中辉映的明月，在雷峰塔下，听过白娘子一双素手轻轻拨弄的相思曲。

你与他相恋的第三年的冬天，久不见下雪的江南，下了一场很大很大的雪。一场离别不期而至，他即将留学法国巴黎，去更高的艺术殿堂深造，而你，只能在西子湖畔静候他的归期。

一年又一年，冬去春来，雪融花开。三年相恋，五年守候，八年的光阴转瞬而逝。西湖边的杨柳又冒出了新芽，那一树树梨花又开成一片洁白。年年初春，西子湖畔，三三两两的游人前来探访春天的足迹，不少摄影师端起相机欲将西湖的美景聚拢在镜头里，可再也没有人，能像他那样，将你的风韵在胶片上得以完美的呈现。

就在三个月之前，依然在原地等候的你从朋友口中得知，他已在巴黎的一家国家地理杂志谋得首席摄影师的高职，并即将在那个浪漫的国度迎娶佳人，而新娘却不是你。

那个风柔花香的早春，你的眉间，只剩下了清愁。爱，支离破碎，跌落在自己的影子里，跌落在那些被遗忘的时光里。

那日，你收到一份包裹。那是一个柚木的大箱子。打开，里面是几幅装帧好的相片，那是他离开中国前，为你拍摄的一组照片，题为《被遗忘的时光》。

一段时光，若被命名为遗忘，那么，会有多少缠绵的情，残留在那段时光里？那些时光里，你曾经贪婪地想要停留在他的气息里，那些最初的相会，最后的相别，都在那遥遥的相望中。那过去的八年里，你就像活在一场虚幻的梦境里，就像活在最寂寞的时光里。

你与他之间的情爱，在刚开始时就已写好了结局。一切是注定的，都无法改变。世间，人与人之间的距离真的是不可跨越的，有些爱，真的一转身就是一辈子。从两个人的距离，到两个城市的距离，到两颗心之间的距离。世间所有的事，都要我们去做选择，正如一份感情，注定要消失的时候。你唯一可以做的，就是忘记他。或者，让他忘记你。

我说，姑娘，指间握不住的沙，何不扬了它。扬了它，去好好感恩昨日时光里爱过你的那个人，去珍惜每一个明天，以及随时可能遇到的那个对的人，然后沉甸甸地握在手里。姑娘，你要晓得，这个世界最幸运的事情莫过于有重来的机会。

春去夏尽秋来，北山路上的梧桐树叶纷纷落下，曾经花团锦簇的西湖多了几分萧瑟。

那一日黄昏，我沿着北山路向南行进，与一位友人约好交一份书稿。你正好从北面而来，就这样，我与你西子湖边再次相遇。世界很大，城市很小，人与人之间兜兜转转便会相遇。

你收到两张摄影展请柬，想让我与你一起去参加。

那个深秋的下午。和平会展中心二楼。我们在约好的地点约好的时间相见。你翩翩而至，一身素装，瘦弱的肩上披着一条挂满流苏的白色披肩。你清素的模样，像极了风中的白蝴蝶。

那偌大的展厅里，居然是寥寥数人。只有几位工作人员在忙着开展前的准备工作。

被遗忘的时光
摄影师：凯恩

你站在展厅门右侧一张巨幅海报前，海报上是一条幽深的江南巷子，巷子深处是一个女子纤长的背影，她撑着一把油纸伞，正独步前行。

好熟悉的雨巷，好熟悉的背影，像是在哪里见到过？被遗忘的时光，你轻声念着那六个字，眼神里满是疑惑。

进去吧，时间到了。我说。

等到我们真的进入展厅，一种令人窒息的静穆弥散在空气中，我们无法相信所看到的一切。

你站在那里，再也无法移动脚步。

这展厅里，陈列着你近百幅大大小小的照片。你在西湖边。你在花树下。你在廊桥上。你在江南的风景里。你笑靥如花。你低眉沉思。你穿着裙子穿梭在开满薰衣草的花海中。你站在太阳下，与一簇簇金色的向日葵私语……

每一幅摄影作品下面都清晰地标注着拍摄的时间、地点。

这是凯恩一生中第一场个人作品摄影展，也是唯一的最后的一次。不知何时，一位神色凝重的男士走到你的身边。

谁是凯恩？凯恩是谁？你又是谁？

我是杰森，是凯恩的同事也是他最好的兄弟。凯恩是谁，相信你看完这些作品你就会知道。

你走在我前面。我走在你身后。在杰森的带领下，我们看完了凯恩所有的摄影作品。

这些都是他前几年的风景人像摄影作品，照片上的那个女子，是他一生中的最爱。在他生命的最后半年里，他完成了后期的制作。一个月前，我带着他的这些作品回国、回到这座城市，就是为了完成他的遗愿。举办这次摄影展，你们就是这次展会唯一的观众。杰森站在你面前，一个字一个字地说着。

我不懂？他不是在巴黎吗？他的朋友说,说他结婚了。怎么,怎么会这样？

不！他没有结婚！那只是一个善意的谎言。一年前，我和他从非洲拍片回来，他的脑部就开始剧烈疼痛，他就知道了自己生命随时会终止。他不愿耽误你，毁掉你一生的幸福，所以才编了这么一个美丽的谎言。请你，不要怪他。他是爱你的，不然，就不会有这些作品，也不会有这次摄影展。

这次摄影展只有一天。明天这些作品会送至凯恩的摄影工作室，这些作品都是属于你的，你随时可以去那里。杰森继续说着。

杰森解开了你心中的疑团，并将一捆书信、一把钥匙交到你手上，这是凯恩留给你的。

你的泪，落在信封上。你颤抖的手，不知如何去开启这一封封书信。你看着我，眼神那么无助。

杰森说，回去以后再看吧，你会明白他的心意。

　　暮色近，斜阳照影。你，停在那里，依然不言不语。他已上路，带着对尘世的眷恋，带着对你的深情，与你挥别。熙熙攘攘的昨日，分不清灵魂的方向。长街长，短亭短，风吹走昨日的故事，落尽世间的种种纷繁。

　　一种宁静，只属于你。一丝忧伤，沿着一缕寒香爬上你的眉梢。那一段被遗忘的时光，渐渐地回升在这个寂寥的黄昏。

　　你说，我一直以为，他是个凉薄寡情的人，原来到了最后，还是我错怪了他。我原以为，自己只不过是他生命中的一个过客，终将会被遗忘在匆匆而去的时光里。不曾想，他竟然投下了那么重的情。

　　时光里的那一朵素白，疼痛着夹着几许温暖。一些痛，终将在往昔的温情中渐渐舒缓。一些伤，终将在遗忘的时光里悄悄治愈。在那被遗忘的时光里，依然可以回想起很多亲切又遥远的往事，那隐隐约约滚动的车轮，又怎能载动那些年沉落的深情？

　　如此，便可以选择用一种姿态沉思，在辽阔的天际，趁着最后一缕斜阳还未曾落下，趁着我们还能记忆，还有怀念。

　　深秋的最后一片叶子离开了它依附了大半生的树，缓缓地从空中落下来。我即将结束杭州的工作返沪，与你告别时，我将一枚我亲手设计的书签送给你，书签后面是我为你写下的一段文字。

　　等我走了你再看。再见了。记得要时常微笑。记得要幸福。

　　你说，谢谢你陪我走过这一程。转身，我渐渐地淡出了这片苍黄的秋色中。还是忍不住回头，看到你正展开书签，默读着我写下的那几行字：

　　往自己心的最里面走去，会见到你最爱的那个灵魂。

　　那个住在灵魂最深处的他，才是最真实的、最高贵的，才是最长久的、最美好的。

　　当你了悟灵魂不可能分离，就不会因为所爱的人离开了而痛苦。

　　继续向前，在灵魂的深层处相聚，到未来与将来的他相见。

愿世上种种，
缘分落地生根是我们

风摇碧草雨纷纷，只影待何人。

江岸三春逝水，楼台一曲黄昏。

韶光暗度，烟花易冷，旧梦长温，

沉醉当年柳色，痴情落地生根。

——朝中措·烟花易冷

　　午后，躲开城市的喧嚣，将自己藏匿在宁静的江南小城里。没有电脑，我在一张素白的纸上写写画画。这样的日子，像是一段遗落的时光，重新拾起，便可知它的珍贵。

　　无由来的，想起一组词：烟花易冷。像是很不应景。这组词语在我心里存了很久。

　　这首《烟花易冷》的歌词乃方文山所写，歌词意象隽永，铺陈出一种凄美之境。在《我是歌手》的舞台上，蓝光迷离，白光扑朔，梦幻至极，令人目睹其境，心生幻觉。那一刻，世间种种繁华隐去，只为成就这一幕绝美的风景。

　　音乐一响，人心已醉。

　　一架白色钢琴边，有一女子手拉二胡，缠绵哀婉。悠扬的琴音中，听到几声木鱼的敲打声，于是，那些久远了千年的如烟往事，在这苍凉的回旋中此消彼长。

　　舞台中央。林志炫深情演绎，足见他的音乐素养与功力。一曲唱罢，这位七尺男儿竟然湿了眼眶。一句我的心愿已了，足见他对音乐痴念。

　　深情不悔，才会把情歌唱得如此绵长婉转。仿若他的前世，便是那位在伽蓝寺外叹惋千年累世情深的将军。而在电视荧屏之外的我——一个与他毫不相干的女子，居然也随他落了泪，伤了心。那些清莹的泪光，那些心里的叹惋，何尝不是一样的呢？

　　那一刻，我愿意相信，即使没有灯光，他依然熠熠生辉。每个表情、每个音符都散发着光芒。

　　这些年来，对于音乐的依赖，唯有自知。特别是对于这样的音乐作品，这样的歌词，自然是没有丝毫免疫力的。此后，一遍遍地听，一遍遍地想，那低沉哀伤的旋律，落入我的心河，溅起水花。

听得久了，心里也就自然浮现出一幕幕烟雨凄迷的场景。

雪小禅曾说，世界上最疼痛的事情是，你在意这个人时，这个人已经离你而去；当你发现你快忘记时，他却又出现在你的世界里。而这生活，却与他，再无关联。

从古至今，这世间不知发生过多少这样的憾事。

于世间偶然相遇的他或她，从来便是情不知所起，一往情深。爱了一场，等了一生，到最后总难免生出总是不许人间见白头的叹惋。

烟花易冷出自《洛阳伽蓝记》。那是一部集佛教典故、文学笔触、朝代历史以及地理人文于一身的千古名著，为北魏人杨炫之所撰，成书于东魏孝静帝。

相传在战火纷飞的南北朝，有一位将军，在洛阳城内与一位妙龄女子邂逅，彼此钟情并定下终身。将军虽是武将，却也饱读诗书，常常于花前月下，与她对吟诗词。

那女子，名唤烟儿，虽是平常人家的女儿，却也是精通琴棋书画，贤淑温良。朗朗风中，他与她对坐，听她弹奏一曲古琴，琴声淙淙，情意幽幽……如此才子佳人，真是羡煞旁人。

她不求富贵荣华，只求愿得一人心，白首不相离。

他不求三妻四妾，只愿与她举案齐眉，共度此生。

不久，战事骤起，将军不得不暂别心爱的女子，奉命出征。临别前，他将一枚传世玉佩赠予烟儿，作为定情之物。相别之际，将军许诺：凯旋之日，便是迎娶她入府之时。

将军骑马绝尘而去。飞扬的尘土，迷蒙了女子的双眼。此后，惜别时的城门，便成了烟儿常去的地方。高高的城墙，将他们隔绝。

烟儿常常素衣清颜，手握玉佩，坐在城门前的一块石板上等着将军归来。城门外吹来的冷风，吹老了她的容颜，但她依然痴心不改。

每每遇到有士兵装扮的人，她便会上前询问将军的消息。终于有一天，一位瘸着一条腿的士兵看到她手中将军的肖像，告诉她，将军已战死沙场……

醒来后的她，发现自己躺在寺庙里。原来，她是被师太救了回来。康复后的她决定皈依佛门，一生与青灯黄卷为伴。

此后的日子里，她褪去一身白裙，穿着浅灰色的长衫，做着粗重的活：晨起，她打扫院落，砍柴烧水；午时，她洗衣做饭，打坐诵经；晚间，她抄写经书……

一日复一日。一年复一年。时光若流水，不知不觉已过了数十年。岁月无情，生生地将一个如花少女苍老成面容憔悴的老妇。

那时的她，已是这座寺庙的住持师太了。

在寺庙数十年的光阴，她已不会大悲或者大喜，红尘的所有都与她毫无关联。每日里，她总是一脸的平静，垂眉闭目，手捻佛珠。俗世的一切于她，早已如开在春天的最后一朵花，凋零之后与泥土合二为一。

一夜风雨，寺庙外的合欢花纷纷凋零。

她于天亮之前圆寂了。

一月后。某日。一身平民装束的将军回到了那个日思夜想的地方，却再也不见那个令他魂牵梦萦的白衣女子。

那时的他，早已不是威武的将军。原来，当年的他奉命出征，身负重伤，战败后死里逃生，流落他乡。

本想，待身体复原后返回故土，无奈当时大势已去，加之帝王滥杀忠良之士令人心惶惶。他知道，即便是回去也是死路一条。于是，只能委身异乡，只等有朝一日战火平息，再回去兑现当初对她的誓言。

期间，他受尽屈辱，寄人篱下，与人为奴，苟延残喘地活着，只为能回到自己心爱女子的身边。

不知道过了多少年，战事终于结束了。

将军回到洛阳城。他所见的已不再是当年盛景。景物萧条，传入耳边的是悲戚的哭喊……

城门破败，一如他破败的心。

树木枯老，一如他枯老的躯壳。

正当他独自难过之时，一位身形佝偻的老尼经过他的身边，告诉他，数十年前，在这里，曾有位女子坐在城门前的石板上苦等一位远征的将军。后来，闻讯将士身亡，女子落发为尼，且于一月前圆寂于伽蓝寺……

他不信。

老尼带着他走到她曾经坐过的那块石板旁，便转身离去。

他用颤抖的手，去触碰烟儿曾经坐过的那块石板，触到的却是刺骨的冰冷。他伸手去抚摸石板旁的老树，摸到的却是一圈一圈的年轮。

一场大雨落下，路上行人纷纷加快步子躲闪，唯独他一人，站在雨中，仰头大叫：苍天啊，你为何如此待我？

步履踉跄的他来到了伽蓝寺。他知道她一定在庙内。他不信，他相信她还活着。他原本不想打扰她的清静，却难抑数十年的相思之苦。即便是人事已非，今生，也要再见她一面，告诉她，自己从未负她，只是当年种种，身不由己。

雨纷纷，旧故里草木深。

我听闻，你始终一个人。

斑驳的城门，盘踞着老树根。

石板上回荡的是再等……

那日，秋雨纷纷，枯叶儿在风中打旋。伽蓝寺暗红色的庙门被推开。

哐当的声响，惊动了树梢上的鸟儿。

自她去后，伽蓝寺内已空无一人。草木深深，却难掩荒凉之景；鸟啼声声，却不见世间欢愉：果真是一笑万古春，一啼万古愁啊。

他来了，推开伽蓝寺虚掩的木门，迈开沉重的步子，踏进她寄居了大半辈子的寺庙。

他来了，他心中的情还在，而眼前的景却不复当年。他要寻她，却再也无法看着她蓦然转身，等酒香醇，再为他弹一曲《长相思》。

纷纷落下的雨珠儿，侵扰着寺庙的宁静。那些陈旧的石板路，曾有她走过的痕迹，散落在草木深处。

寺庙的石桌上，一枚玉佩完好无缺，一片枯叶落在玉佩上。一阵风吹来，叶子飘散，而玉佩却在静静地等着它的主人……

烟儿……

一声凄厉的呼唤，响彻在伽蓝寺上空。

都说尘世美。余年未尽，已是半城烟沙。

雨纷纷，草木深，像是一曲离殇，终究是寻不回曾经的一往情深。

世间种种，蹉跎了经年，终是换不回昔日的欢颜笑语，柔情万千。于她亦或是他，望穿秋水，终究没有等来要等的那个人……

烟花易冷，人事易分，遗落在心底的那道身影，依旧是如此清晰，原来那么多年的颠沛流离，有个身影，在心里始终不曾忘记。

多年以后，物是人非。多年以后，情未逝，却寻不见佳人芳踪。如此情景，当真是印证了那句话："人生若只如初见"。

当初，两情相悦琴瑟相谐。如今，却是一曲离歌，如烟散尽……

爱，倾城。将军不再是将军，而伽蓝寺多了一位喜听雨声的僧人。

那年深秋，真是多雨的季节。雨水葱茏了草木，却永远无法唤醒他的心。那雨，打湿了永远，蕴起悲怜。任世间多少千娆百媚，再与他没有关联，只为谨守千年不变的誓言。

雨声潺潺，像极了当年她弹奏的琴声，悠悠琴韵，轻音徐缓，腔曲柔肠。只是如今，意在弦外，韵在曲中。千帆已过尽，只是意难平。

他又回到蒲团之上，静静地坐着，敲打着木鱼……

雨纷纷，落在禅房外那块石板之上，滴答滴答，声声不绝耳……

十五年前
阴凉的晨

恍恍惚惚
清晰的诀别

每夜，梦中的你
梦中是你

与枕俱醒
觉得不是你

另一些人
扮演你入我梦中

哪有你，你这样好
哪有你这样的你

——木心

晚 色

　　这是她坐过的摇椅，安放在院子固定的角落里。在春暖花开的季节，她坐在那里看着我练字。她穿着藏青色、绣着白色小花的旧式旗袍，瘦弱的肩膀上披着一条白色的毛绒大围巾，流苏的颜色也是白色的。这时，要是从远方吹来一阵风或是投下一缕阳光，那流苏就会优雅地摆动。

　　她的头发已是全白，但依然泛着她这个年龄的老妇少有的整齐与光泽，那一抹如雪般沉静的白，演绎着她八十九年人生无尽的沧桑。

我总爱站在她的身后，看她的一头白发，伸出手想去摸摸她的发，却又马上缩回。她是极其不愿别人去触碰她的头发的。有时，我敬畏她的严厉，感觉她戴着一副金丝边眼镜看报的样子，像极了老上海私塾里的教书先生。

记忆中，很少与她说话，在童年残存的记忆里，我只记得外公外婆称她晚娘，而我则唤她晚婆。自小在外婆家里长大的我，不像同龄的孩子可以在弄堂口蹦蹦跳跳，我只能在家里练字，不停地练。那些像小山一样的字帖放在我的书桌上，令我莫名地生出好些厌恶来。有时，趁她去楼下小花园散步时，我会把那些字帖重重地摔在地上，然后，用脚使劲地踩它，似乎只有那样，才能发泄我内心的不满。那时，父母常年在军营，外公外婆还在上班，家里只有我们一老一小，我在桌子旁一笔一画地练字，她则坐在摇椅上看着我。

她不太爱说话，她只是看着我。那时，我总觉得她是在监督我，每当我想偷偷出去玩一会儿时，她总会瞪着眼睛给我一个极其严厉的眼神，像是在说，还不坐下写字！我有点讨厌她，但那时我最想依靠的就是她。我极爱吃她做的小馄饨、葱油拌面、蛋炒饭，还有她做的桂花糖，那三角形的粽子总会将我胃里的馋虫勾出来。

午后休息时，最让我开心的事便是看着她为我剥粽子，那深绿色的艾叶从她细长的手指里一片片地舒展开来，几秒之后，一个又香又糯的粽子就放在我眼前的瓷碗里了。我大口地吃着，而她，总是微笑着坐在我对面，看着我吃，然后拿来纸巾，用微微颤抖的手为我擦拭满嘴的油渍。

那时，不懂事的我只顾着自己吃，总记不得问她要不要尝尝。到后来，我长大了，她不在了，我才知道，原来，她一生最爱吃的食物便是桂花糖粽。一个桂花糖粽便填满了我小小的胃，休息片刻，再回到桌前练字时，我已经是精神满满的了，写出来的字也特别地工整。那时，她依然安详地坐在摇椅上，笑呵呵地说，每一次都要这样认真，这么乖哦。

　　我认真地点点头，像是一种承诺。后来，在她的引导下，我变得安静且乖巧起来，不再那么讨厌练字了，也不再讨厌她，也不再老想着出去玩。每一次，只要我一回头，便能看到她坐在春日的暖阳下看着我的模样，我便会感觉很幸福。那幅画面，在我的记忆里渐渐地成为一种永恒。

　　这是她在我出生的第二年春天种下的树，叫作银杏。
　　银杏树在外婆家的庭院里种下的第五年，就已经枝繁叶茂了。春天时，它的叶子碧绿碧绿的，浓密的银杏叶片儿像极了一把把打开的小扇子。银杏树也会开花，淡黄色的花蕊极其可爱，远远地就可以闻到一股幽幽的清香。
　　每年的秋天，银杏树的树叶变黄了，金色的叶子仿若一只只金色的蝴蝶儿在风中舞动。邻居家的小孩子总爱来外婆家捡拾满地的银杏叶，而她总会站在一边，乐呵呵地笑着。
　　如今想来，那时的我，是那么迷恋她的微笑、她的温暖，以至于每年的秋天，只要路过种满银杏树的街道，我就会想起那年那个温暖的她——我的晚婆。

　　在时光的流逝中，她渐渐地成为我的怀念，站在原地，空间没变，时间却好像与过去层层重叠起来。我仰起头，看着金黄的银杏叶一片片地落下来，有点恍惚，分不清哪是叶子，哪是阳光，哪是晚婆。
　　我想念晚婆亲手种下的银杏树，想念它的枝叶，想念它的翠绿与金黄，想念它一次次无与伦比的绽放，想念它躲藏在繁华背后的淡泊与宁静。
　　我看不清那缜密的树纹里到底刻入了多少记忆，但心里始终有个声音在不停地喊着，心里总有愁绪不可名状地想要涌出。忧伤的我，终于知道，我与晚婆，晚婆与我，总会不见，总会忘却。
　　我想要守护她，可惜为时已晚。我和晚婆之间隔着整整八十年的时间。
　　她年老时，我还年幼；而我成年时，她已不在人间。

她第一次离开我的世界是在我七岁那年的冬天。那时，我已经读小学了。有一天放学回家，我还像往常一样喊着嚷着晚婆，我好饿，有没有糖粽吃啊！以前，只要听到我那般夸张的叫喊，她总会拄着那根枣红色的拐杖，一步一步地走向我，一边说着来了，来了……然后给我剥粽子。可那天，我却看不到她了。外婆告诉我，她回锦溪了，早上二舅送她走的，估计这会儿早就到家了。

其实，每一年的这个时间她总是要回锦溪的，这已然成了她的一种习惯。锦溪的老宅子还在，五保湖畔的庭院里还留有她年轻时的丽影。她的青春、她的爱情、她人生的悲喜全部留在了那个宁静秀美的江南古镇。

关于她的身世，多多少少带点传奇色彩。至今，我都不知她的姓、她的名。后来，还是从外婆的絮叨中我晓得了，原来她出身名门，祖上从医，她的父亲原是古镇的商会会长，是一个有着很好口碑也可以说是较为成功的商人，经营着镇上唯一的一家药铺，在抗战期间暗中提供药品并救助受伤的新四军，在一次药品的运输途中，她的父亲被日本军士残忍杀害，受此牵累的还有她的母亲、两个弟弟，都一一死在了日本兵的刀下，只有她死里逃生，在回家的路上，被高家的一个伙计救了回来。

从那天起，她成了高家的女佣。因为她的美貌，我的太外公曾想收她做三房姨太太，可是，她却执意要嫁给救她的那个又丑又没钱的伙计。他们结婚后，高家上下管她叫晚娘。晚娘命苦，她的孩子出生后不久染上天花夭折，与此同时，她的丈夫也在那一年死于重病。就在那一年，外公出生了，她用自己乳汁哺育了外公。后来，她总说，要不是外公，她早就不在这个世界了。

由于那些接二连三的厄运，她总说自己是个不祥之人。那一年，外公全家迁往上海时，她说什么也不愿意离开锦溪，外公只好在高家老宅附近为她购置了一间宅子供她居住，一直到她七十五岁高龄，才将她从锦溪接到上海一起生活。

晚年的她生活俭朴，饮食上不沾荤腥，以素食为主。在她八十高龄的时候，还坚持自己洗衣、收拾房间。她喜欢上了看书，经常坐在藤制的摇椅上戴着老花镜翻阅那本永远也看不够的《红楼梦》。

而后，每年冬至节的前一天，她都要回到锦溪，回去看看长眠在家乡的亲人，在那里静静地待上一天，静静地陪伴他们。

1981年的春天，八十九岁高龄的她悄无声息地离开了这个世界。她离开时，一场春雨刚好飘至人间，绵密的雨珠儿敲打着她的窗，风吹起她房中的窗帘，像是在与她做最后的告别。

那天早上，大家以为她还在睡着，所以不忍心叫醒她。九时刚过，外婆含着泪从她的房间里走出来，轻声地说了一句：晚娘走了……外公惊闻噩耗，从公司里赶回来，几个孙辈也从城市的各个角落里赶到了她的身边。推开她的房门，她静静地睡在那张雕花木床上，穿着她生前最爱的那件藏青色小白花旗袍，一头白发纹丝不乱，只有那件白色毛绒围巾滑落在床边，那些细长的流苏，缠绕在她的指间，不肯离去。

站在她床前的每一个亲人都不说话，只有我拉着她渐渐冰冷的手说，晚婆，晚婆，起床了……

直到在她的葬礼上，看见她的照片挂在灵堂白色的幕墙上，我才晓得，外婆说的那一句晚娘走了……这个"走了"一词的含义——我的晚婆死了，她永远都不能看着我练字，给我做糖粽吃，再也不能陪我捡银杏叶了。

那一日，我哭得很凶，我爱她的宁静，爱她的满头白发，爱她坐在摇椅上看着我练字的样子，却不爱她那么安静地躺在棺木里。外公外婆带着孙辈们将她的骨灰盒一路护送到锦溪，葬在她的父母兄弟夫君身边。

晚娘出殡时，外公将她最爱读的一本《红楼梦》放进了她的墓地里。在她活着的时候，我还不懂她为何对《红楼梦》情有独钟。后来长大了，当我把这部名著读得滚瓜烂熟时，才真切地发现，她一定是从《红楼梦》

的人物中看到了与自己人生相似的某些片断，所以才会那么入迷。

回到家，走进我们一起生活了九年的庭院，她种下的银杏树发出了新芽，她坐过的摇椅还在，摇椅边我练字的桌子还在，桌子上的字帖还小山一样地堆着，唯一不在的就是她。

打开桌下箩筐里散落着的从前练过的字帖，眼前又出现了她手把手教我练字的情景。她活着的时候，是很少用言语教育我的，却一直在我的身前，潜移默化地影响着我。

她不在了，只剩下怀念。

我知道，爱是不会消失的，或许会换一个方式开始。

心是世界上最深的房间

我将生命的时针拨回到1980年的冬天。

那一年,我八岁。妹妹六岁。父亲从部队转业,带着母亲和妹妹回到上海,我们一家四口终于团聚了。之前我们家的生活状态是这样的:父亲和母亲长年在部队里,我幼时体弱多病,出生后便交由外婆抚养,外婆那会儿还在纺织厂里上班,我的生活起居是几个姨妈轮流照顾着的。妹妹出生在宁波,与祖父祖母一起生活。八年里，仅有两个春节，我曾和父亲母亲得以亲近，也只不过是短短的几天时间。

记忆中最清晰的场景，是那年春节前夕父亲母亲返沪。我早早地就站在弄堂口，从中午一直等到黄昏。那是我第一次品尝到等待的滋味，那种难以抑制的焦渴，如小虫子一般钻到我的心里，随即爬满我的全身。

那天是除夕，天上飘着大朵大朵的雪花，他们穿着军绿色的棉大衣，风尘仆仆的样子。父亲背着一个大大的军绿色行李包，母亲的手上拎着几个大小不等的蛇皮袋，见到我时，我看到他们的脸上挂满了泪水。父亲站在一边，母亲将袋子交给闻讯赶来的小舅后，将我一把搂在怀中。母亲的脸贴着我的脸，冰凉冰凉的，她问着才大我七岁的小舅为何让我一人在冷风口里等着，那种语气像是在嗔怪。那时的我，居然会一甩手，挣脱了母亲的怀抱。父亲俯下身要抱我，我一转身，拉着小舅的手回到屋子里，把父亲和母亲丢在渐渐暗沉的黄昏中。

回到屋里，母亲搂着妹妹。妹妹的头发短短的，肤色黑黑的，看上去瘦瘦的，与白净的扎着两条小辫子的我不太像。我坐在门口的小板凳上，手里摆弄着我的布娃娃，听大人们你一句我一句地唠着家常。父亲对我笑着，伸出手想来抱我，我却赶紧躲到了外婆的身边。

长大一些，我才晓得，当年我的举动是令他难堪又伤心的，就连与我十分亲近的外婆也说我是个让人费解的孩子。在心里，我是想着要和父亲母亲亲近，但表现在行为上又是截然相反的。父亲面对我的疏远，只是笑笑，那笑中藏着失落，只是我当时还无法发现而已。

但这又哪能怪我呢？整整八个年头，我才见过他两次，分别是在三岁和四岁那年的春节。三岁那年，我们一家四口在石门路上的上海照相馆拍了一张全家福，父亲抱着我，母亲抱着妹妹；四岁那年，我们一家坐在年夜饭圆桌前又拍了一张。那时的父亲，肤色亮白，脸上也没有那么多黑胡子。如今，我有点不相信，站在我眼前那个高高的、皮肤黝黑、满脸胡子

207 ◆

的男人是我的父亲。几分钟后，我被外婆推到了他的身前，于是，我被父亲抱起坐在他的腿上。父亲脸上的胡子时不时地蹭着我的脸，他的大手抚摸着我的头发，呼吸漫过我的周身，他声声唤着我的小名，那一刻我才相信，他真的是我的父亲。

此后的几天里，父亲一直试图摸索着找到一种与我亲近的方式，但总是不得其法。同样的，我也是。他于我，有点陌生，内心里我想与他有更多的亲近，但我又有些畏惧他那张黑黑的严肃的脸。那会儿，外婆的家还在上海的老式弄堂里。屋子不大，到了晚上，我们一家四口只能挤在一张五尺的木床上。好在那是冬天，父亲睡在最外侧，妹妹挨着母亲，我睡在最内侧。

最初的那几个晚上，我睡得很浅很不安稳，平时习惯了和外婆一起睡一张大床，经常是到了后半夜睡得横七竖八的。那时，我通常是醒着的，但我仍假装熟睡，父亲身上散发出来的檀香皂的气味慢慢靠近，他的手将我轻轻抱起放到应有的位置上，然后帮我盖好被子，他轻轻地拍打着我，哼着小曲儿……父亲的这一个动作，在那些个冷冷的冬夜里反复了好几次。我开始有点喜欢父亲身上的气味，喜欢父亲哼的小曲儿，喜欢那个有点特别的时刻，虽然那个动作只持续了短短的两分钟，却是一种可以与他亲近的方式。

如今再去回忆童年的时光，有些片段几乎是零碎的模糊的，也无法按着时间顺序一一排列。那时的我，时常会看着隔壁邻居家与我同龄的孩子由父母牵着手出去玩，然后抱着一大堆的零食和玩具回家。有几个比我大的男孩会嘲笑我是爹不要、娘不疼的孩子。他们在弄堂里玩丢石头、跳皮筋时，我只能坐在书桌前练字或者背诵唐诗。有时，我很想融入他们中间去，大声地告诉他们我有爸爸也有妈妈，只不过他们很忙。

是的，他们很忙。在当时，忙，在我的脑海里是抽象的，我并不能正确理解这个词语，我只知道，我想要和他们亲近时，他们不在我身边，他们没法儿陪我玩。幼时的我总是会被突然席卷而至的孤单紧紧地包裹，我的性格较为内向，不太爱说话还带点小清高，这些性格便注定了我的不合群。

父亲母亲回来了，之后的岁月里，有了父亲的陪伴，我的内向与不合群才有了明显的改变。父亲一直用他独有的潜移默化的方式教育我。他对我的教育，一方面体现着父女之间少有的自由和尊重，另一方面又极其严格，督促我努力学习，认真做事。他从来不会用命令式的语气与我对话，长大一些之后，我感觉父亲与我之间的关系除了父女，更像是挚友。

父亲进入国企后一直很忙，但他每天晚上总会花上一两个小时和我们一起阅读。从安徒生童话、希腊神话、中国民间故事到外国文学著作，父亲会选一些精彩的片段，为我们朗读。客厅一隅的老唱机上播放着马思奈的小提琴曲《沉思》或是电影《简·爱》主题音乐，这些都是他最喜欢的音乐作品。

他站在老唱机边，或两手交叉在胸前凝神倾听或熟练地换唱片又或是手捧一卷书朗读着。父亲是极爱朗读的，他的声音很有磁性，浑厚的男中音，一口标准的普通话，抑扬顿挫的语调，那是我童年时光里的天籁之声。

他低着头，站在我身边，为我磨墨。一个圈圈，两个圈圈，无数个圈圈，在砚台中散开，那墨香也就一圈一圈地散发着清和的香气。父亲曾说，他特别爱闻墨香，后来我也如他一般，渐渐地爱上了墨香。

那是一个春天，窗外和风细雨，树叶在风的爱抚下发出轻微的声音，花蕊初绽，父亲陪我在窗下练字：一点、一横、一竖、一钩……父亲的手握着我的手，我们在宣纸上写下一个又一个永字。我对毛笔字的临摹，不是从一、二或者是上、下、天、云开始的，而是从这个永字。父亲说过，这个字只有五笔，却是蕴含深刻，需要日积月累，渐渐悟出这个字的含义。

到了周末，他陪我去图书馆看书，他骑着自行车载着我穿越大半个上海城区，带上母亲准备好的爱心便当，我们能在图书馆待上整整一天。他亲自为我选书，他知道他的女儿适合阅读哪些书。在图书馆里，我和他面对面坐着，一人一本书一支笔一瓶水，是他教会我如何做读书笔记，也是他教会了我如何思考，如何敏锐静观。

那些与他亲近的日子里，不仅仅全是慈爱。父亲也有严厉的时候，他教予我体内的敏锐静观的能力，有时我也会用错了地方。一直无法改观的严重的偏科令父亲十分头痛，连着好几次，数学老师把他叫去，列举了我的几条罪状，如：上数学课不专心听讲，不尊重老师，上课看闲书等等。最严重的是那一次，他回家后将一张数学卷子丢在我面前，指着那些刺眼的红色大叉，怒气冲冲涨红了脸，气得说不出一句话来。

两年后，我们有了自己的住房。新家离学校有一段路程，父亲不愿让我在小学的最后一年再转去别的学校，再去适应新的环境，于是，他每天早早起来与我一起坐公交车送我去学校。

到了学校门口，遇到同学，我会骄傲地说，嘿！这是我爸爸！然后我们会朝着对方微笑，眨眨眼睛。我和同学走了，而他总是要再待上一会儿，直到看着我走进校门、走进教学大楼才离开。有时，我会转身，恰好看到他的脸上有煦暖的笑容。他站在那里，像是一部无声的影像，他高高的个子，儒雅的气质，他是世界上最帅的男人、最好的父亲。

有一年深秋，父亲回老家探望祖父祖母。一日，他陪同两位老人上山，行至半山腰被突然滚落下来的大石头压伤，镇上的卫生院无力治疗，最后父亲被转入宁波市里的医院。而母亲那时却刚刚坐上去北方的火车，受外婆所托去探望三姨。接到三叔发来的消息，我大哭起来，等到大姨下班回家，央求她带我去宁波看父亲。

那是一个秋雨滂沱的黄昏。雨弥漫了整个城市，像一曲低沉的洞箫，此起彼伏，回旋在深秋的幽凉里。天是那种近似于蟹灰青的色泽，暗而深的大块大块地铺展着。刚过五时，暮色未至，天色却已漆黑一片。大姨和我一起冒雨往火车站赶，然后乘坐最近的一班火车赶往宁波。一夜未眠的我们赶到医院时，推开病房门，看到的却是一个落魄的憔悴的他。

爸爸，我喊他！他微微起身，看到我，有点惊讶。他的头发没有梳理，原本干净的脸上又长出了好多胡子，打着石膏的右腿裸露在棉被外。大姨端来一盆热水，我拧干毛巾为他擦脸，从包里取出一把梳子，开始为他梳头，他的头发摸上去油油的，该是好几天没洗了。

等到中午时，三叔来了。我执意要为父亲洗头，大姨看着我，说，你哪会洗头啊，你的头也是大姨给你洗的。

我会，不信现在就试试呗。

父亲听了笑出声来，三叔将父亲的身子侧转，父亲的大半个身子靠在三叔身上，三叔用手托住父亲的头，我蹲在床边，为父亲洗头，而大姨却为我打起了下手，帮我倒水端水。

我用父亲最喜欢的檀香皂为他洗头，父亲很是配合，他闭着眼睛看上去很享受的样子。最后一盆清水过后，我用热毛巾擦去他脸上的肥皂泡沫和水珠，然后用干毛巾将他的头发擦干，再用梳子将他的头发梳理整齐。

妮子啊，你看你爸的胡子好几天没刮了，我这里有剃须刀，你帮你爸爸刮了吧？三叔朝着我坏坏地一笑。我摇摇头说，我不会，万一刮疼了我爸怎么办？

那我们换一下位置吧！三叔将父亲放到了我的身上，然后帮他刮胡子，我盯着三叔的动作看，嘴里还嘟囔着说，下次我也会了。后来，父亲出院了，与我和大姨一起回到上海，可我却再也没有为他洗过头发、刮过胡子。

那个晚上，父亲还要吊好多瓶水。大姨拗不过我，只好回祖母家休息。我和三叔在医院里陪着父亲。我记得，那晚的月儿特别的圆，我的头轻轻地靠在父亲的胸前，我听到父亲的心跳声，我们一起望着窗外的月亮和隐隐闪动的星星。父亲为我轻声哼着儿时哼过的歌谣，他的手拍着我的背，我很快进入了梦境。

　　又过了两年，也是那样凄风苦雨的深秋。父亲在一场车祸中死去，他的肉身附着一缕刺眼的白光向天堂的方向飘去，而我也只能站在寂冷的人间，眼睁睁地看着他渐渐远去而无能为力。

　　那年，我十五岁。

　　时间流逝，渐渐地，我已记不全他当年吟诵过的篇章，记不清他的笑容，记不清他哼过的曲调。但梦却告诉我：他的音容、他的魂灵早就存在于你心的深处，不会散去。梦中，我站在八岁那年等候他回家的弄堂口，一片一片的雪花落下，他向我走来，笑意浓浓，满眼的疼惜……

静静的白桦林

　　这是一片并不茂密的白桦林，却是我心中一个遥远的念想。当我走进它时，是在一个初秋的午后。我从一场杯觥交错的宴席上逃离到那里，就是为了能在离开这座北方城市前去与它亲近一番。

　　天，有点阴冷，云层被压得很低很低。漫步在白桦林里，裹紧风衣，将纱巾缠在颈上，依然觉得有点冷。清寂的白桦林里，再也找不到第二个像我这般访踪探幽的身影。

　　那一刻，我看到的白桦林并不是我想象的样子。白桦树一排连着一排，只是那树叶的颜色还是那种令人感到落寞的黄，并非是我希望看到的深红。灰白色的树干上长着一些横生的孔，就像许多黑色的眼睛，深邃且宁静，像是在期盼，又像是在等待着分开多年的恋人回到自己的身边。

　　白桦林的空气清新而又湿润，林子里，偶尔还能看到一些北国红豆，耀眼深情的红，给这片清冷的白桦林平添了点滴的暖意。有一缕微光，投射在风中跳舞的叶片上，丝丝密密，便成了风景。

　　沙沙——沙沙——一阵风吹过，空气中弥漫着树叶淡淡的香。只是这阴冷的天气,让整个林子显得异常静穆,以至于令我不敢再往白桦林深处走,怕一不小心就无法回头。

我没有找到想要找的那棵白桦树。

当一片树叶用极其忧伤的姿态缓缓地落在我身上时,我刚刚拨通了三叔的电话。那个午后,我与他之间也只是相隔了三百四十八公里的距离,只是我的时间太少,再过四个小时,我又将飞离这座城市。

三叔,我是妮子……我抬着头,眼睛看着聚拢在半空的那些白桦树树叶,声音居然也有点哽咽起来。

妮子,你是妮子吗? 三叔在电话那头叫唤我的小名。

是,三叔,我在长春。

妮子,你什么时候来的,咋事先不告诉三叔啊,三叔好来接你到家住几天。

三叔,我是来出差的,昨天晚上到的,今天下午六时的飞机,就……就回去了。

说完这一句,电话那头的声音有几秒钟的停顿。我知道,其实,三叔心里一定是在怪我的。我已经到了长春,如果去看他,也就是四个小时的路程,可我,竟然不去看看他。

三叔,我现在是在南湖的那片白……白桦林那三个字我还没说完,就听见三叔在电话里说,这么赶啊,那三叔也赶不及过来了,你路上小心啊!三叔这会儿正好在谈事,你到家了给三叔打个电话。

……

电话就这么挂了。

我的心中,升起一种无法言说的失落。

白桦林里,又一片树叶在风中缓缓地落下,我知道,它一定晓得了我那一刻的心情。

我与三叔，十八年未见。

我与他，一南一北，各自忙碌，各自为生活而奔波，岁月无情地苍老了我们的容颜，三叔在我的记忆里只剩下一个模糊的轮廓。我甚至不知道，如果今生还有缘相见，我们还会不会在人群中认出彼此。

一个人只要归来就会去寻找，哪怕那些往事在记忆长河中已被淤泥一层层覆盖。那个下午，当我把自己放在那片静静的白桦林里，并在记忆里努力搜寻与三叔有关的那些往事时，突然发现，存活在三叔精神世界里的那种爱的信仰，是秘而不宣的，而我只能仰望。除了仰望，别无其他。

如果，不是在那个初秋的午后，固执地走进这片白桦林，也许我根本无法体会三叔与三婶之间的情感。可我的脚步刚迈进林子，那秘而不宣的往事便再也藏不住，纷纷扰扰地涌来，让我无力抵挡。

四十多年前的那个初秋，才二十多岁的三叔不听祖父祖母的安排，倔强地离开了小村，去了遥远的东北。在长春大学校园里，他认识了一位美丽的北方姑娘白晓燕。

在这个世界上，一定会有一个人成为另一个人眼中一生一世的风景。按三叔自己的话说，晓燕就像一只美丽的白蝴蝶，就这么飞进了他的心田。

那时，三叔虽是满腹才华却是囊中空空，他没钱读不起大学。在一位老乡的介绍下，只能在长春大学的食堂里干着粗重的活儿，晚上从图书馆借来几本书在昏暗的烛光下苦读。对于白晓燕，三叔只敢远远地看着、念着，而不敢靠近，只怕自己的穷酸样，吓跑了美丽的姑娘。

三叔是个细心的人，常常会在暗中给晓燕很多帮助，那些明里暗里的巧遇，大多都是来源于三叔的周全。晓燕宿舍里的灯坏了，三叔会去修；放假了，晓燕要回家乡白城了，三叔就会假装出现在宿舍前，然后热情地上去帮助晓燕和其他女生将重重的行李搬上火车；冬天来了，三叔还会将早早就预备好的炭块送上；晚自习后，当晓燕不小心摔倒在雪地里，三叔又会适时地出现，扶起晓燕一路送到宿舍门口……日子长了，晓燕也感受到了三叔对自己的爱，他们开始偷偷地相爱，偷偷地幸福……

到了周末，他们去的最多的地方就是那片白桦林。

白桦林将一份明丽与温暖送到他们身边，他们手牵手在白桦林漫步，在一棵白桦树上刻下爱的誓言：愿得一人心，白首不相离。白桦树的树干上留下了他们的名字。姑娘胜雪的肌肤上泛起红晕，三叔干净的心上永远留下了晓燕的身影。

我的三叔骨子里是个极其浪漫的人，他会写诗，会吹笛，会用埙表达内心的情感，他常常会为晓燕朗诵俄罗斯田园诗人叶赛宁的诗歌《白桦林》，深情的诗加上深情的曲常常令晓燕喜极而泣。

他们的爱情为这片寂静的白桦林平添了无数温软的气息，也成了林间流动的风景。时光就这么过了一年又一年，很快晓燕就要大学毕业了，为了不和心爱的姑娘分开，三叔决定与晓燕一起去白城生活。

从长春到白城，是三叔人生中一个重要的抉择。那年的冬天，他们离开长春时，下着很大很大的雪，当他们顶着风雪、忍着饥饿，一路奔波，赶到白城的一个小县城时，已是暮色沉沉。推开家门，迎接他们的是两个慈爱的老人，一个正坐在炉子边往炉子里添着木柴，一个则去柜子里拿出一只白瓷碗，端来一碗热茶。我的三叔愣愣地站在那里，将男子汉的热泪藏在眼中，他上前，叫了一声：叔，婶……再也说不出话来。

三叔在那时可以说是一贫如洗，除了一颗深爱着晓燕的心，再也没有什么可给的幸福。他原以为，白城之行会是一种冒险，万一姑娘的父母竭力阻止他们在一起，那么他就会一无所有。也许是他俊朗且憨厚的模样，赢得了老人的心；也许是两位老人的通情达理，深知自己的女儿爱上的小伙子一定不会错。

婚前，三叔与晓燕又回到了长春。他们重返白桦林，来到他们爱情的圣地，找到当年刻下誓言的那棵白桦树，深情拥吻。愿得一人心，白首不相离。这一生，你是我的，我是你的，一定要倾尽一生去爱。三叔取下一片树皮，写上：晓燕，我会用生命里所有的时光对你好。

晓燕含泪收下，看着三叔说出同样的话：哥，我会用生命里所有的时光对你好。

在长春的商店里，三叔用身上仅有的一点积蓄，为晓燕购置了一件红色的毛衣，一双冬鞋。三叔与晓燕的婚礼极其俭朴，村里的乡亲前来祝贺，晓燕穿上了那件红色的毛衣，娇美如花。

一年后，他们的女儿来到了这个世界。孩子出生后，晓燕的身体一天不如一天。三叔心疼晓燕，除了照顾孩子，还包揽了家里的活儿，舍不得让晓燕手沾冷水，舍不得晓燕劳累。

那些年里，晓燕的身体一直不好，吃的药比吃的饭还多，常年不停地咳嗽慢慢地演变成咳血。在三叔强硬的坚持下，他们去长春大医院看病，结果一纸晚期肺癌的诊断书、一张病危通知书葬送了他们所有的幸福。晓燕只在医院里住了四天便丢下三叔、年幼的女儿和年迈的父母离开了这个世界。医生说，可惜了，送来太迟了，已经错过了最好的治疗期。

那天，晓燕身上穿着的还是三叔送给她的那件红色毛衣。悲痛欲绝的三叔在毛衣的上衣口袋里发现了那张写着"晓燕，我会用生命里所有的时光对你好"的白桦树树皮。三叔再也没有忍住，抱着晓燕渐渐冷去的身子痛哭，他悔恨的是为什么那么惯着晓燕，不早点带她去长春治病。

三叔那一头浓密的黑发，在那个寒冷的冬夜一下子变白。

晓燕走了，三叔的世界里再也没有幸福，只有责任。年复一年，日复一日，他用生命里所有的爱养育着他与晓燕的女儿，照顾着晓燕的父母。

关于当年那些幸福或悲伤的场景，我都不曾亲眼目睹，只是在仅有的一次相聚中听三叔说起他与晓燕的爱情，说起他们的白桦林。那时的三叔已经不再年轻了，原本高大的身子日渐佝偻。他心爱的姑娘——晓燕已经离开他好多好多年。晓燕的父母也相继去世，是他代替晓燕，送走了两位老人。他和晓燕的女儿也早已成家，移居海外，只有在每年的春节回国与他相聚。

这么多年，三叔独自一人生活在白城。早些年，不断有好心的同事朋友为他做媒，他都一一谢绝了。

他说，白城是他的第二个故乡。这片土地上，长眠着他一生中唯一爱过的女人。他这一生中仅有的爱都给了白晓燕。除了爱晓燕，再也不会有别的爱情。这一生，爱过一次，便已足够。

在离白城三百四十八公里之外的长春，有一片白桦林，那里曾经盛开着他的爱情。白桦林的深处，有过他与晓燕留下的足迹。在那棵白桦树上，刻着他们亘古不变的爱的誓言：愿得一人心，白首不相离。

三叔说，其实，他一点都不觉得孤单。每一次去长春，他都会去那片静静的白桦林，在林间，静静地听风，静静地漫步，静静地看着一对对相爱的人并肩走过，他就会想起好多年前他与晓燕相爱的情景。

我来了，亲爱的，等着我，在那片白桦林。好多年前的那棵树还在，树上刻下的誓言还在，风里雨里雪里，岁月一点点流逝，它们的生命力却如此强盛，在那片静静的白桦林。

从长春回来的这几天，我的梦里常出现那片白桦林。

我在那里走过，在那里流连。在我看来那片白桦林更像是一幅长卷的油画。很久以来，关于白桦林的图片一直印在我的记忆里：穿着红色毛衣的北方姑娘，与她深情相拥的小伙。他们的身后是一排一排的白桦树，偶尔，会有微光洒落，那是阳光轻轻送出的光影。

我不止一次地想象着，那片白桦林一定会有故事。一个迷人的凄美的故事，温柔地簇拥着所有的时光。而那段时光一定是有颜色的，有温度的，比如那件红色的毛衣，比如那白桦林里的北国红豆，比如盛开在三叔生命里的永不凋零的爱情之花。

不再让你孤单

没有人知道我的身世，没有人知道谁是我的父母，包括我自己。

二十五年前，我来到这个世界还不满一百天，就被生我的人丢在了路边的草堆里。那是一个下雪的冬夜，我的身上只包裹着一层薄薄的棉被，看着黑漆漆的夜空，听着北风呼啸而过，我怕极了，呜哇呜哇地哭着。

那时，你还是个大学三年级的学生，那天晚上，你送完女朋友回家，骑着单车经过我的身边，听到我的哭声，你把自行车停在一边，用笨拙的双手抱起了我，用茫然的眼睛看着四周，不知接下去该怎么办。

这时，一对中年夫妇走来，给你出了个主意，让你把我送到派出所，交给民警。我像是听懂了那两个人的话，刚刚止住的哭声又响彻夜空，晃动着小手，想去碰你的脸，你脱下身上的羽绒服，裹在我的身上，向附近的派出所走去。

派出所执勤的是两个和你一样年轻的警察，他们看到我也和你一样的手足无措。当你把我递到一双陌生的手上时，我哇的一声哭了起来，就听到那警察操着东北口音的普通话说，看这娃，真够可怜的，嗓子都哭哑了，这爹娘咋就这么狠心啊！

交代了事情的经过，做了笔录，你转身要走了，我看着你的背影，再也哭不出声来。

第二天，你来派出所看我时，我正被一个女民警抱在怀里，喝着奶。

派出所有很多人围着我，有人捏捏我的小脸，有人抓抓我的小手，我的眼睛一瞥，正好看到你站在门口，奶嘴便从我的嘴里滑了出来。

同志，请问，找到这孩子的亲生父母了吗？你问道。

没有，哪能这么容易就找着了，请问，你是？哦，你是捡到她的那个大学生吧！那位抱着我的女民警说。

哎呀，不好了，这孩子尿了。我看到你来就乐了，没想到，一把尿没憋住，尿在了女民警身上。旁边很多叔叔阿姨都笑了，开玩笑地说，小兰，这孩子可让你提前享受当妈的幸福快乐了！

那时，我好想你能伸过手来抱抱我，哪怕只有短短的几分钟，但你很快就走了，和上次一样，我只能在别人的怀中，看着你渐渐走远的背影。

后来，你一直没有来派出所看我，因为两天后，我就被警察送到了福利院。一个星期后，我被一对夫妇收养。直到我五岁那年，我才再一次回到你的身边。

二十年前的那个春节，这座北方的小县城素裹在一片白雪中。

那年，我被一对无法生育的夫妇收养了。在我一岁那年，你大学毕业了，很快就找到了一份体面的工作，之后，你打听到了我养父母家的地址，有空便常来家里看我。每一次，你都会带来我喜欢吃的食物；每一次，你总是放下吃的就走；每一次，你说得最多的一句话就是，娃，叔下次再来看你，娃要乖乖的。我使劲地点头，看着你的背影，在我眼前渐渐地消失。

我三岁那年，一直没有怀孕的养母经十月怀胎生下了一个小弟弟；五岁那年，养父在一场矿难中失去了生命，没过多久，养母便带着小弟弟回了娘家，再也没有回来过。

养父死了，养母走了，家里只剩下一个小小的我和一个瘫在床上的老奶奶。快过年了，可家里已经没吃的了，我好饿又好冷。大年夜的晚上，隔壁的秦大娘来看我和奶奶，拿来了几个窝窝头、两根玉米、一小碗咸菜，这就是我和奶奶的年夜饭。

我踩上小板凳，倒了一杯水，拿了窝窝头和咸菜给奶奶，奶奶摇摇手说：娃，你吃吧，奶奶不饿不吃。我实在是饿极了，一手抓着一个窝窝头，一手抓起几根咸菜，一起塞进了嘴里。

正吃得狼狈时，门推开了。

是你，是你，看到你，我站了起来，眼里全是惊喜，手里装着窝窝头和咸菜的小碗当啷一声掉在了地上。叔，叔，我喊着，奔向你。

你一把抱起我，爱怜地说，唉，娃，可怜的娃！

一个月后，奶奶咽气了。你把我抱回了家。

就这样，时隔五年，我重新回到你身边。那时，你已经二十七岁了，你和你的女朋友订了婚期，第二年的五月，你们就要结婚。当时，我还小，无法了解我的突然闯入，会给你的生活造成怎样的影响，更是无法去体会你的辛苦以及所承受的压力。

当时，你的收入并不高，这间十四平方米的屋子也是你东拼西凑买下来准备结婚用的。但你还是给我添置了漂亮的衣服、鞋子、娃娃、画册以及美味的饼干。我住在你的小屋里，感觉就像住在天堂。

有一天，你没有准时回家，我踩上小板凳趴在窗前，眼巴巴地盯着那条你必经的路，一直等到天黑。实在站不住了，累了，就坐在板凳上睡着了。等我醒来时，我已经在你怀里了。

叔，我揉着眼睛叫你，我闻到你满嘴的酒气，那时的我不知道你为何要喝那么多的酒，就大声嚷嚷着，叔，我饿。你去厨房给我煮了一碗葱花鸡蛋面，看着我大口大口地吃着，喃喃地说，我的娃饿了，是叔不好，以后叔不会再喝酒了，下了班就回家陪我的娃。

第二年的五月很快就到了，可你却没有成亲。

日子就这么一天天地过着，我的世界里只有你，而你的世界里，除了我，再无别人。

那些年，有热心的大嫂大娘给你介绍对象，不是你看不上人家，就是人家看不上你。其实，你长得又高大又帅气，在一家国营厂做主管会计，但每一次见面，你都会带上我。

当那些姑娘问起你我是谁时，你笑着说，是我娃。因为我，她们看不上你；因为我，她们才不要你。

后来，你不愿意再去相亲了，你说，娃，叔有你就够了。

在你的呵护下，我渐渐地长大了。

七岁时，你把我送到了县城里最好的小学。你让我跟了你的姓，为我取了一个好听的名字诗雅。从那天开始，我有名字了，我叫方诗雅。

每天早晨，你会早起半个小时，为我做好早饭，然后把我放在自行车的后座上，骑着车，穿过县城的大街小巷，送我去上学。放学后，你会来接我回家，晚上你会辅导我学习，然后哄我睡觉。

十二岁时，你又把我送进了县城里最好的中学。你教给我许多好的学习方法，你还是会为我做早饭，骑着自行车送我上学，我喜欢坐在你的身后，抱着你，把脸靠在你的后背上，每一次，我都能听到自己的心跳以及从你身上散发出来的味道。晚上，换我做饭，等你回家吃。

十八岁时，我考进了省城的医科大学。离开家的那天晚上，你帮我整理衣物和生活、学习用品。我呆呆地坐在一边，看着你为我忙这忙那，听着你的唠叨。

我问你，叔，我走了，你会不会想我？会不会感到孤单？

你说，傻娃，叔会想你，叔会等娃回来。

那天晚上，我很想为你做些什么，报答这些年你为我所做的一切。

海涛，我改了口，叫着你的名字，那是我十八年来第一次叫你的名字。你一下子呆住了，停了手中的活，转过身不解地看着我。

我知道，我长大了，我已经年满十八岁了，我知道那一刻我要做什么。

海涛，要了我；海涛，从我十二岁时坐在你身后，不对，不对，是二十年前的那个风雪之夜，你把我带回家的那天起，我就是你的了，我是你的，我愿意成为你的。我闭上眼，一边说一边一层一层地褪去自己身上的衣服。

突然，啪的一声，一只大手落在我的脸上，胡闹！传进耳朵里的是你的骂声，我养你这么大，你就是这么回报我的啊！

我从幻境中醒来，捂着羞红的脸，哭着离开了家。

后来，我住在学校里。你每周都会给我打电话，询问我的学习生活情况。每个月，我都会从学校门房大爷那里拿到一张汇款单。从那年起，你不再做饭，就在单位的食堂里、街上的小吃摊里，打发着自己的胃。

大学五年，我没有回过一次家，为了你的一巴掌，为了那个令人尴尬的夜晚，我整整和你分开了五年。

二十三岁时，我大学毕业了。听你单位的同事说你身体不好，为了陪伴你，照顾你，我申请回到县中心医院工作。从那年起，我又回到了你的世界中，我们又可以在一张餐桌上吃饭了，但很多时候，都是你回家做好饭等我回来吃。我回来后的第一顿晚饭是那么的丰富，你足足准备了一个下午。

那天，你特别高兴，做了很多我喜欢吃的菜。我拿出孝敬你的酒说，叔，看，我给你买了酒，今晚，你一定要多喝几杯。

娃，你出息了，你工作了，叔高兴啊！叔一定多喝两杯！

我拿起酒瓶子，凑到你跟前为你斟酒，抬眼，就看到你满头的白发，在白炽灯下特别的刺眼。

叔。我试着用手去触摸你的脸，就像小时候我躺在你怀里那样。不知为何，二十三年前的那一幕幕在我伸手的那一瞬间清晰地在我的脑海中浮现。

叔……你能像小时候那样再抱抱我吗？我的眼里含着泪，轻声地问道。

娃，你大了，叔不能再抱你了。你摇摇头说。

我不，叔，你就抱我一下，就一下。我说。

你还是不愿意，站起来把我按在椅子上。就在你转身的那一刻，我没有忍住，从身后紧紧地抱住了你。

你没有拒绝我的拥抱。几分钟后，你轻轻掰开我的手，转过身来说，娃，叔知道你要说啥，叔啥也不求，只求我的娃能出息，以后找一个好人家，过上好日子。

叔，我的生命，我的名字，我的一切都是你给的，没有你，怎么会有我？

叔，现在我长大了，我啥地儿也不去，我啥人也不要，我要陪着叔过一辈子。

娃，别说傻话，叔老了，你也可以养活自己了，除了这间屋，也没啥东西留给你。下个月，叔就回乡下照顾你爷爷。

我摇摇头，哭着说，叔，你别走，我不让你走。第二天晚上，我下班回到家，推开门，屋里不见你的身影，桌上，放着一封信。纸上，只有几句话，上面写着：

娃，过好自己的日子，别挂着叔。

信还没读完，我就哭了。

想起二十五年前，你从草堆里抱起我，那时的你多么年轻啊，可现在的你虽然还不到五十岁，两鬓却已斑白，你的腰身不再挺拔，这一切，都是因为我。

想起二十年前，你把我抱回了家，你为我安葬了奶奶；叔，为了我，你一直没有结婚，一直是孤单一个人。那年的五月，你没有成亲，你处了七年的心上人非要你把我送回去才愿意跟你成亲，还骂我是个祸害。你一气之下，给了她重重的一巴掌。这一巴掌，彻底打碎了你的幸福。

想起这些年，你为了供我读书，白天在单位上班，晚上还要去大街上摆摊卖秋衣秋裤，你自己省吃俭用，把攒下的那些钱为我支付高昂的学费和生活费。叔，你可知道，每次我收到你寄来的汇款单，心里是那么的不安，我就盼着自己赶快毕业、工作，回来照顾你，让你不再孤单。叔，可我回来了，你又走了。

叔，你不在我身边的日子里，我常想，要是你的生命中不曾遇到我，如果你不曾养育我，你的人生是不是就会不同，你就不会一生孤单，你就会很幸福，和所爱的姑娘生活在一起，你会有自己的孩子。

我一直在等你，我知道你不会不明白我的心意。可是你却一直没有回来。我很想你，也很担心你在乡下的生活，很多次都想回去看你，但因为做不完的手术、加不完的班、忙碌的生活，终是没有成行。

一晃又是大半年过去了。

那一天，我正在医院里看门诊，接到急诊部的电话，说从乡卫生院转进来一个重症患者，是肝癌，已经晚期了，需要我马上手术。

就在我接过手术单时，一个名字跳入了我的视线——方海涛。

我一愣，问护士，病人多大？

四十七岁。

天啊。我赶紧冲进手术室，看着你静静地躺在手术台上，面色苍白。

叔。我轻声地唤着你。

送你来的堂兄告诉我，早在一年前，你就知道自己得了肝病，但一直瞒着我。那时，我正在省城大医院里实习，你不愿意增加我的负担，就这样你失去了最好的治疗时间。

你身上的癌细胞已经扩散，我接受了科室主任医师的建议，把你带回家。

我不想让你孤单地躺在医院的病床上，我不想让那些冰冷的手术刀一层层剖开你的身体，我只想在你生命最后的时间里，静静地陪着你。

那些天，你吃不下，常常痛得无以复加。我虽是医生，却也无法减轻你的疼痛，唯一能做的就是把你抱在怀中，用柔软的纱布为你擦去额上的汗珠，用吸管将蔬菜汁、水果汁缓缓送入你的口中，用轻柔的声音为你哼唱小时候你为我唱的那些歌谣。

那些天，我找来我们的相册，让你靠在我的身上，看着我们二十五年来一起走过的日子：六岁那年，你抱着我站在市中心广场上看鸽子；七岁那年，你牵着我的手，站在学校门口；十岁那年，你给我买了一盒蛋糕，点上生日蜡烛，照片上是我开心的笑容。

那些天，是我们二十五年里最幸福的时光。你很乖，不再抗拒我的温情，不再大声骂我胡闹，你愿意把你自己生命最后的时光放在我的怀中，任凭我的泪滴落在你的脸上，任凭我的吻印在你的额上。

可是，这样的幸福时光只维持了短短的十二天啊。

娃，叔再也不能陪你了，叔走后，你不要伤心，找一个好人家，好好过日子。

这是你留在这个世界上最后的话。

写后记

　　写完了这个故事，心一下子沉到了很深很深的谷底。昨晚我在新浪邮箱里收到一封邮件，发件人叫"爱哭的眼睛"，她是我雅虎博客的博友。从2008年年末到现在，差不多有四年的时间了，我们不曾联系。

　　初遇她，她的文字是忧伤的，只是写几百字的心情文字。相识后，于文字里的往来，才晓得她身世坎坷，独自一人生活在遥远的冰城。

　　她在邮件里说：雪，我是个弃儿，现在又成了孤儿。读了你博客里的文章，很感动。我有个请求，你能用你的文字去描述我和他之间的那段往事吗？请求你，雪。

　　随后，她简单地描写了她和他之间的往事，请求我能帮她完成心愿。

她的往事中，有一个男人，不是亲生父亲，不是爱人，但他们之间有比父女之情更浓的亲情，有比爱人之间更深的爱情。

　　二十五年的生命中，他们的世界里除了彼此，没有别人。

　　二十五年啊，如一本厚重的书，写满了两个人的沧桑。

树的深处

最后一次看到它们，是在 1989 年的春天。

那天早上，当出殡的人群回到院子时，它们已经齐刷刷地倒在了地上。我不知，它们是在何时以何种悲凄绝望的心境轰然倒下的。也许，这些树不算高大，所以，它们倒下的那一瞬间谈不上什么壮烈。但我深信，这些树以及树上的枝叶还有那些开着的花，都是无比悲伤的。

最先看到这些树倒下的是二婶，听到她夸张的尖叫声，我和云生拨开人群，冲到它们身边。云生瘸着一条腿，从屋里找来一块四方形的白布，先将散落在院子各个角落里的残花败叶聚拢，随后不言不语地抱起，将它们从冰冷的地上搬到白布上，然后裹起……云生认真的样子，惹出了我的眼泪。他陪伴祖父祖母多年，自然是晓得这些树与两位老人之间的情意。

第二天，后山的祖坟边，随处可见洒落的树叶以及一朵朵黄色的小花。春风不再温柔，而是用一种少有的猛烈将这些黄色的小花吹到很远很远的地方。

人的苦难，自己是知道的；而树的苦难，树却是无法知晓。我有些心疼它们的逝去，在这本应该属于它们的花季里零落成泥。于是，我在风里追逐它们，却无法挽留，无力盈握，它们在这座庭院里相濡以沫了大半生的时光，难道真的是回归泥土，回到爱开始的地方去了吗？

我问云生，它们要飞去哪里？

云生说，祖父祖母在哪里，它们就将飞去哪里。

我的祖母，在1989春天的某个黄昏溘然离世，那时，离祖父去世刚好一整年的时间。祖父与祖母，一共孕育了四男二女，我的父亲与大伯走在了他们前面，小叔一家常年居住在北方某城。自祖父去世之后，祖母便同意了二叔的请求，让他们一家四口搬进来与她同住，二叔原来的屋子，租了出去用来贴补家用。

这一年的时光，对祖母来说，是孤寂的，身体上的病痛不断，但更多的是内心的伤痛。二叔二婶除了为她做两餐饭，从来不与她多说一句话，只有院子里的这些树，陪伴着她，也只有这些树，懂得她的孤寂，维系着她与祖父天上人间的情缘。

祖父不在了，庭院里的这些树虽无人看护，却依然葱郁，每年的初春，依然会开出明丽的花朵，那是因为祖父的精魂附在这些树上，祖母时常看着这些树，黯然落泪，想念着远去的祖父。

直到有一天，我的二叔，突然无来由地举着手里的柴刀，向这些树砍去。那是一个电闪雷鸣的雨天，赌输了钱、喝醉了酒的二叔与二婶大吵了一架，发了疯地冲到院子里，向这些树发泄着他心中的怨气。那时的祖母还病着，听到院子里二叔的叫骂声、二婶的哭喊声，她支撑着起床，顾不得披上一件衣服，冲进雨中，用身体护住了那些毫无还手能力的树。但祖母终究是迟了一步，还是有几棵树被二叔手中的柴刀砍断，被雨淋湿，被风吹到不知名的远方。

被祖母用身体护住的那些树，在风雨中颤抖着，像是在为自己遭受无辜的侵害而哭泣。几天之后，祖母沉沉地睡去，再也没有醒来。云生说，那是祖父舍不得她在人间受苦受委屈，接她去天国团聚了。祖母下葬的那天，我哭成个泪人，而云生却没有哭，他捧着祖母的遗像，走在人群的最前面，硬是不掉一滴泪。

送走祖母的那天，院子里最后的一排树同时倒下。我站在没有树的庭院里，暗暗地发誓，永远都不要再走进这个庭院，永远都不要看到害死祖母的二叔二婶。那时的我还年少，固执地认定祖母的死，必定与二叔一家有关，我的祖母就是被二叔气死的。我只会任性地宣泄内心的悲伤，用红肿的眼睛狠狠地盯着二叔二婶，却不晓得，再怎么恨，我与二叔之间还是有着无法割断的血缘之亲。

231 ◆

又是清明雨上，折菊寄到你身旁。

雨打湿了眼眶，年年倚井盼归堂。

最怕不觉泪已拆两行……

许嵩的这首《清明雨上》最能表达我的心境。春分之后，谷雨之前，世间万物皆洁齐而清明。清明近了，春雨落了，思念深了，心儿再一次痛了。无处可逃的我，只能站在清明的雨下，折一支代表思念的菊，遥寄到亲人身旁。

今年清明前后，几度返乡，去祭拜在那片土地上已然长逝多年的我的亲人。那是一条通往祖坟的绵延弯曲的山路，年年清明，我从城市走向乡村，我的双脚都会踩在这条山间小道上，足迹一年一年、一行一行地叠加，而那些思念却从不会断裂，更不会断源。

简单的祭扫之后，我去后山寻找那些树的身影。可是，原来栽满树的后山，早就没了踪影，取而代之的是一个叫作海都花园的住宅楼。我惊呼，我的村庄，渐渐被繁华淹没。那些树，曾经明媚过村庄的春天，温暖过村民的心灵，他们与树之间，有着长达几十年的深厚情感，怎能就轻易消脱了呢。而我也只剩下悲叹——这些树的灵魂注定要承受无尽的孤独。

如今的我，已步入中年，常常这样念着想着，树就成了一种乡愁。那些愁绪终会在某日被拨动，如从一架古旧的琴弦上发出的颤音，飘向远方。如今，二十多年过去了，曾经属于他们的那个庭院，早就荒芜，没有碧草，没有红花，更没有树……没有树的庭院是孤单的，那种孤单无人能懂。

二十年间，祖坟一直是由堂兄云生守护着。他在祖坟四周种上了几棵青松。此次返乡，云生告诉我，他曾设法找来结香树的种子栽下，几年过去了，还是看不到树的影子，后来他渐渐明白，不是因为土壤的原因，而是因为那些树的灵魂已随着祖父祖母去了天堂。

　　云生不知从何处找来一张祖父祖母年轻时的合影，那发黄的老照片上，祖母笑靥如花，祖父玉树临风，他们的身后，便是一排排苍郁的树与盛开着的花。

　　我与云生坐在祖父祖母的墓前，听他为我讲述关于祖父祖母的那一段沉香旧事。这些树的树种原是由祖父从汉中带回江南并栽植于祖母家的后山上的。此后，每年初春时节，这些树上便会开出黄白相间的小花来，煞是好看。那阵阵清幽的花香，吸引了养在深闺的祖母。

　　那时的祖母，是浙东一大户人家的小姐，到了待嫁的芳龄，每日里都有媒婆上门提亲。祖母极爱诗书，性情静婉，虽然家境殷实却不愿意嫁给门当户对的公子少爷。她时常撇开跟在身边的丫头，独自一人来到后山，与这些树做伴。祖母是地道的江南女子，喜欢唱一曲水样的越剧。后山的树林里，总能见她踱着碎步，甩起水袖，半开折扇，学着戏里的动作，自顾自地沉浸其中。

　　祖父家境贫寒，母亲生下他便因难产而死，在他十一岁时，父亲又离开了他。那年，为了安葬病故的父亲，祖父被招入黄家为仆。祖父与祖母自小就相识，祖母那如花的容颜，俏丽的身影早就珍存在少年的心房，只不过是碍于主仆关系与男女之隔，不曾多言语，更不曾多相望。

　　那一年初春，正是结香花开得最美的时节。祖母与往常一样，步入后山，却一不小心滑倒，跌入河沟。正巧，祖父在山上劳作，听到女子的惊呼，便急急下山，见有人落水，伸出手，将落在河里全身湿透、瑟瑟发抖的祖母拉上了岸，随即脱下身上的褂子，裹住了祖母娇小的身子……春风吹过，树儿摇晃，花香袭人，一抹阳光缓缓落在祖母的身上，顿时，金光乍开。一抹红晕泛在如雪的肌肤上。祖母的身子暖了，心也就暖了。

　　在春的斑斓中，它们是一片温软的投影，祖母的一次意外落水成就了这一段人间佳缘。祖母芳心暗许，却因门户悬殊而遭父母极力反对。祖母见父母不允，便以死相逼，终于在第二年农历春节和祖父结为夫妻。之后，江南战事不断，祖母家的大宅子被日军侵占，黄家不得已解散了家仆，举家迁移。祖父祖母的家历经数次迁移，期间不得已丢弃了很多物什，却一直没有舍得落下这些树。再后来，日子稳定了，祖父与祖母结束了多年的漂泊，重返江南小镇，祖父在自家的院子里种下了这些树。

黄瑞香是祖母的名字，后来我知道，这也是树的名字。那些树与树上开着的黄色小花本就与祖母是一体的，在他们长达六十五年的婚姻里，祖父在唤着祖母名字的时候，又像是在喊着那些树、那些花。我的祖父，他像一棵树一样，在尘土里安详，却在祖母的心中站成一种永恒。

春去春来，这些树在祖父祖母的庭院里生存了六十余年，从最初的三两棵到后来的成排。年年春天，这些树上都会开出嫩黄嫩黄的小花来，一直到祖父祖母相继离去，它们也跟着去了。在云生断断续续的叙述中，我仿佛步入了属于祖父祖母的那些岁月。一桩桩一件件并不连贯的往事，在我眼前回放，深情得如同一部老电影中的场景。

那些树，终究是不在了，而树的灵魂依然存在，在故乡的土地上，它们始终选择与祖父祖母的情同在。心一旦回归了，就会选择寻找，只要寻找就会如愿。在转身离开墓地的那一刻，我听见云生说，妹妹，明午的清明，你若回来，我一定会让你看到那些树、那些花。

苏醒的红果果

我总觉着我欠了云生一笔债。这笔债怕是今生都无力偿还。

云生是大伯唯一的孩子。大伯是军人，退役后成了一位人民警察，却在一次执行公务时被匪徒砍伤，再也没有醒来。那年，云生十六岁。大伯死后的第三年，大娘改嫁，云生不愿随着大娘同去，便和祖父祖母生活在一起。

云生是祖父祖母唯一的孙子。每次，祖母念叨起云生，就会掉泪。她总说，云生是个苦命的孩子，云生高中毕业后没有再读大学，守着家里的一间房、几亩田地，跟着祖父学做农活。

云生断了一条腿，一直到三十岁那年才娶上媳妇。在乡村，像云生那样大的男子老早就当爹了，云生的婚事一直是祖父祖母最大的心事。云生性情忠厚，人又长得挺帅，村里也有姑娘喜欢他，云生本来有自己心爱的姑娘，却因为那条瘸了的腿，一直拖到三十岁才成家。

云生的腿是在他二十一岁那年的夏天摔坏的。他爬上了村外那棵有着一百年树龄的山楂树，只为了去帮我采摘那红红的诱人的山楂果。

十二岁那年的暑假，父亲把我送到了祖父祖母身边。我是在城市里长大的孩子，从来都没有见到过那么高大的树，更没有见到过苍绿的树枝间挂着那般可爱的红果果。

第一次见到这棵山楂树，我正坐在拖拉机上，云生来车站接我和父亲。他光着黝黑的膀子，开着拖拉机哼着我听不懂的小曲儿载着我们回家。村里的石子路高低不平，震得我直想吐。拖拉机冒出的黑烟、发出的嗒嗒嗒嗒的声音让我有点无所适从。云生回过头，憨厚地朝我笑笑说，小妹，你看看两边的风景吧，瞧，村口有一棵又高又大的山楂树，那边，在那边！

我朝着云生手指的方向望去，真的看到了一棵山楂树，还看到了小小的红果果。我问父亲，我爱吃的山楂卷就是这些红果果做出来的吗？父亲笑着点点头。我问云生，树上的红果果，是不是摘下来就可以吃？云生也笑着，露出白白的牙说，洗干净就可以吃啦，酸酸甜甜的可好吃了。我开心地跳起来，叽叽喳喳地说个不停，早已忘了这是在拖拉机上。

父亲只在老家住了两天就回上海了。祖父忙着照顾他的鱼塘、他的果园、他的鸡鸭。祖母每天天还没亮就起床了，为我和云生做好早饭和午饭，然后背起一个大竹筐去十里之外的镇上摆摊，黄昏时回来就忙着给我们做吃的，能陪我的只有云生了。每天祖父和祖母出门前，总会叮嘱云生，云生啊，把你妹妹照顾好了，别让她摔着磕着了。

每天一早，云生带着我先去祖父的果园，告诉我这是什么树会开什么花会结什么果；带我去鱼塘，教我给鱼儿们喂食；带我去草地，和我一起躺在草地上看蓝天白云朵朵飘……而我一直没有告诉云生，其实，我最想去的是村口看那棵山楂树。

当这些都玩腻时，我想去看山楂树的愿望就越来越强烈了。在我的软磨硬泡下，云生终于答应带我去看山楂树。不过，他严肃地告诉我，这是村里最珍贵的一棵树，每天都有村民在树下看管，那红果果也只能看，而不能摘来吃。我点点头，答应云生只站在桥头看看就好。

如果我能够预知云生会摔断腿，如果我能预知云生会因这条残腿和心爱的姑娘分手，如果我能预知接下来发生的种种不幸，那么，任性的我无论怎样也不会向云生提出进一步的要求——我要吃红果果，让云生爬上树摘给我。

那是一个黄昏，天阴沉沉的。我坐在院子里看着攀附在老墙上的绿色藤蔓发呆，云生陪在我身边有一句没一句地唠叨着。这时，一个长相甜美的女孩来找云生，云生说这是他的高中同学叫娟子，娟子圆圆的脸蛋儿一下子挂满了红霞，她甜甜地叫着云生哥，云生哥……大大的眸子亮闪闪的，好看极了。

我不知道哪来的勇气，跑到娟子面前，说，姐姐，你让云生陪我去看山楂树好不好？娟子为难地看看云生又看看我，和云生嘀咕几句，我们三个人就说着笑着出了家门。

我至今都不知道，我为何会那样迷恋那棵山楂树，为何非要在那个沉闷的夏天吃到树上的红果果，但那年的我，身在故乡，夜里躺在祖母家的大床上，心里空落落的，连梦里出现的都是一棵棵高高的山楂树，心头想着的就是树上那红红的山楂果。

我和云生、娟子一起站在桥上，离山楂树越近，我感觉自己越是渴望靠近它。这时，我从娟子那里听到一个令我兴奋不已的好消息。

她说，云生哥，我听我爸讲，今天看管山楂树的海叔不在，因为他家的闺女要生宝宝了。娟子一边说着一边踮起脚向山楂树看了看，肯定地说，海叔不在呢。

我拽着云生的手说，云生，你帮我去摘一颗红果果，一颗就好。

云生点头答应了，带着我和娟子走下桥，一步步地走近山楂树。桥下是一条水流湍急的小河，河面上隐约可见大大小小的石头。云生一边朝树上爬，一边叮嘱娟子，看住我妹妹，别让她摔到河里去了。

那一刻，当我真正靠近山楂树时，才发现那棵树真的很高很高。天渐渐黑了，我仰着头，使劲想要看到更多的红果果，却怎么也看不到，只有一两颗在我的眼前晃着暗红色的光。我突然感到一阵心慌，当时的情况是云生越爬越高，而站在树下的我，心里越来越慌乱。我使劲地抓着娟子的手，手心里全是汗。

我开始后悔了，不该让云生去爬那么高的树去摘果子，可那时已经来不及了。差不多快要摘到红果果的云生不知怎么没踩稳，啪的一声，从高高的树上重重地落在地上，随后滚下坡，一直滚到了河里。接下去，便是我站在河边大哭，娟子哭着跑出去找人救云生。

我试图伸手去拉云生，可云生却无力地摆摆手，满脸都是痛苦的表情。我好怕，好怕那湍急的河水把他冲走了，我嘶哑着嗓子喊他，云生，你不要死；云生，求求你，不要死，云生……

很快，娟子来了，娟子他哥带着几个人把云生捞上了岸，云生的衣服破了，脸上、身上、腿上都是血痕。云生被闻讯赶来的祖父送去镇上的医院，哭花了脸的我被娟子带到了祖母面前。祖母没有训斥我，只是不停地叹气。我站在院子的木门前，一手拉着垂挂在门板上的绿色叶子，泪流满面张望着。

天好黑，风好大，那一夜，云生没有回家。

第二天一早，祖父回来了。他说，云生被连夜送到了县里的大医院，一条腿估计保不住了。祖母一听，摇摇晃晃地倒在地上。

一晃到了八月中旬，云生在医院里住了半个多月，当他回到祖母家时，腋下支着一根拐杖，左腿的裤管在八月的风中空荡荡地来回晃动着。那一刻，偌大的庭院里，我和他面对面地站着，一个无法逆转的事实摆在我们面前——云生的一条腿没了，都是因为我。

从那天起，云生再也不会对着我憨厚地笑。他此生的快乐，在那个黑色的夏天被我这个不懂事的妹妹生生地夺走。而我也不再会快乐，我对山楂树所有莫名其妙的好奇在这个惨痛的事实面前消失殆尽，只剩下这悲凉四溢的庭院。

我不是个勇敢的孩子，至少在那年不是。云生出事之后，白天，我不敢和他说话，也不敢走进他的房间。晚上，我整宿整宿地失眠，有天半夜醒来，哭着给父亲打电话，断断续续地说着事情发生的经过，随后便眼巴巴地盼着父亲，早日带着我离开这个让我感到害怕的庭院。

云生回到家后，开始拒绝吃饭，祖母端进去的饭菜被他扑翻在地。娟子来了，他也不愿意见，他对着娟子大吼，说让她滚，以后再也不愿见到她。好几次，我都能在客堂间，清晰地听到从里屋传来他敲打残腿的声音。那声音，就像一把重重的榔头敲着我的心，敲碎了那个夏天里所有的快乐。

几天后，父亲终于赶来了。父亲说，要把云生接到上海去治疗，等伤口愈合之后，为云生安装假肢。但云生不愿意，祖父祖母也不同意，所以这件事最后还是没有成。

在父亲带着我离开时，我去和云生告别，我用手敲他的房门，轻声地唤着：云生，云生……屋内的云生没有回应，但巧的是，那时正好有阵风吹来，吱呀的一声，门就这么开了。于是，一些莫名的不安随着这缕风钻进了我的体内，有种莫名的抖动黏附上了我。

云生……我不知道接下去该说什么，那一刻，我已没有了一个半月前的那般伶牙俐齿，笨拙的我不知如何向云生告别，甚至没有勇气说一声"再见"。

那天，在祖母家的院子里简单吃完了这个假期的最后一顿午餐，父亲带着我离开了那座让我感觉窒息的庭院。离开时，因为云生的腿残了，我们不能再和来时一样坐上他的拖拉机，只能步行几里路赶到村外的汽车站。

一路上，依然是那条高低不平的石子路，经过那座小桥时，我不敢去看河边的山楂树，我多想告诉云生我内心有多后悔，父亲似乎觉察到了我的伤心，他搂紧了我，说，孩子，云生会原谅你的，一定会的！

第二年的暑假来临之前，我收到云生从老家写来的信，在我拆启信封的那一瞬，一张相片落下来，落在我的脚面。拾起，我看到了一个站在山楂树下的少年，他的腋下依然支撑着一个拐杖，但他笑得很自然，在照片上，我看清了去年夏天没有看清的红果果。

在这张照片的背面，我看到了云生写的几行字：坏丫头，一直忘了跟你说，去年夏天你来时，一直没叫我一声哥哥，罚你今年再来，哥带你去看山楂树。

那一年的暑假，我没有回去。因为我还是无法原谅自己对云生造成的伤害。几个月之后便是冬天了，云生随着祖父祖母来上海过年，也带来了关于他的好消息，云生在村里承包了一家养殖场。云生被评为市残联年度优秀青年……父亲带着他去上海的医院做了一次全面的检查，医生提出了为期一年的康复训练建议。父亲为云生购置了一套价格不菲的训练器材，在他们返程时一路护送到家。

我一直都记得，那一年除夕之夜，我们一家四口和祖父祖母、云生围在桌前吃年夜饭的情景。我第一次叫云生哥哥，跟他说对不起，他拄着拐杖走过来拥抱我。在农历大年初一的午后，雪停了，天空放晴。冬天少有的灿烂阳光穿过云层，扑打出一束束温暖的光。

我和云生坐在庭院里享受着暖阳的抚照。云生告诉我，小妹，去年你和二叔回家时，我去送你了，我站在桥头，看着你们离开。我笑了，笑得那么开心。那一刻，日光倾城，生命中原本打开的疼痛一一闭合，生命中所有的悲凉丝丝缕缕地从时空中渗漏，所有美好的个体都将在春天来临之前——复苏……

花 祭

时光辗转，您始终不被遗忘

　　时光流转，不经意间，一年的光阴在风中无声逝去。沉闷的初夏，流泻的却是无尽的幽冷。

　　一年前的今天，那个书斋里的老人，在武汉市洪山区楚雄大街538号的某间陋室里，安静且孤单地离开了这个世界……

　　一年后的今天，我在黑白交叠的人间，独自垂泪。那遥远的天国，那善眉慈目的老人，是否感受到这丝丝缕缕的哀思？

祭。

花祭。

一词落笔。泣不成声。

武汉宝通禅寺，幽深清远，圆融和谐。

这里长眠着一个孤苦的老人，他七十八载无欲无求的生命，到最后，只浓缩成一块小小的立牌，沐浴着佛光，沉入永远的静寂。

他英俊儒雅，才情卓越，睿智超群，和蔼可亲，心胸豁达，没有半点骄矜。

少年时，他以中南地区第二名的成绩，考取了中央戏剧学院，曾聆听文化部长周扬、院长欧阳予倩等艺术大师的亲自授课。拨乱反正后在大学执教英语、写作和口才。系《演讲与口才》杂志优秀撰稿人、21世纪法学精品教材——全国高校通用教材《应用口才教程》一二版主编。

他师从著名音乐家周善同先生学习小提琴。周善同先生是台湾作家无名氏代表作小说《塔里的女人》男主人公罗圣提（提琴圣手意）原型，新中国成立前任中央大学音乐系教授。

该小说曾风靡一时并被拍成电影，记叙罗圣提应邀参加某大学校庆，与该校校花邂逅的爱情悲剧。经周善同先生引荐，他又跟随我国和声学权威、武汉音乐学院的陆华柏教授学习作曲。关于周善同先生，他在他的现代诗《念恩师周善同》中这样写道：

> 而今恩师远离我去了
> 悲伤的诀别
> 暗淡的年月
> 即将白露
> 又将寒露
>
> 面对您亲切切的遗像

我抱琴无语
我奏琴无绪
但闻天籁
唯见沧海

　　这首《念恩师周善同》写于2008年教师节前夕。诗歌饱含思念、溢满深情，字里行间写满了他对恩师的情意。在这首诗歌里，他用极其温柔的语气述说着点滴往事，每一次倾诉犹如那悠扬的小提琴起伏着、澎湃着……诗歌里的每一个文字，如同灵动的音符，以思念为和弦，演奏出一段感动的乐曲。

　　诗歌极具感染力，他总是以那种波澜不惊的口吻，层层深入、浑然天成。令人沉浸其中，久久难以释怀！这首诗歌的段落整齐，却无一雕琢的痕迹，真是情由心生、诗由心生！特别是诗末的最后一句：但闻天籁，唯见沧海。让人黯然泪下。恩师如父，永在心中，消逝的时光磨灭了生命的痕迹，唯有文字与爱长存。

　　十年文革，他历经种种磨难，身体上，尝尽疼痛；精神上，饱受煎熬。漫漫十年，屡遭流放，期间他所承受的痛苦，是常人无法想象的。1981年，电影《天云山传奇》上映时，他曾苦笑着说过，我比那个罗群啊，苦得多了。后来，我在他的长篇小说《孽海冤家》里读到了他对那一段日子的描述：在五三农场，一天拖六车船的塘泥，脚板上扎满了菱角刺，晚上一根一根挑出来……晚上还要进行思想改造。

　　在他流放期间，曾是中央戏剧学院的同学、电影《冰山上的来客》饰演者梁音曾寻找过他。当梁音找到他父亲林树湘先生时，林老先生老泪纵横，凄凄然地说着：唉，我也不知道他流放到哪里去了！

　　对他的一生影响最深的是他的父亲，从海外归国的著名经济学家林树湘先生，影响了他整个人生的价值观和艺术观。关于林树湘先生，他在现代诗《父亲的爱》中这样写道：

漫长的夏季
您何等威严
我不是悄悄躲避
就是畏缩在跟前

当寒冬降临
您多么温暖
驱散梦中的魔怪
熨平心里的沟坎

冷空的太阳
流泻的光线
父亲露出的慈笑
父亲洒下的甘泉

匆匆地走了
您留下遗言
要直面雪封冰冻
相逢在来世春天

这首诗，他写给天堂中的父亲，他用漫长的夏天来暗喻那些有父亲陪伴中的成长岁月，那时的父亲在儿子心中是那么的威严，使得儿子只能悄悄躲避或者在父亲身前畏缩；他用寒冬来暗喻生命中那些黯淡的时光，这种冷，也许是身体上的，但更多的是心灵上的，那时的父爱是那么的温暖，足以驱散梦中的魔怪，熨平心中的沟坎；他用春天作为与父亲未来相逢的日子，父亲的遗言，要儿子敢于面对人生中的风霜雨雪。

父亲在他的记忆中是严厉的，小时候的他因顽皮常常惹祸，于是，父亲的责打便成了家常便饭。在被迫流放的那段日子里，他和父亲同时被划为右派，使得他们的父子之情又添了新的色彩，彼此更亲也更近了。在他的散文《我的父亲二三事》的末尾，有过这样令人黯然泪下的描写：

不要学院开追悼会，就你们兄弟姊妹在我书房设个灵堂。我的自挽联已想好，上联：昨夜西风凋碧树。下联……父亲说完就瞑目了。当时守在父亲身边的儿女——包括我在内因悲恸至极，都没把注意力放在挽联上，上联是著名的词，印象很深不会忘记；下联却因疏忽而未记牢。

父亲火化后，我一直为此遗憾不安，希望奇迹出现，父亲能托梦给我。也不知是真有神灵，还是我思求太切太苦，当晚真梦见父亲了，他只留下一句话便悄然隐去。这句话就是：今朝骤雨抹潇湘。哦，正好是下联！于是父亲的名字就涵在这副挽联中了——

昨夜西风凋碧树，
今朝骤雨抹潇湘。

天上人间，父子情深，终在这一副对联中得以延续……

他的一生大起大落，大悲大喜。步入晚年，多种病痛纠缠着他。他笃信佛教，每晚打坐念佛，一切俗事慢慢放下。退休之后，形影相吊的日子里，他孤独却不寂寞，终日手不释卷，勤于笔耕，醉心于诗书而忘却了忧烦。在学术上颇有建树的他，仍然执著地追求学无止境。网上网下，教学育人，诲人不倦。

他曾自喻为打字员：总想打出心中所想，而所想又总与现实相悖。所以总在矛盾中打来打去，打不出什么名堂。然，他的一生在文学、音乐、表演、英文等多领域都达到了相当高的艺术水准；在有关文学人物的论文、词话、诗词等方面颇有成就。

2008年初春，我和他相识在雅虎的文学交流版。

那时，我是版主，而他，早就被国内一些知名的文学论坛尊为座上宾。他发来一些诗词，那些词韵中流转不尽的美感与沧桑，令我着迷。那时的我，就像一个浑然不知天高地厚的孩子，沉醉在他的诗词妙文里，明明不知诗词格律，仅仅是凭着欣赏之情以及对诗词的感觉，为他写下了上万字的评论文字。

而他，却十分看重这些评论，我每评一篇，他必回，言词中带着感谢、肯定与鼓励。

我为他的《更漏子·清夜》写了简评：

月光柔，溪水静，枝叶入眠安定。思往事，念伊人，旧情虚又真。
花瓣落，彩云薄，桥上琴声寂寞。灯火尽，晚风凉，奈何清夜长。
一阕《更漏子·清夜》，几缕惆怅寄于诗情。
……

花木早老师的词中，对景物有着断断续续的淡描，因为情浓，也为了烘托愁情的浓重。尤其是：灯火尽，晚风凉，奈何清夜长。这一长期缭绕的意象，把诗人内心的愁绪凸现在读者的面前。这种以景物烘托形象的写法，正如前人所说的，是书画家无垂不缩高超手段的借用，其结果是含蓄蕴藉，艺术感染力极强。

这一首《更漏子·清夜》，反复诵读了好几遍，好想读出词中的意蕴，只是飞雪笔下干瘪的文字，无法更加深入地走进您的词中，一段浅析，用来说明此刻读后的心情。

他便回复道：

飞雪的每篇评述都堪称美文！实在是散文的范例，令人读来心旷神怡，爱不释手。飞雪凭借自己敏感的心灵和丰富的想象，已经把这首《更漏子·清夜》解读和诠释得淋漓尽致了，如果我再作任何补充都是蛇足。您生来就是一位诗人，天赋的才情是前世的积累！

他的另一首《双调·寿阳曲》：

> 隆冬至，白雪堆，七分寒带三分醉。
> 书斋夜闻敲键响，是何人在拼词汇。
> 痴情久，睡意迟，半生缘半生停滞。
> 明知落花难再赏，却偏偏又萦心事。

我写了这样一段简评：

细品一番，才觉这文字间的意蕴如此深邃优美，一种淡淡的愁绪在里面，但又是那样的不露痕迹，浅浅流转的是一腔心事，幽幽无尽弥漫在平平仄仄间。

他回复道：

飞雪，如果你有兴致，请注意此曲的格律，它比词要求更严，不仅平仄不能错乱，还规定了仄声的分别使用：何处须用上声，何处须用去声，都有讲究的，不可随意和大意。如果你想学，我可以寄些资料给你。

没过多久，我就收到了他寄来的《词林菁华》手写稿以及一些学习资料，都是他用笔亲手记录和整理的。

有一段时间，他在QQ上，电话里，一遍一遍耐心地为我讲解，有时一说就是两三个小时，在他的指导下，我陆续填了几首词，写了几首不是诗的诗歌，他总是认真地批改，指出不足之处，还常给予我鼓励，但我最终还是没有坚持，心里更加觉得愧对他。

他常说，他是一个依靠音乐和文学活命的老人。

他还说，诗乃文字的音乐，没有音乐性就没有格律诗。没有音乐性就没有汉语诗。没有音乐性就没有诗。

音乐直接影响着他的诗词习作，音乐的三要素——旋律、节奏和调式就像生命附在他诗歌的躯体上。

他曾在电话中伤感地告诉我，经过数年流放的艰苦劳役，使他原本精细的手指变硬变粗了，已不能与先前同日而语。60年代，他在任武汉大学生管弦乐队小提琴首席时，也只能演奏《梁祝》《叙事曲》之类技巧一般的作品，加之拨乱反正以后，被分配到学校成了一名教师，与音乐的情缘便日渐疏阔。

2009年的冬天，他以我的笔名为题，写了一首清平乐：

清平乐·纷飞的雪

雪花曼妙，起舞迎风笑。
江北江南飞遍了，姿态轻盈小巧。
携来宇宙清华，洁尘海角天涯。
生物焕然新色，丰年万户千家。

后来，我把这首词请人着墨后，裱好，挂在书房里。

网上，我和他几番失散；网下，也是如此。

2011年冬天前的那半年多里，我和他曾一度失去了联系。重逢之后，他才告诉我，他刚刚和病魔经历了一场恶战，动了一次大手术后的他依然开朗而幽默。他给了我新的电话，我打过去，听到他久违且熟悉的声音，眼泪便不听话地掉了下来。他仿佛能看到我伤心的样子，还在电话中开心地告诉我：飞雪啊，我的诗文专辑《月照水流光》已经出版了……把你的地址发到我手机上，我寄给你……

一个星期之后，我收到他寄来的这本书，书的内页上有他的题字：爱徒飞雪惠存雅赏。为师林华章敬赠。

他问我，当初，我为他做的那些月光图是否还在？当我把那些图片找出来发给他看时，他竟然高兴得像个孩子，连声说着：还是飞雪为我做的这些图合我的心意啊，等日后这本书第二次印刷时，我一定要用这张图。我喜欢这种素雅而清朗的感觉……

那时，我告诉他，我在江山文学网创办了一个文学社团。他便不顾辛劳，拿出他的一些旧作，修改后发给我。他说：飞雪啊，做文学是一件很清苦的事，但你做了，就要做好，不管遇到什么挫折，都不要放弃。我发给你的这些，你要是看得上，就上传吧，我年纪大了，说不准什么时候就撒手走了，这些书稿，留给你，权当作为我们师生之间的念想……

他一生写下的诗文无数。

从长篇小说、中篇小说、学术论文到现代诗、古典诗词，有不少都在全国性的文学大赛中获得奖项，收录于众多书刊辞典和有关文献多媒体光盘中。他的长篇小说《孽海冤家》在江山文学网连载。他的小说《野猫》曾经展示在江山网首页绝品榜。他的江山文集里，收录了他生前的文学作品共六十二篇……

我一直天真地以为，我和他之间的师徒情会一直延续，我还会有时间静下心来，跟他学习诗词，以此弥补心中的遗憾；我以为还会有时间，在暑假，带着我的孩子，去武汉看他，看看他的书房，听他拉一段小提琴，为他做一顿可口的饭菜，陪他喝上几杯红酒，和他一起畅叙文学、音乐……直到那日，看到梅子姐写下的祭文，我才知他驾鹤西去，才知道，他真的走了，走了……

梅子姐在写给他的祭文中写道：

世上有许许多多的周遭可以重来，唯独这生命邀约的错失是无法索回的痛。

是的，这是一种无法消失的疼痛，镌刻在骨髓里，一想起，眼眶就会潮湿。这一生，我最大的遗憾，便是没有来得及去看他。他曾多次相邀，特别是在学院为他置换了一套新房之后，在电话中，在对话框里，他曾说：飞雪啊，花木很想和你见上一面，不知今生有没有机会？

2012年5月17日中午，我在电话里，把准备在暑假里去武汉看他的想法告诉了他，他连着说了好几声好啊，好啊！

可是，只不过是一个星期的时间啊，他就走了……

2012年5月23日凌晨，武汉市洪山区楚雄大街538号的某间陋室里，他的心脏停止了跳动……窗外，大雨滂沱，那是老天爷在送他吗？

他的八弟林幼章说：大哥的一生太苦了，他走时，身边没有陪伴的亲人，用了多年的电脑坏了，主机无法启动；闹钟停了，指针指在了凌晨3时；手机也在那一刻自动关机，他用了很多年的那支钢笔，从他的手里滑落在地上……

这些物件，曾与他朝夕相伴，都晓得他的悲苦，都懂得他的乐趣，都在他生命的最后一刻戛然而止，和他一起，只是静静地，静静地沉入永远的静寂……

今生，我终是未能在他活着时去见他一面。他走了，夜夜梦回，总能与他相遇，梦里总有无数朵白色的野菊花纷纷飘起又凄凄飘落，像是在诉说一场挥不去的离愁别绪。

2012年6月初的一天，我真的见到了他。只是，我只能在一米之外的红尘，看着他。那一刻，我与他之间的距离，那么远又那么近。他的牌位被安放在武汉宝通禅寺，他终于能和他的父母团聚了。

我没有哭，虽然心海里早就波涛汹涌。佛门乃清静之地，我怎好打扰他，但我想，他定然是知道我去过了，但那些因他而生的悲情，终是要宣泄的，于是，返身离开的我，站在滔滔江水边，哭了个够⋯⋯

他的八弟林幼章先生悲痛地说：

一个多么顽强的生命消失了，一个多么可怜的老人离去了。

他的学生梅子与楚寒说：

那是佛的旨意，不忍饱经沧桑的他，在晚年形单影只，再经受太多的孤独，我们都不要难过，那是佛陀接他去了⋯⋯

从此，他和这个世界的种种恩怨，我和他之间的种种缘分，就这样悲戚戚地完结。

在他走后的这一年里，我还是会习惯去拨打他的手机，还是会点击他的头像，在对话框里，打上几个字：林老师⋯⋯有时，我还是会进到他的江山文集，看着他留给我的这些文字⋯⋯

只是，他不会再有回应了。

我知道，在这个世界，再也不会有他的音讯，除了他留给我的诗词书稿，除了他留在我记忆中的音容笑貌。

遥远的天国，梵音四起。那位书斋里的老人，在那里，将不会再饱受病痛的折磨，他便可以在安逸中往生，我祈愿他是这样，沐浴着佛光，了却生死。

　　今天，2013年5月23日，是他离开这个世界一年的日子。

　　我的书房里，依然挂着他的那首《清平乐·纷飞的雪》。

　　我的书桌上，他的诗文专辑《月照水流光》还飘散着幽幽墨香。

　　我在电脑前，写下给他的这篇散文，题为《花祭》。

　　花祭。一词落笔。泣不成声……他是花木早，原名林华章。他是我的老师，他七十八载的生命在一年前的今天永远地沉寂，他的灵魂将永远与我同在……

告别一种不会再有的相逢

你终是没有熬过这个秋天。

小雅在电话中哽咽着告诉我你去世的消息。那时，我的视线正好落在这行字上：人生在世，最终，我们都将是一个人的，面对自己，面对亲爱的人，面对死亡。

放下电话，抬眼望了望窗外的树，看到有叶子飘落下来，有风也有雨。

知道你死了，我没有太多的伤心，只是合上手中的书，呆呆地坐了一会儿，好久没有说话。

那个凄风冷雨的黄昏，我慢慢地走向你——长乐路那条落满梧桐叶的巷子，巷子深处那间熟悉的小屋。那是2016年11月25日，声声哀乐从小屋里飘到我的耳边，我的心和雨中的枯叶儿一起打着旋。

记不清有多久了，没有来这里。在读大学那会儿，很多个周末，我们七个人聚在你家，听歌看书喝茶聊天。你家院子里种着好多树木花草，特别是在初秋，高高的月桂树上会有黄花绿叶飞下来，很轻盈很美好。你家的书柜里有好多书，我们大声朗诵着书中的句子。到了深秋，你会端来一碗飘着几朵桂花的酒酿圆子让我们品尝，入口，香糯绵甜，感觉身子一下子暖了起来。那桂花，是你早逝的母亲晒制后存储在瓦罐里的。

如今，所有的一切在我眼前呈现着一种缓慢的溃败，包括那些树、那些花、那些叶子、那些书。

冬，未至。树，已提前苍老。枝干枯裸着，像是年迈的老妇裸露着的粗糙的臂膀。

月桂树还在，向着天空的方向伸展。可那些桂花却不知所踪，它们是被秋风吹散了吧。

封存的书有一股亡魂的气味，直抵我的鼻息和心灵。

院子里，风从四面八方吹来，吹向我。我站在院子中间，黑色的发，黑色的衣，黑色的纱，在渐渐暗沉的黄昏里，恍惚且不知所措。

你在里面等我——白色的墙，黑色的框，你在那里，微笑着等我，等我前去和你做最后的告别。

过了这个日子，这一生，我们再也无法相见。不管你在哪里，不管我在哪里，这一生，我都无法再与你相见。你永远离去了，像《蔷薇献诗》中那手捧蔷薇的女子，捧一束花在风中，面带微笑。

我是想哭的，想大声地哭，但我却没有哭出来。身边站着或跪着的人哭得如此伤悲，而我只是看着静默在黑框中的你。依云，你可知我心之悲戚，那些还未曾掉落的泪，许是被你的微笑灼干了。

你终于可以不用再去承受那些痛了——这是在那个悲伤的黄昏，我和你说的话。谁说死不是一种解脱，依云，你解脱了，我应该为你感到高兴才是，所以我一次次对自己说不要哭、不要哭。那一日，我随身带着当年毕业后第一次聚会的合影照。在你"头七"的那个深夜，我看着照片，用手去摸你的脸，摸你的眼，摸你的手，没有一丝一毫的冰凉，还是有一种温情在心头涌动。照片上的你有着秀美的容颜，明亮的眼睛。依云，我喊你，可是，你却没有回应我。

我终于大声地、无所顾忌地哭了一回。

我说，依云，这张照片上的七个人，已经走了两个了。我们的同学——慧云早在八年之前就离开了我们，她在弥留之际终是等来了她的地老天荒。可你呢，孤独地走完了四十三年的时光，你等的人终究是没能赶回来见你最后一面。如果有一天，他归来之后发现你已死去，他又该如何凭吊你们的过去？

我开始在夜里倾听一种声音，从未知的远方传至我的耳畔。那是长长的憔悴的弦声，发出纯净的幽怨的声响。我知道，依云，那是你魂灵之归来。

五个月前的某日，还是个清风习习的初夏。你被查出乳腺癌晚期。那是我所见过的最不忍目睹的场景。在长乐路你家的院子里，你、我、小雅以及你的父亲坐在一起，桌上是你亲手做的菜。

你说："我今天叫你们过来，是有件事要跟你们讲。我在体检中被查出乳腺有问题，现在结果出来了，是乳腺癌晚期。过些天，要去医院住上一段时间。癌细胞已扩散，和主治医师谈过了，没有做手术的意义。"

你那样平静地说完，一只手握住你父亲的手臂，另一只手握住我的。你的老父亲浑身颤抖着，几次想站起来又倒在椅子上。他老泪纵横，嘴唇不停地哆嗦，口齿不清地喊着你的名字：小云，云儿……你叫我这个老头子以后怎么办啊！他不停地摇头，说什么也不同意你放弃手术的决定。

"爸爸，对不起，我陪不了你多久了。医生对我讲，他前阵子做的那台手术的病人情况和我一样，开了刀又缝上，没过几天人就没了。爸爸，我就算是做了手术，也活不了几天的，还不如……你知道的，我从小怕疼，怕医生，我怕那冰冷的手术刀剖开我的身体，所以我想保留一个完整的自己。"说完这句话，你已泣不成声，你的父亲再也没有说话。

"珏，小雅，你们是我最好的姐妹。我这一次进了医院，怕是出不来了，我想委托你们在我死后，帮我把这房子去挂牌卖掉。然后，为我爸爸找一家好一点的养老院，用这笔钱给他养老。"

小雅难掩悲伤，转身走出小院。

"依云，不要这样说，你会好起来的。"我找不到更好的话去安慰你，所以才说了一句很多人都说过的话。在你握住我手的那一瞬，我一抬眼看到的依然是你的微笑。其实，你不知道我是害怕这种死一般的沉默，这是一种比黑暗更令人害怕的静寂。在那样的初夏，在那样的夜晚，你的手在我的掌心，那种感觉，就像是一扇窗，有微弱的光照进来。

我一直记得你柔弱的样子，在我们七个人中，你是最胆小的一个，也是我们最愿意去保护的那个。可当死神逼近你时，你反而会那样的平静，你的柔弱和胆怯都消失得无影无踪，你坦然地面对死，心平气和地安排好死前家人的生活。

之后的日子，医院——家，家——医院，你进进出出总共三次。不知道有多少个长夜，你一次次被痛醒。一边是刺骨的冷，一边是烧灼的热，在你陷入昏迷的时候，你一会儿叫冷，一会儿喊着疼，可身上却是大汗淋漓。我看着你痛，看着你一日日地瘦下去，可是，我只能这样看着你，却无法带你出去。

"珏，我想吃糖炒栗子。"这是最后一次，我们去看你时，你望着我费力挤出的半句话。我不敢看你的眼睛，不敢去摸你的脸，不敢去听你的呼吸，你的眼窝深陷在枯黄的脸上，唇无血色，才三天不见，你又瘦了一大圈。

我拿起手袋，去给你买糖炒栗子。

这是上午十时的海宁路。我站在十字路口，对面的红灯一下下地闪着，我有点眩晕，有点害怕，怕无法满足你最后的念想。我想不起来，这附近哪里有卖糖炒栗子，甚至忘了用手机上网搜索。

吴淞路弄堂口，我看到正在晒太阳的祖孙俩，祖母是满头花白的头发，那个小女孩有张粉嫩白皙的小脸，大大的眼睛，看着我，看着行走的路人和流动的车辆，看着这个快节奏的拥挤的世界。

婆婆，请问，这附近哪儿有卖糖炒栗子？我问。

糖炒栗子啊，侬朝前头走，吴淞路一拐弯就有一家。

刚刚张开的唇还未曾说出那一句"谢谢"，却看见她怀里的小女孩的脸上绽放着像云朵一样迷人的微笑，她的小手缓缓地伸向我，我也伸出我的手，轻轻地捏了捏她的。

糖炒栗子店铺前排着长长的人群，等了差不多半个小时才排到。

依云，小雅，我买到糖炒栗子了！我推门进去，病房里空无一人，无人回应我。

"不会，不会。"我有一种被砸晕的痛，护工小陈拿着热水瓶进来，我紧张得说不出话来，只能用手指指那张空着的床。

没有，她们在走廊那里……

那是医院二十二楼的走廊尽头，你坐在轮椅上，身上盖着毛毯，小雅俯身搂着你，阳光照在你们身上，我看着你们的背影，眼泪一滴滴落下来。

你转过身来看着一脸煞白的我，断断续续地说："今天一早，隔壁床上的大姐走了，医生说，说我还能活几天。"

小雅岔开话题："珏，你买到糖炒栗子了吧，我闻到香味了。"

整个病房沦陷在一大片苍茫的白色里。

小雅想将你的床一点点地摇高，好让你可以更加舒服地靠着。可你却说想靠在我身上。你的一句话，带出了我的眼泪。很多沉落的往事一幕幕重现，二十多年前，我们也是这样，身上有病痛时，总喜欢靠在另一个的身上，用身体之间的温度舒缓疼痛。那一刻，你在我怀里，当我搂着你的时候，你那么小，那么轻，像极了一片羽毛，随时会被风吹走。

小雅将糖炒栗子一颗颗地剥开，放在小碗里，再用小勺碾成细末，加入一些温水，最后送入你的嘴里。这样的动作重复了好多次，直到你摆了摆手。

……

在你离开我们第十五天后，我突然好想念那个被白色包裹的午后。你在我怀里，你说你冷，我以我的身体温暖你，裹紧你。

那年，我们一起看《非诚勿扰2》，看到李香山人生告别会的那一段时，我们都哭得稀里哗啦的。没有一个人是不怕死的，"贪生怕死"，有时候并非是一个贬义词。我们都害怕死，就像影片中李香山的一句台词："我怕死，死就像是在走夜路，敲黑门，你不知道后面是五彩世界还是万丈深渊，怕一脚踩空，怕不是结束而是开始。"

我曾对你们说过，假如我的死不是意外导致或突发性的，有一天我知道自己得了绝症将不久于人世，我也会学李香山，办一场人生告别会。我会把告别会的邀请函发给我所交往过的人，我爱过的人，在乎过的人，不管如何憔悴，也要穿上白裙子，高跟鞋，化上淡淡的妆容，带上最美的发饰，去和你们告别。此后，你们便无须再来参加我的葬礼，无须在我死后流那么多的眼泪，不要在我听不到的时候讲那么多没有说完的话，不要在我看不到的时候出现在我面前。

就在我还活着的时候，就在我依然美丽的时候，让我把心里的话说给你们听，包括之前有过的误解或者是伤害，包括那些一直想说但又没有说出来的话，也要请你们给我临别赠言。在人生的最后一刻见见自己最好的朋友，读一读自己曾经写下的字，和曾经深爱过的人说上一句话，作为生命下一个轮回中相遇时的暗号。这样，便可与世上所有活着的，作一次告别。

只是，依云，就算我有那样一次告别会，你也没法来了。此生，我们之间不会再相逢。

生的尽头便是死。

将来的某一日，我也会被框在墙上的黑框里。离开这个繁华的人寰，死去的肉身被推入火炉里，焚烧成一把灰，葬入俗世中的某一块墓地。

我们漫长的一生，所有的过往都将在死后变得青碧寂冷，几十年的生命图景到了最后只剩下一把灰、一块碑。我们的上空，是同样寂冷的残月，四周荒草丛生。

依云，别怕，即便那是一个深不见底的冰窟。有一天，我会来陪你。

我俩永隔一江水

　　二十多年前的那个夏天，我收到大学录取通知书，第一件事就是铺开信纸写信。

　　第一封信，寄回故乡。寄往姚江之畔那座古旧的老房子。收信人是我的老师。第二封信，寄去天堂。寄往鲜花满径、草木葱茏的庭院。收信人是我的父亲。

两封信，我写的是一样的内容，唯一不同的是信开头的称呼，但在我心里，他们有着相同的身份。我爱他们，他们也爱我。

两封信，被同时装进黄色的牛皮纸信封里，贴上邮票，塞入墨绿色的邮筒里。第二天，它们将被邮局的工作人员盖上邮戳，送往目的地。

第一封信，在几天之后到了收信人的手中。我可以想象，在那个黄昏，当宋老师打开信笺的那一瞬间，他的脸上一定会浮出一朵微笑的云。他的学生，考入了他的母校，完成了他的心愿；终于可以代替他，在美丽的伊娃河边种下一棵树，去听听河水流过的声音。

第二封信，最后不知会飘去哪里。信封上寄信人一栏是空着的，甚至，我都没有写上自己的姓氏。也许，这封信在工作人员收捡时就被搁在一边了。也许，他们会被信封上那一行永远都无法投递的地址所疑惑。

那一年的八月，我与师母通话时得知老师病重住院的消息，于是，趁着离开学还有一段日子，我独自一人走上返乡路。

宋老师特意让师母去火车站接我。那是分别两年多后我再见到师母，很明显，她瘦了，也老了。

在宁波读书那会儿，宋老师常常带着我去他家玩。初次见到师母时，端庄美丽的她正挥着手里的针线缝着被子，一抹斜阳温柔地照在她的身上，让我感觉她是从油画里走出来的女子。

天将黑时，我起身要走，宋老师要留我吃了晚饭再回学校，我执意不肯，正要转身离开时，看见穿着一件白底碎花围裙的师母端着饭菜从厨房里迎面而来。她拉着我的手走到饭桌前，一碗洒着黑芝麻的大米饭在桌上等我，让我莫名地想哭。那一刻，我想家了，想念我的父亲，想念我的母亲。

我问她，宋老师可好？师兄明轩可好？

261 ◆

她答道，明轩今年考入了医科大学，你宋老师情况不太好……唉，我带你去医院看他！

她的叹息声如一把锤子重重地敲在我的心上。来之前，我便知道，宋老师患的是肺癌，已是晚期了。骨瘦如柴的宋老师躺在雪白的被单下，身上插满了管子，见我来了，他要拿下插在鼻孔里的氧气管，对着师母摆手，说，碧云，你让我和我的学生说会儿话吧。

我能说什么呢？我的宋老师，曾经用他全部的力量鼓励我，并期待我有点成就。他曾意气风发，教书育人三十载，最终还是抵不过病魔的侵袭。他示意我将病床摇起，虚弱地靠着，说，祝贺你啊，考入了华师大中文系。记着，不要辜负了大好的时光，趁着……趁着年轻，要……要多读书。

宋老师，我一定会，一定会。我忍着不让眼泪掉下来。

他突然一把抓住我的手，从浓重的痰音里挤出一个字：好。

十五天之后，也就是8月23日，我在学校办理新生入学手续，回到宿舍，便接到师兄明轩打来的电话，宋老师去了。他的生命在那一年耗尽了。

今年四月，因姨妈患病，我几度返乡。车过青林湾大桥，桥下是波平浪静的姚江。站在宁波二院新楼11层某病房的窗前，眺望远处，可以清楚地看到漂着绿萍的北戴河，再往前，是那静静的姚江。

河对岸的小区里，是我宋老师原来的家。宋老师去世后，师母在供明轩读完大学后，也因终日劳累去天堂陪伴老师了。明轩大学毕业不久在杭州成家，姚江岸边的这座老房子便更换了主人。

在我孤单的少女时代，那间并不宽敞的老房子里，我曾经享受到了宋老师给予我的父亲般的爱。当年的每个周末，我都会和明轩一起坐在宋老师的书房里看书。宋老师一直说，你们一定要趁着年轻，多读书、读好书，以后，你们才会有能力与这个世界对话……

回望少女时代，我所有的梦想与骄傲都与写作有关。

　　一个失去父亲、远离母亲的孩子是孤单的，只身在外，随身的两个箱子，装得最多的便是书。那些书是我最好的朋友，它们陪着我，在开满栀子花的校园，度过了大半年时光。

　　我在故乡的那所学校里读了七个月的书，偏科是从那时开始的。新学期的第一节是语文课，当宋老师在黑板上写上他的名字时，我被他飘逸的板书深深吸引。转到新学校后，第一篇作文的题目是《父亲的河流》，那时，儒雅的宋老师捧着我的作文本，在讲台上朗读，两三朵栀子花瓣从窗外飘来，带着花香落在课桌上，落在打开的纸页上。

　　那是我第一次注意到花瓣飘落还有声音，随风画出一条短弧线，就那么轻盈地落到我的本子上。她们会落在哪些字上，那些被盖住的字，会有香味吗？

　　宋老师转身，停留了几秒钟又转过来继续读我的作文，他读得很慢，声音充满磁性，同学们都听得入了迷，以至于当他读到最后那一句：我知道，今生，我再也无法蹚过父亲的河流，只听见水声，一波波漫过我的心岸……时，整个教室里响起的，只有我的掌声。

　　新学期的第一次月考，我的成绩差极，除了语文得了高分，别的科目都挂了红灯笼。教数学的孟老师把我叫到办公室，拿着上海学校出具的上个学期期末测评单，用充满疑惑的眼神盯着我看。

　　她的音调越来越高：成绩为何会一落千丈？为什么会有这么大的反差？我们学校是宁波最好的一所中学，我带的这个班级是年级总分最高的，如果知道你这样，我们学校绝不会接收你来借读的……

　　她的话，令我感觉周身冰冷，空气也在瞬间凝固了。我以最快的速度从她的办公室跑了出去，没说一句话，只留给她一个倔强的背影。谁知，刚出办公室的门，就和宋老师撞了个满怀。

　　那天放学后，有好几位同学都在说，听到孟老师和宋老师在争论，不知是为了什么。下课后，我在操场上徘徊，宋老师走了过来，他说，读了你的两篇作文，老师知道你爱写作，语言好，文字功底扎实，同时，也多少对你的家庭情况有所了解。你是一位很有潜力的学生，老师希望你振作起来，尽早地走出来，千万不要把自己封闭起来，要与同学友好相处，帮助老师一起提高我们班级同学的写作水平。老师对你有信心，你也要对自己充满信心，可以吗？

抬头的瞬间，看到老师那充满期待的眼神，我点了点头。

在宋老师的引荐下，我加入了学校的文学社、广播站，参加学校举办的各种作文比赛并屡次获奖。每每看到作文本上宋老师的评语，我的心里就会涌起一种无法言说的温暖。我的每一篇作文都会被他当作范文来读，被他推荐到校广播站由他亲自朗读。有一段场景始终在我心里，抹不去：一位白衣蓝裙的少女静立在阳光之下，广播中传出的声音为她遮挡了尘世风沙。她望向天空，泪流满面……

因为宋老师，我对语文越来越狂热，在他的指导下，我的作文也越写越好了。但同时，我的偏科问题也越来越严重，因为不喜欢数学老师，而讨厌上数学课，数学成绩越来越差。在一次全市性的教学测试中，我的数学成绩全年级倒数第一。孟老师给我二叔打去电话，并对我下了最后通牒——再给我一个月的时间，要是在数学上还无进步，就要向校长建议取消我的借读资格。

在我被数字、图形、公式整得焦头烂额时，还是宋老师，叫来他的儿子明轩，每天放学后在图书馆里为我讲解习题。明轩和我不在一个班级。开始时，他极不愿教我，我孤傲的性子被同学渲染，传到他的耳朵里。

第一次见面，他说，嘿，你就是传说中的那个"作家"吧！在我扭头要走时，被他一把拉住，说，我是宋明轩，奉我爸之命来为你辅导数学，请你务必配合我。在明轩的帮助下，一个月之后的月考，我数学试卷上的分数第一次变了颜色。宋老师很高兴，而明轩也和我成了好朋友。

　　与宋老师的师生缘仅仅维持了七个月。那年的寒假，我被母亲接到上海。之后，我和宋老师一直通信，那些书信，我一直留着，一起珍存的还有那时用过的语文书、做过的习题册、写过的作文本，只因为那些旧物上，有宋老师批下的字，那是属于我和我宋老师的记忆。

　　二十多年间，岁月带走了很多美好，留给我的唯有思念。当我再次踏上故乡的土地，当我在拥挤的人群中走过，心里总有一种痴想——我想念中的人会迎面走来，与我共诉离情别愫。

　　我多么想再见他一面，哪怕只有短短的几秒钟也是好的。但我晓得，这是永不会实现的念想了。

奔跑的疼痛

每一朵雪花都是

2008年的冬天，这个城市出奇的冷。

我记得，你披着一身雪花进了家门。母亲拿着一块干毛巾，为你拂去发间、身上的雪花，心疼地说，老徐啊，要爱惜自己的身体，还有两年就退休了，别再和年轻人一样拼命。站在母亲身边的我，接过你手中的包，猛一抬头，看到依然有几朵雪花粘在你的发间不愿离去，在幽暗的灯光下，泛着刺眼的白。只是几秒钟，便融化在你的发梢里，再也寻不见。

那一年的新学期开始时，原高三某班的班主任因身孕无法再带毕业班，在学校师资紧缺的情况下，身为教导处主任的你，毅然接过这一重担，带着新一届毕业生向高考做最后的冲刺。为了帮助几个学习不好的孩子把成绩赶上去，每天放学后，你把他们集中在一个教室里进行辅导，完全不顾自己的劳累。其实，你的身体并不太好，大半年前刚做了胃部手术，因此，母亲一直反对你带毕业班，怕你的身体、心理都承受不住这沉重的压力。

一个学期快要结束了，因长期的操劳和饮食不规律，你的胃又开始疼了。那年冬天的一个深夜，外面风雪交加，正在书房里伏案备课的你，突然旧病复发，疼得你脸色苍白，额头上直冒虚汗，跌倒在地……幸好被起来为你做宵夜的母亲发现，叫醒我，找来你的外套，搀扶着你向医院奔去。

我永远都不会忘记，那是一个多么寒冷的冬夜啊！午夜十二时，墨一般漆黑的夜幕下，飘着大朵大朵的雪花，风一阵大过一阵，地上已经积起了一层厚厚的雪。路上，人车稀少，我和母亲扶着因疼痛、寒冷缩成一团的你，在路边焦急地等着出租车，好不容易看到一辆车开过来，司机像是急着下班没有停，一溜烟便开走了。

母亲急得快哭了，无奈之下，我对母亲说，妈，我来背爸，我们边走边叫车，你在后面扶着。你说什么也不肯让我背，倔强地蹲着不肯起来。母亲也摇摇头，像是在说，你一个姑娘家，哪来的力气？

我急了，一边抹着眼泪，一边大声地叫，爸，你真够犟的，是你的命重要还是面子重要啊！说完，不管你答不答应，一把拽起你，用足全身的力气，背起你，摇摇晃晃地朝医院的方向赶去。你趴在我的背上，我能感觉到你在流泪。是啊，自从你做了我爸，我们父女之间还真的没有这般亲密无间过，好在没有走多少路，母亲就拦下了一辆车，你看着正大口喘气的我，一边抬起手为我拂去粘在我身上的雪花，一边说，孩子，难为你了！我强忍着内心的伤感，开玩笑地说，爸，好在你不算太壮实，要是你再重个二十来斤，那我可就惨了。

三天后，你出院了，医生嘱咐，你的胃不能饿，不能吃带刺激性的食物，并且一定要准时吃饭……从那天起，母亲便早早做好饭，让我送到学校。学校离家有三十分钟的车程，母亲怕饭菜冷了，总是能把时间掐得很准，每一次都是我刚进家门，她正好在把做好的饭菜装在保温盒里，还在外面包上几层很厚的棉布。

我不解地问，妈，爸爸学校不是有微波炉吗？饭菜冷了，在微波炉里加热一下不就成了吗？而她却说，那不一样，加热后味道就变了！我只能摇摇头，加快脚步出门，耳边传来的是她的唠叨——濛濛，记得叫车去……

放假前的最后一天，我依然给你送饭，然后像往常一样，盯着你先把饭吃完。不知为何，那天我没有急着回家，看着天又飘起了大雪，突然很想和你一起走回家。于是，我跟你说，爸，我想等你下了课，我们一起回家。

你点点头，给我找来一大堆语文报，朝着我笑了笑，就去给学生们上课了。我坐在教室最后一排，看着你在讲台上给学生分析阅读题，或批改习题……瞬间，我觉得你的身影是那么高大——你教书育人，你从不计较个人得失，一心一意扑在教育事业上。你总是说，能让自己的学生考入理想的大学，是做老师最大的快乐。

那天，当我挽着你的手，一起走出学校大门时，一朵又一朵的雪花还是在纷纷扬扬地飘着。纯白的雪花，像极了在夜幕下旋转的舞者，带着那不为人知的疼痛，落在地上，与泥土合二为一……

当第二年的冬天来临时，雪依然是这个季节最美的天使。

我倚在窗台，聆听雪细碎的脚步渐渐靠近，我听到了雪落的声音，那轻寒的喘息是雪坠落时的声响，一如积郁在我心头的愁绪。

那一年，是我离开永乐集团跳槽到这家新公司的第六个年头。那一天临近下班时，正欲收拾物品准备回家的我，接到母亲的电话，问我能不能回来一趟，有事要和我商量。

　　我站在雪花曼舞的夜空下，想着这几年里，自己的努力与付出得不到应有的回报时，突然怀疑自己的能力，同时也萌生了倦意。我急急地赶到家中，母亲问我，能否请假几天陪你爸去外地一次？我望着不知所措的母亲，才知道原来你又要去那个北方山村了。

　　爸，这回你要听妈妈的，山高路远，交通不便，冰天雪地的，不适合去，等暑假再去吧，我陪你去……我打开你卧室的门，见你正在收拾衣物。

　　你皱着眉，黑着脸，满脸的不乐意。

　　爸，你给我一个理由，为什么非要现在去？

　　那些孩子太可怜了，快过年了，没有吃的穿的，我想给他们带点过去。

　　就这些吗？那还不简单，可以去邮局寄呢。

　　你看，这是邮局的退单，给退回来了。你拿出一张邮政通知单，上面明确地写着：地址不详，无法送达……

　　爸，你知道，远水救不了近火；爸，你知道北方现在是零下二十几度，你的身体根本不适合长途奔波，不要去了吧！

　　你开始不说话，低着头继续收拾衣物。

　　我望着你，深深地晓得你我虽无血缘之亲，但我们父女一场，二十多年的朝夕相处，我明白，你我骨子里的那种倔强是那么的相似，认定的事非要去做，任谁劝都无济于事。

　　我望着你，不知如何说服你，想起了五年前的那个暑假，你带着学校一群刚来的年轻教师们去北方山区一所小学支教的情景。你在那个山区一待就是整整三个月，六月底启程一直到十月初才回来，和你同去的老师们一批批地回来了，只有你和另外一个带队的老师坚守到最后。

　　等你回到家时，山区强烈的光照把一个原本还算白皙的你晒得黑里透红，看着憔悴消瘦的你，母亲心疼不已。你却自嘲说，现在国际不是流行小麦色嘛，你们看，我现在的肤色就是健康的小麦色，还挺时尚呢。

在此后的很多日子里，你一直会跟我聊起在山区支教时的生活，你说，那里的山区生活虽然贫穷，但风景很美，山是山，水是水，真的是山清水秀；空气很新鲜，没有污染没有杂质，每一天都可以活得很清爽；山区的孩子很可爱，家境不好，但个个都很爱读书，不像城里的孩子那样娇气；你还会和我聊起教学时的感受，你如潮水一样澎湃的激情，聊起你在山区那简陋的平房里，在昏暗的灯光下备课的情景，聊起你在长满青草的山坡上和孩子们一起玩乐、高歌时的那种欢愉、舒畅。

你还说，在山区待久了，可以净化灵魂。你提议同去支教的老师与孩子们结成对子，每个月从工资里提取一定数额的钱资助那些可怜的孩子们。每个月的十日，是你们学校发工资的日子，你总会去邮局汇上数百元给那个叫作朱大亮的孩子；你还一直坚持着与大亮通信，给他寄书寄学习用品。每一次收到大亮的来信，你都会像个孩子，乐上好几天。

你的一声濛濛，把我从无边的思绪中拉回，我看到了你眼神中的清亮，仿若一股清泉流淌进我的心田。

爸，我请假陪你去，你别担心，我去说服妈妈。

一周后，我陪着你，坐上了上海飞往北方的航班，在经过了四个小时的飞行后安全抵达。我们拖着三个大大的拉杆箱走出机场时，看着眼前的那个银白色的世界惊呆了：真是千里冰封，万里雪飘，一派银装素裹，分外妖娆啊！在那次之前，我从来都没有到过北方，更别说是在冬天能与北方的雪相遇。

叫了一辆出租车，花了一百元的车费，经过一个多小时的行程，终于到了你支教的那个北山小学。学校门口站着一位衣着俭朴的中年妇女，看到你，她上前握住你的手，流下了感激的泪水。你称她为李校长。在李校长的带领下，又走了好长的一段路，把我们带去的物品一一送到你教过的那些学生家中。

这一程走得很辛苦，天上是鹅毛般的大雪，地上是厚厚的积雪，一路是高高的陡坡，我已经累得走不动了，却看不出你有丝毫的疲惫。你接过李校长递过来的木棍，拖着一个沉沉的箱子，一步步支撑着向前行进。一个箱子空了，两个箱子空了，第三个箱子也快要空了，你这才说起，要去看看你资助多年的朱大亮，可一说起大亮，李校长难过地低下了头。从李校长断断续续的表述中，我们才知道，原来大亮家里出了事，他的哥哥半个月之前死在了南方某大城市的建筑工地上。

这时，我感觉你的身体在摇晃，赶紧扶住了你，并提议先回宾馆，第二天再去山那边的大亮家。你没有听从我的安排，而是在李老师的带领下，翻过了一座山，去了大亮的家。一路上，你不言不语、情绪低落，你说，大亮这孩子很可怜，他家是这个村子里最贫困的，父亲残疾，母亲在家务农，同样残疾的哥哥与他没有血缘关系却是兄弟情深……我看到了你眼中的泪，我知道这个叫作朱大亮的孩子是你在这个山区小村里最大的牵念。

推开大亮家门见到的实际情形要比预想中的还要糟糕，那一幕不忍目睹，大亮小小的身体蜷缩在墙角，看到我们进来，黑黑的小脸笑了。你将两大包用的吃的交给大亮……临走前，将我们身上带着的钱除了回去的路费悉数给了大亮的父亲。在大亮的哭声中，在大亮父母的千恩万谢中，我们与他们告别，要在天黑之前赶到县城的旅店里。

天将黑，北方山区的天空一片沉寂。叫不到车，我们只有彼此搀扶着一起步行。路上，你好几次摔倒在雪地里，你的手掌磨出了血泡，但每次你都能支撑着木棍艰难地站起来，还鼓励我坚持着。你不知道，那一刻，我有多心疼你，这一幕要是让母亲看到，她一定会更心疼，一定会痛哭。雪越下越大，看着在雪地里蹒跚而行的你，我忍着不掉一滴泪，为你拂去身上的雪，用搓得暖暖的双手去温暖你冰冷的脸……

这是一次常人无法想象的艰难行程。

你一直说，一个人，最大的敌人就是自己，战胜了自己，就战胜了所有的对手。就像那一刻，在气候条件那么恶劣的情况下，我们战胜了内心那个小小的自己，终于换来了一个强大的自己。

第二天中午，我们启程返回上海。站在登机口，我挽着你的手，与茫茫的长白山告别。突然，感觉心境通透、神清气爽，之前工作生活上的那些烦闷，不知何时已消失得无影无踪了。

在飞机上，你沉沉地睡着，我知道你太需要休息了，而我却是异常的清醒，想着这两天里，陪你一路翻山越岭，与你一起在北方的雪天坚守着同一种信念。你不知道，此刻，我所拥有的快乐，都是源于这场北方的大雪，它纯洁了我的内心，令我的灵魂前所未有的震撼；这一切都源于你，源于长白山脚下的那座小山村。

回到家的第一个晚上，我睡得好沉好沉。梦里，我又回到了那个北方的雪原里，看到漫天飞舞的雪花，染白了天，染白了地。我像个虔诚的朝圣者，匍匐在雪地里，用身体触摸着雪，聆听大地颤动的心跳，聆听那些与雪有关的隐忍的生命细节、那些固守的信念与坚定的执著，以及那些奔跑的疼痛，眼前的景象却是春天般的明媚……

心
魂
的
黑
夜

　　和之前无数次的写作一样，在写这篇后记时，我将自己放在音乐里。
在范宗沛的《十三月》中，为自己安上一对翅膀，隐形的但可以飞翔，只
需一阵风，便可飞往那个隐秘的自由的国度。

　　我是一个对音乐很依赖的人，我深信每一部音乐作品都将衍生一段故
事。我总是将一首曲子听了又听，在这个过程中，去捕捉隐含在音符中的
伤悲或欢喜，沉潜或骤放。此刻，十三月沉郁的曲调如一缕不期而至的蔷

薇花香，瞬间向四周蔓延。

作家史铁生在他的《病隙碎笔》里，多次提到的字眼"心魂"。他说："写作不是模仿激情的舞台，而是探访心魂的黑夜。"我特别喜欢"心魂"这个说法，这也是我一直追求的境界。它让写作不只是流于虚假的表面，而是去触及心魂，触及漫漫长夜里涌动的生命元素。

收录在《亲爱的旧时光》里的三十篇散文，大多都写于黑夜。黑夜适合写作，四周万籁俱寂，灵魂无拘无束，自由飞翔。黑夜里，人性得以回归，摒除白日的纷扰，没有人和自己说话，却能细细回想白天发生的一切，或者做一次深入的思考。黑夜里，灵魂总在不安地出没，在目光不能抵达的地方，听得见灵魂在那一刻狂欢。

该怎么写这篇后记呢？这似乎成了一个难题。我不知道，当某一天，这本书带着旧时光的气息，带着雪的温度落在你的掌心，当你的手指轻触书页，当你的眼睛与书中的某段文字相遇，你会不会一直读到这本书的《后记》？

我曾设想，在后记这一部分留白，但最后还是决定写点什么。告诉你，我亲爱的朋友，我是如何将期盼的目光投向你。告诉你，我们将在旧时光中久别重逢。告诉你，为了迎接这一天的到来，我已经等了好久。

我是一个不太善于言辞的女子。很多时候，我觉得自己像是一个活在旧时光里的女子，极爱古旧之物，我甘愿落后于这个时代，只求成为你眼中的美好。

有时，我又像是个失语者，面对拥挤的世界，明明内心有诉求、想表达，却无法开口。只有在写字的时候，我才会滔滔不绝。中国的汉字，是个很美妙的世界。是那些蕴含着无限深意的字，让我知道，表达有时也可以不需要语言。文字里无声的流淌，可以很细腻也很安全。

现实的纷繁总令人伤怀，所以不如在回忆里继续梦幻。呼吸自由的空气，拥抱自由的生活。随着年岁渐长，对故人旧物的怀念也就越深。那些飘零在记忆中的往事到了最后，只有文字能让它落定禅生。这个世界大多数的物件都有保质期，包括情感，只有文字不会过期，文字能承载的远远超过我们的预想。

　　我知道，很多事情都不需要问。答案就在风中。有一天，风会告诉我，季节为何更迭，世事为何无常，人心为何多变。这些年，我一直写着文字，文字于我，是一处幽微的秘境，藏着无限的探索性和可能性。在喧嚣的尘世里，走了很长很长的路，为了生活，渐渐麻木、渐渐茫然，突然在某个瞬间，与一道清流意外相遇。那是一道明澈晶亮的清流，真实而自然地涌动着，潺潺低吟，让那双几近混浊的眸子得以清亮。我们无处安放的灵魂，正因有了这样的相遇而澄明，如水墨般洇开，深远。

　　在这条通往秘境的途中，我与很多人相逢，与很多人失散。更多的时间里，我是一个人在行走。一个人，聆听时间的雨滴落在屋檐时发出的声音。一个人，看着时间的河流淹没世间的纷繁芜杂。一个人读书，听曲，写字。一个人沉沦至旧时光的深谷中，一个人抓着石壁上的藤蔓，向着一缕微弱的光努力攀爬。一个人坐在铺满落叶的坡上发呆，或者踮起脚尖看看远处叠嶂的山峦和迷蒙的云雾。

　　《亲爱的旧时光》是我的第一本散文集。写了那么多年的字，我一直是属于自斟自饮型的写字者。文字是一座清冷的庙宇，爱上写作的人，必然是个孤独且孤傲的人。有时，我也孤独。有时，我也孤傲。对于写作这件事，我有自己的态度，我不愿随波逐流，我像是一位倔强的探寻者，倔强地坚守，不愿将就。我一直告诉身边和我一样写字的人，性情中的淡泊静沉比什么都重要。如此，在你的精神版图里，才能拥有属于自己的星辰与大海。

　　要出版一本自己的散文集，源于一个忧伤的梦境。那个梦之后，我开始着手整理书稿。巧的是，就在那时，上海一家出版社的编辑看了"暮雪之城"上发表的一篇音乐笔记，向我发出了书稿出版的邀请。经过几次沟通，最终还是因我无法接受出版合同中的某项条款而终结。好在这部书稿最终通过中国出版集团现代出版社的审核，得以出版。

《亲爱的旧时光》这本书，是我孕育了多年的孩子。她是我亲爱的小孩。她是个幸运的孩子。虽然，她长得不够漂亮，但她却有幸生长在一个光明的世界中。

这本书，献给我逝世五年的老师——林华章（花木早）先生。这本书里，特别收录我写给他的《花祭》。这是我与他之间的时空对话。

感谢我尊敬的师长、兄长，多年来我一直倍加欣赏的散文家傅菲先生以《心灵的秘境》为题，为这本书写了序。

感谢国内知名作家：顾坚、吴佳骏、吴昕孺、马叙、潘小平、指尖、江少宾、梁晓阳、杨献平、温亚军十位老师为这本《亲爱的旧时光》写了推荐语。

感谢为《亲爱的旧时光》的封面提供画作的作家、诗人马叙老师。

感谢为《亲爱的旧时光》内文提供三十幅精美插画的河北美女作家刘云芳。

感谢为《亲爱的旧时光》承担起封面设计和内页排版的成都天恒仁文化"读家记忆"的老师们。

感谢一直给予我关注的目光，并一直走在我身边的朋友们。因为你们，这本《亲爱的旧时光》才有了存在的意义。

四时常相往，晴日共剪窗。愿《亲爱的旧时光》带给你春风拂面般的舒朗。

徐珏（纷飞的雪）

2017年谷雨于上海

留言板

这一页是属于你的，请写下你对这本书的印象。